JANET EVANOVICH & LEE GOLDBERG

Américaine, **Janet Evanovich** est originaire de South River dans le New Jersey. Au terme de quatre années d'études en arts plastiques, elle a renoncé à la peinture et commencé à écrire, tout en travaillant comme secrétaire intérimaire. Son premier roman, *La Prime*, publié en France en 1996, est immédiatement salué par la critique et plébiscité par le public. Suivront une vingtaine d'autres titres, mettant en scène avec le même humour décapant la célèbre chasseuse de primes Stéphanie Plum. Ses romans sont traduits dans 30 langues et se sont déjà vendus à plus de 100 millions d'exemplaires à travers le monde. *La Prime* a fait l'objet d'une adaptation cinématographique en 2012, sous le titre *Recherche bad boys* désespérément, avec Katherine Heigl dans le rôle principal.

Lee Goldberg est auteur, scénariste et producteur. Ses célèbres romans *Monk* ont été adaptés en série télévisée, avec près de 10 millions de téléspectateurs.

Le Casse, premier roman d'une nouvelle série qu'ils ont écrit à quatre mains, a paru chez Charleston en 2016.

Retrouvez toute l'actualité de l'auteur sur :
www.evanovich.com

LE CASSE

DU MÊME AUTEUR
CHEZ POCKET

Avec Lee Goldberg
LE CASSE

Les Enquêtes de Stéphanie Plum

LA PRIME
JAMAIS DEUX SANS TOI
À LA UNE, À LA DEUX, À LA PROIE
QUATRE OU DOUBLE
CINQ À SEXE
SIX APPEAL
SEPTIÈME CIEL
LE GRAND HUIT
LES NEUF VIES DE STÉPHANIE
DIX DE RETROUVÉS
COMME ONZE COMPREND
LES DOUZE TRAVAUX DE STÉPHANIE
UNE AFFAIRE TREIZE EXPLOSIVE
CHERCHER MIDI À QUATORZE HEURES

UNE PLUM SOUS LE SAPIN
suivie de
RECHERCHE VALENTIN DÉSESPÉRÉMENT

UN TRÈFLE À QUATRE PLUM
suivi de
QUI A PEUR DU GRAND MÉCHANT LOU ?

JANET EVANOVICH
et
LEE GOLDBERG

LE CASSE

Traduit de l'anglais (États-Unis)
par Élisabeth Luc

CHARLESTON

Titre original :
THE HEIST

Le Casse est une œuvre de fiction. Les noms, personnages, lieux et événements mentionnés sont le produit de l'imagination de l'auteur, et sont utilisés de manière fictive. Toute ressemblance avec des événements, lieux ou personnes existants ou ayant existé ne saurait être que fortuite.

MIXTE
Papier issu de sources responsables
FSC® C003309
www.fsc.org

Pocket, une marque d'Univers Poche, est un éditeur qui s'engage pour la préservation de son environnement et qui utilise du papier fabriqué à partir de bois provenant de forêts gérées de manière responsable.

ISBN : 978-2-266-27161-5

Remerciements

Nous tenons à remercier Vicki Hendricks qui nous a fait profiter de son savoir sur le base-jump, ainsi que Twist Phelan, Jack Chapple et Bill O'Meara qui ont répondu de façon détaillée à nos questions sur la navigation dans les eaux indonésiennes.

Ce roman une œuvre de fiction. Nous avons pris quelques libertés avec la géographie, entre autres choses. Toute erreur, exagération ou création pure et simple est entièrement de notre fait. Oui, nous savons qu'il n'y a jamais eu de femmes chez les Navy Seals, et c'est bien dommage !

Chapitre 1

Pour sortir, la tenue favorite de Kate O'Hare était un coupe-vent bleu avec, dans le dos, le sigle du FBI en lettres jaunes, sur un tee-shirt noir classique avec un gilet en Kevlar assorti. Un ensemble seyant dans n'importe quelle situation, notamment avec un jean et agrémenté d'un Glock. À trente-trois ans, l'agent spécial Kate O'Hare détestait se sentir désarmée, donc vulnérable, surtout pendant le travail, ce qui lui interdisait en théorie toute mission d'infiltration. Ce n'était pas un problème pour quelqu'un qui préférait le style « rentre dedans » des opérations de maintien de l'ordre. En cet après-midi d'hiver à Las Vegas, par trente-cinq degrés à l'ombre, elle fit une entrée remarquée à la clinique St. Cosmas, dans son attirail de prédilection, suivie d'une dizaine d'hommes en tenue similaire.

Tandis que ses collègues se dispersaient pour bloquer les autres issues du bâtiment, Kate croisa les agents de sécurité postés à l'entrée et, tel un bolide, se précipita vers le bureau de Rufus Stott, l'administrateur en chef de la clinique. Elle passa devant une assistante comme si elle était transparente et entra sans frapper dans la pièce. Surpris par cette intrusion, Stott sursauta et faillit tomber de son fauteuil ergonomique chromé. Petit homme trapu et grassouillet, il affichait un bronzage artificiel et portait des lunettes à monture en écaille de tortue. Avec son pantalon en toile beige un peu trop serré, il ne correspondait pas vraiment à l'image que l'on se faisait d'un cadre supérieur de cinquante-cinq ans. Une main sur le cœur, il semblait suffoquer.

— Ne tirez pas ! bredouilla-t-il en cherchant son souffle.

— Je n'en ai aucune intention, lui répondit Kate. Regardez, je n'ai même pas dégainé mon arme. Vous voulez un verre d'eau ? Vous n'avez pas très bonne mine…

— Bien sûr que je ne me sens pas bien ! Vous m'avez fait une peur bleue en débarquant comme une furie. Qui êtes-vous, d'abord ? Qu'est-ce que vous me voulez ?

— Je suis l'agent spécial Kate O'Hare, du FBI, répliqua-t-elle en posant une feuille de papier sur son bureau. Voici un mandat qui me donne accès à votre aile VIP.

— Quelle aile VIP ? Nous n'en avons pas ! affirma Stott.

Kate se pencha vers lui pour le fixer de ses yeux bleu intense :

— Six patients en situation d'urgence médicale et d'une richesse indécente ont débarqué aujourd'hui des quatre coins du pays. Une limousine est allée les chercher à l'aéroport pour les amener ici. Dès leur arrivée dans votre aile VIP, chacun a effectué un virement d'un million de dollars sur le compte off-shore de la clinique et s'est retrouvé comme par enchantement en tête de la liste d'attente pour une greffe d'organe.

— C'est une plaisanterie ! protesta Stott. Nous n'avons aucun compte off-shore et certainement pas les moyens de louer une limousine. Cette clinique est au bord de la faillite.

— C'est pourquoi vous effectuez des greffes clandestines alimentées par un trafic d'organes humains. Nous savons que ces patients sont dans vos locaux et que votre personnel est en train de les préparer pour une intervention. Je n'hésiterai pas à boucler le bâtiment et à fouiller chaque chambre, chaque recoin, au besoin.

— Faites donc ! dit Stott en lui rendant son mandat. Nous ne pratiquons pas de greffes d'organes et nous n'avons pas d'aile VIP. Et nous n'avons pas de boutique de souvenirs, non plus.

Stott ne semblait pas le moins du monde impressionné par cette descente en règle. De plus, son étonnement avait l'air sincère, ce qui n'était pas bon signe. Kate aurait préféré le voir en proie à des sueurs froides, téléphone à la main, impatient d'appeler son avocat.

Dix-huit heures plus tôt, dans son bureau de Los Angeles, Kate glanait des informations sur les relations connues d'un criminel recherché, quand elle était tombée par hasard sur des rumeurs concernant une clinique de Las Vegas. L'établissement était soupçonné de proposer des greffes d'organes au plus offrant. En creusant un peu, la jeune femme avait découvert que des patients fortunés étaient déjà en route pour subir une intervention chirurgicale.

Elle avait donc laissé ses recherches en plan pour organiser cette opération coup de poing.

— Jetez donc un coup d'œil à ceci, dit-elle en tendant son smartphone à Stott.

L'administrateur observa une photographie, le portrait d'un homme d'une trentaine d'années vêtu d'un polo ample et délavé. Les cheveux châtains balayés par le vent, le regard noisette, le visage rieur, il affichait un sourire juvénile.

— Vous connaissez cet homme ? lui demanda-t-elle.

— Bien sûr. C'est Cliff Clavin, le spécialiste chargé du désamiantage de nos anciens locaux.

Kate fut saisie d'un malaise, et pas seulement à cause du sandwich à l'œuf et à la saucisse qu'elle avait avalé en guise de petit déjeuner. Si elle avait réussi à garder la ligne en dépit de ses habitudes alimentaires déplorables, elle était un véritable paquet de nerfs.

— Cliff Clavin est le nom d'un personnage de la série télévisée *Cheers*, qui date des années quatre-vingt, déclara-t-elle.

— Je sais. Drôle de coïncidence, vous ne trouvez pas ?

— De quels locaux parlez-vous ? poursuivit Kate.

Se tournant vers la fenêtre de son bureau, Stott désigna un édifice de cinq étages situé de l'autre côté du parking.

— Ce bâtiment-là !

Kate découvrit un vestige de l'architecture des années soixante, avec sa façade en roche de lave, ses grandes vitres teintées et son portique d'entrée couvert de gravier blanc.

— Il s'agit de la clinique d'origine, expliqua Stott. Nous sommes installés dans nos nouveaux locaux depuis un an. Il a fallu faire construire cet immeuble pour répondre à un manque de lits que nous n'avions pas anticipé avec…

Mais Kate ne l'écoutait plus. Elle était même déjà partie. À la seconde où elle avait vu la clinique désaffectée, elle avait compris comment elle et les six patients fortunés avaient été dupés. L'homme figurant sur la photo de son smartphone ne s'appelait pas Cliff Clavin, pas plus qu'il n'était spécialiste du désamiantage. Il s'agissait de Nicolas Fox, l'homme qu'elle traquait quand elle était tombée sur ce supposé trafic d'organes.

Escroc international et cambrioleur de haut vol, Nick Fox était connu pour l'audace de ses arnaques et la jubilation manifeste qu'il ressentait à les mettre en œuvre. Même s'il avait réussi des coups de grande envergure, peu lui importait le montant du butin : il n'en avait jamais assez.

En sa qualité d'agent du FBI, Kate s'était fixé pour mission de l'empêcher de nuire une bonne fois pour toutes. Deux ans plus tôt, elle avait failli y parvenir en contrecarrant les projets de Nick. L'escroc entendait dépouiller de ses trésors le loft d'un homme d'affaires situé au sommet d'un gratte-ciel de Chicago, pendant que le roi autoproclamé du rachat de sociétés en péril célébrait son mariage en grande pompe.

Quoique hasardeuse, cette entreprise constituait la marque de fabrique de Nick Fox. Pour parvenir à ses fins, il s'était fait engager par sa future victime en tant qu'organisateur de mariage tandis que ses complices passaient pour les employés d'un traiteur de prestige. À la tête d'une équipe d'intervention, Kate avait mené une véritable descente en pleine cérémonie. Les malfaiteurs avaient déguerpi comme des cafards surpris au grand jour tandis que Nick leur faussait compagnie en sautant de la terrasse du vingtième étage en parachute.

Malgré un déploiement d'hélicoptères, les rues bouclées, les barrages routiers et les fouilles systématiques effectuées dans le quartier, Fox s'était volatilisé. Au petit matin, fourbue, Kate avait regagné sa chambre d'hôtel. Une bouteille de champagne et un bouquet de roses l'y attendaient, de la part de Nick Fox. Naturellement, l'escroc avait fait noter ces achats sur la facture de la chambre… Pendant que la jeune femme sillonnait les rues de Chicago à sa recherche, il se remettait de ses émotions dans sa chambre ! Il avait regardé des films, commandé des consommations au service d'étage et vidé le minibar de toutes ses barres chocolatées préférées. Et en partant, il avait eu le culot d'emporter les serviettes de bain.

Cette ordure se moquait vraiment d'elle ! Kate fulminait en traversant de nouveau le hall de la clinique. À l'entrée, elle croisa deux agents de sécurité médusés, puis émergea sur le parking.

En atteignant la clôture Cyclone qui entourait l'ancienne clinique, la jeune femme était en nage. Son cœur battait si fort qu'elle avait l'impression qu'il allait exploser. Elle sortit son arme et se dirigea à pas de loup vers le bâtiment désaffecté. Devant la bâtisse, elle discerna un tapis rouge et une pancarte jusqu'alors dissimulée dans l'ombre du porche :

Bienvenue à la clinique St. Cosmas.
Nous vous prions de nous excuser pour les désagréments provoqués par les travaux d'embellissement destinés à vous procurer des soins médicaux de pointe dans un environnement intime et luxueux.

Plaquée contre la pierre rugueuse, Kate longea le mur vers l'entrée et défonça la porte d'un violent coup de pied. Une fois à l'intérieur, elle se mit en position de tir, sans croiser la moindre cible potentielle. Elle se trouvait dans un élégant espace de réception meublé de sièges contemporains en cuir, avec un sol en travertin et des plantes vertes luxuriantes. Derrière le comptoir déserté étaient exposés des portraits de l'équipe soignante. Parmi eux, la jeune femme reconnut instantanément deux visages : celui de Nick Fox, stéthoscope autour du cou, plein d'assurance et fort de son autorité médicale… et le sien. Visiblement avinée, elle affichait un sourire un peu niais. Quelqu'un avait piraté et retouché un cliché pris lors d'une fête de mariage à laquelle elle avait assisté deux ans plus tôt, et qui figurait sur la page Facebook de sa sœur Megan. Sous le portrait de Nick Fox figurait : « Dr William Scholl » inscrit en lettres de bronze. Quant à elle, elle portait le doux nom de Dr Eunice Huffnagle.

De mieux en mieux… Où se trouvait donc le « personnel soignant » en cet instant ? Et les six patients fortunés venus de loin pour bénéficier d'une greffe d'organe ?

Kate se dirigea prudemment vers une porte à double battant et la franchit, prête à faire feu.

Elle se retrouva dans un nouveau hall où, une fois encore, il n'y avait pas âme qui vive. Face à elle, trois autres portes : « bloc opératoire #1 », « salle de réveil #1 » et « pré-op ». À sa gauche, elle vit un ascenseur et, à sa droite, un escalier.

Kate ouvrit doucement la porte du bloc opératoire et découvrit une salle entièrement aménagée. L'ensemble était design et élégant, d'un blanc immaculé. L'équipement médical était aussi rutilant qu'une voiture de course au Salon de l'automobile.

Elle s'intéressa ensuite à la salle de réveil. Il y avait un lit d'hôpital classique, une perche à perfusion et tous les appareils de surveillance médicale. Toutefois, la ressemblance avec une véritable chambre hôpital s'arrêtait là. La pièce était décorée avec goût, ornée de meubles anciens, avec une bibliothèque, des livres reliés de cuir, un téléviseur à écran plat, sans oublier un bar garni d'une sélection de boissons alcoolisées.

Il est très fort, ce Fox, songea-t-elle. Quelle meilleure couverture que celle d'un spécialiste du désamiantage pour préparer ce qui devait être son dernier coup en date ? Ce prétexte lui garantissait que nul n'oserait s'aventurer dans l'ancien bâtiment de la clinique pendant que Nick et ses complices mettaient en scène leur escroquerie avec un grand professionnalisme.

Enfin, Kate pénétra dans le service des soins préopératoires, un long couloir jalonné de bureaux abandonnés et de plusieurs boxes fermés par des rideaux. La jeune femme écarta le premier avec prudence. Un homme entre deux âges était étendu sur une civière.

Visiblement inconscient, il était sous perfusion. Kate vérifia son pouls : rien d'inquiétant.

Elle parcourut le couloir en ouvrant les rideaux un à un. Les six hommes arrivés ce jour-là de l'aéroport étaient bien présents, endormis et sans doute soulagés d'un million de dollars chacun.

Soudain, les vitres du bâtiment se mirent à trembler. Kate reconnut le bruit des pales d'un hélicoptère juste au-dessus d'elle. Nick Fox était certainement sur le toit. Décidément, c'était une manie !

Elle revint vite sur ses pas et gravit quatre à quatre les marches de l'escalier tout en se réjouissant d'être plutôt leste pour quelqu'un qui se nourrissait exclusivement de hamburgers et de frites.

En émergeant sur le toit de l'immeuble, elle vit un hélicoptère bleu semblable à ceux qui assuraient les vols touristiques au-dessus de Las Vegas. À bord de l'appareil, dont la portière était ouverte, se trouvaient plusieurs « médecins » et « infirmiers ».

Cependant, Nick Fox n'était pas du voyage : il se tenait entre elle et l'appareil, les mains dans les poches, cheveux au vent, détendu et confiant. Sa blouse blanche volait dans son dos comme la cape d'un super-héros.

À l'âge de douze ans, Kate savait déjà à quoi ressemblait l'homme idéal. Son portrait n'avait pas changé : des cheveux châtains soyeux, un regard noisette pétillant d'intelligence et un sourire canaille. Plus d'un mètre quatre-vingts, athlétique, svelte, intelligent, sexy, enjoué. Le plus terrible, c'était que Kate commençait à croire que Nick Fox était l'incarnation de l'homme de ses rêves.

— Docteur Scholl ? cria-t-elle pour couvrir le vacarme de l'hélicoptère. Sérieusement, c'est tout ce que vous avez trouvé, comme pseudo ?

— C'est un nom très respecté dans le monde médical, répliqua Nick. Je constate que vous portez des chaussures confortables, aujourd'hui.

Nick n'ignorait pas qu'elle glissait toujours des semelles orthopédiques dans ses baskets noires. C'était l'un des nombreux détails qu'il avait réussi à glaner. D'une manière générale, ce qu'il savait sur la jeune femme était plutôt déconcertant, voire effrayant, un sentiment que compensait une attirance physique indiscutable qu'il ne s'expliquait pas.

Elle avait le front légèrement moite à cause de sa course effrénée dans l'escalier, ce qui ne gâchait en rien son teint parfait. Il la trouva diablement sexy. Toutefois, les fantasmes que suscitait son apparence physique dépassaient certainement la réalité. Kate O'Hare était tellement passionnée par son travail qu'elle devait garder son gilet pare-balles au lit. Néanmoins, il appréciait leur petit jeu du chat et de la souris. Ses grands yeux bleus, ses cheveux bruns noués en queue-de-cheval, son petit nez mutin, son corps de rêve et sa foi inébranlable en la justice et la loi lui plaisaient. Son assiduité ne faisait que rendre sa propre carrière d'escroc plus palpitante.

— Vous êtes en état d'arrestation ! hurla-t-elle.

— Qu'est-ce qui vous donne cette impression ?

— Le fait que j'aie une arme braquée sur vous et que je tire très bien, peut-être…

Comme pour souligner ses propos, elle fit un pas vers lui. Nick recula d'autant.

— Je n'en doute pas, mais vous ne tirerez pas.

— Franchement, je m'étonne de ne pas vous avoir encore abattu, répliqua la jeune femme en faisant un pas de plus.

— Vous m'en voulez toujours pour les emballages de barres chocolatées ? reprit-il en reculant encore.

— Un pas de plus et je vous descends.

— C'est impossible, assura-t-il.

— Vous croyez ? Je suis capable d'arracher les couilles d'un aigle à cent mètres.

— Les aigles n'ont pas de couilles.

— D'accord, je ne suis peut-être pas douée pour les métaphores, mais je vise à la perfection.

— Vous ne pouvez pas me tirer dessus parce que je suis désarmé et que je ne représente aucune menace physique.

— En revanche, je peux tirer sur l'hélicoptère.

— Et prendre le risque qu'il s'écrase sur un hôpital plein d'enfants ? Cela m'étonnerait…

— Cet hôpital n'est pas plein d'enfants.

— J'ai l'impression que vous ne me comprenez pas.

Il jeta un coup d'œil en direction du parking. Des agents du FBI affluaient vers le bâtiment. En posant de nouveau le regard sur Kate, il remarqua qu'elle s'était encore rapprochée de lui.

— C'était vraiment sympa de te revoir, Kate.

— Pour vous, je suis l'agent spécial O'Hare, corrigea-t-elle. Et vous n'irez nulle part.

Il lui sourit et, sans un mot de plus, se précipita vers l'hélicoptère.

— Nom de Dieu !

La jeune femme rengaina son arme et se lança à sa poursuite. Même si elle venait de monter quatre étages au pas de course, elle demeurait plus rapide que lui, ce qui lui procura une intense satisfaction. Elle réduisit rapidement l'écart, persuadée de saisir l'escroc par le collet avant qu'il ne monte à bord de l'appareil.

Apparemment, le pilote et les complices de Nick partageaient son optimisme, car l'hélicoptère décolla soudain, laissant Fox sur le toit de l'ancienne clinique. Au lieu de s'arrêter, il accéléra, comme si le vide ne trouvait encore loin, et non à quelques mètres. Avec un effroi grandissant, Kate comprit ses intentions : il allait sauter dans le vide ! Et cette fois, il n'avait pas de parachute.

— Non ! hurla-t-elle.

Elle se précipita vers lui dans l'espoir de le plaquer à terre avant qu'il ne commette l'irréparable. Trop tard. Elle le manqua de quelques centimètres et s'écroula sur le béton au moment où Nick bondissait vers l'hélicoptère qui faisait du surplace. En le voyant s'élancer, elle sentit son cœur s'arrêter de battre. Contre toute attente, l'escroc parvint à se hisser sur un patin d'atterrissage. S'accrochant d'une main, il lui envoya un baiser de l'autre, puis l'appareil s'éloigna en direction du Strip de Las Vegas.

Quelques secondes après cette évasion spectaculaire, Kate lança un appel radio dans l'espoir qu'un hélicoptère de la police et des voitures de patrouille partent à la poursuite du fuyard. Alors même qu'elle déclenchait les opérations, elle était consciente qu'il s'agissait d'une perte de temps et d'énergie.

Plusieurs appareils identiques proposaient aux touristes de survoler le Strip, boulevard emblématique très animé, bordé de casinos et d'hôtels. Un homme accroché au patin de l'un d'eux aurait pu permettre de le distinguer des autres, mais les malfaiteurs s'étaient envolés trop vite. De plus, dans le feu de l'action, Kate avait omis de relever son numéro d'immatriculation, de sorte qu'elle n'avait guère d'éléments à fournir aux autorités aériennes. À quoi bon, d'ailleurs ? L'appareil n'appartenait en réalité à aucune agence de tourisme. Il avait simplement été maquillé pour donner cette impression.

Kate se rendit aussitôt dans la chambre qu'elle avait réservée au Circus Circus, l'hôtel le plus abordable du Strip. Une main sur son holster, elle s'approcha à pas de loup et glissa sa carte dans la fente de la serrure. Elle ouvrit la porte avec précaution, au cas où Nick Fox ait eu l'arrogance de réitérer sa petite plaisanterie de la dernière fois, auquel cas elle tenait à le prendre la main dans le sac.

Pas de chance. La pièce était déserte. Il y flottait une odeur de détergent et de chlore, comme à la piscine. La jeune femme s'assit sur le lit et poussa un soupir. Sale journée… D'autant plus qu'elle allait se faire remonter les bretelles par sa hiérarchie pour avoir laissé filer Nick Fox au lieu de trouver un prétexte pour l'abattre. Ce n'étaient pourtant pas les griefs qui lui manquaient. Le dernier affront en date de Fox, à ses yeux, était l'horrible portrait du Dr Eunice Huffnagle qu'elle avait réussi à arracher du mur de la réception, dans la fausse clinique, de peur que quelqu'un ne le remarque.

Observant tristement son reflet dans le miroir, Kate ôta sa veste en Kevlar. C'est alors qu'elle le remarqua. Dans un premier temps, elle n'en crut pas ses yeux et dut se retourner pour en avoir le cœur net, mais elle n'avait pas rêvé : c'était bien un emballage de Toblerone qui était posé sur son oreiller.

Chapitre 2

Six mois plus tard...

Lorsque le commun des mortels accumule chez lui plus d'objets que sa maison ne peut en contenir, il finit par tout stocker dans un garde-meubles qu'il ferme à l'aide d'un simple cadenas, puis il continue ses achats compulsifs et inutiles. Un homme aussi riche et âgé que Roland Larsen Kibbee, lui, rangeait ses petites affaires dans son musée privé, avec son nom gravé dans le marbre, au-dessus de l'entrée. Ensuite, il faisait payer les visiteurs qui venaient s'extasier devant sa collection, devenue un prolongement de lui-même.

Non seulement l'ouverture d'un musée libère de l'espace dans une vaste demeure, mais elle offre aussi l'avantage de passer pour un symbole de réussite sociale difficile à surpasser à une époque où les milliardaires envoient des fusées dans l'espace. Roland avait acquis sa collection de peintures, de sculptures et de bijoux grâce à une fortune amassée au fil des ans. Il rachetait des exploitations agricoles en difficulté avant d'en expulser les anciens propriétaires pour y faire travailler la main-d'œuvre la moins chère possible, ce qui faisait de lui l'un des premiers employeurs d'immigrés clandestins de Californie et un véritable pilier de l'économie mexicaine.

Naturellement, l'homme d'affaires n'avait pas bâti son musée au Mexique. La collection Roland Larsen Kibbee se trouvait à San Francisco, sur Pacific Heights, dans un imposant manoir inspiré des châteaux de la Loire.

Sur le plan professionnel, les méthodes de Roland heurtaient les idéaux humanistes de Clarissa Hart, sa conservatrice. Hélas, à vingt-six ans, son diplôme des Beaux-Arts ne lui permettait pas de décrocher le poste dont elle rêvait. Or elle avait un prêt étudiant de quatre-vingt-dix-sept mille dollars à rembourser, et si elle avait dû vivre une journée de plus chez ses parents, elle les aurait sans doute étouffés dans leur sommeil. Faisant abstraction de ses grands principes, elle empochait donc le salaire que Roland lui versait chaque mois. Hélas, le musée Kibbee était loin d'être le Guggenheim ou le Getty. Les pièces présentées, principalement des nus, donnaient plutôt à Clarissa l'impression d'être hôtesse d'accueil dans un club libertin. Elle se consolait en se répétant qu'elle n'en était pas moins conservatrice de musée.

La collection de peintures et d'objets d'art était exposée dans de longs couloirs et de petites salles intimes qui donnaient au visiteur l'impression d'être invité chez Roland, même si le magnat de l'agriculture n'y avait jamais séjourné. À quatre-vingt-cinq printemps, il vivait à Palm Beach, en Floride, avec LaRhonda, une strip-teaseuse de vingt-deux ans qui attendait patiemment qu'il meure. Dès que son compagnon aurait rendu son dernier souffle, elle espérait mettre le grappin sur le Crimson Teardrop, « la larme rouge », un diamant rarissime de deux carats, la dernière acquisition de Roland Larsen Kibbee.

En termes d'image de marque et de reconnaissance, le Teardrop constituait le plus bel atout du vieil homme. En prévision de la soirée de présentation du diamant, les employés s'affairaient ce jour-là à astiquer les sols en marbre et à cirer les boiseries du musée. Jugés trop classiques, divans et fauteuils en cuir avaient fait place à un nouveau mobilier. Clarissa faisait faire le tour du propriétaire à l'inspecteur Norman Peterson de la police de San Francisco. Il était venu évoquer les problèmes de circulation provoqués par la réception et s'assurer que les responsables du musée avaient pris les mesures nécessaires pour la protection du précieux diamant.

— C'est incroyable. Je suis passé des milliers de fois devant ce bâtiment sans remarquer qu'il abritait un musée, avoua Peterson.

Sous son nez un peu camus, il caressa son imposante moustache.

Il portait son insigne autour du cou, accroché à un cordon. Sans doute pour dissimuler sa bedaine et une tache de moutarde sur sa cravate, songea la jeune femme. Il ne devait pas avoir plus de trente-cinq ans, mais s'il n'adoptait pas une meilleure hygiène de vie, il ne ferait pas de vieux os…

Clarissa ne s'était pas trompée sur son âge. Pour le reste, elle avait tout faux, car l'inspecteur Peterson n'était autre que Nick Fox. Il avait rembourré ses vêtements pour sembler plus corpulent.

Un maquillage efficace et quelques prothèses lui déformaient habilement le visage.

— Nous sommes ce qu'on appelle un musée-boutique, expliqua la conservatrice tandis que le personnel disposait les nouveaux meubles.

— Qu'est-ce que ça veut dire ?

Elle aurait pu lui répondre que l'on nommait ainsi un musée plus petit, plus intime, plus soigné que les grandes structures traditionnelles, mais quelque chose en lui, ainsi que son absence totale de prétention lui firent changer d'avis.

— Ça veut dire que les gens passent devant chez nous des milliers de fois sans nous remarquer, déclara-t-elle simplement.

— C'est dommage, parce que vous avez plein de belles choses, ici.

Nick s'arrêta pour observer une statue de marbre grandeur nature, vieille de cinq siècles, représentant une femme nue assise sur une souche et tenant son sein gauche.

— Elle aurait mieux fait de s'asseoir sur un coussin ou une couverture. C'est plus confortable.

— Elle était bien au-delà de ces considérations pratiques.

— Personne n'a envie de se retrouver avec des échardes dans les fesses ! Qui est-ce ?

— Aphrodite, répondit Clarissa.

— Connais pas… fit Nick. Il faut dire que quand j'ai visité le musée de cire de Fisherman's Wharf, j'ai identifié à peine la moitié des prétendues célébrités qui y sont exposées.

Clarissa le dévisagea pour vérifier s'il la faisait marcher, mais non, il semblait sincère. Elle-même n'avait jamais mis les pieds au musée de cire, qui accueillait sans doute plus de visiteurs en une journée que le Kibbee en un mois.

— C'est la déesse grecque de l'amour, inspecteur. Son histoire est très intéressante. Cronos, un jeune Titan très envieux, voulait détrôner son père, Ouranos, le maître de l'univers. Il a donc tranché les organes génitaux de son père à l'aide d'une faux avant de les jeter à la mer. Aphrodite a alors surgi des vagues, née de l'écume.

— Et elle symbolise l'amour ? s'enquit Nick. C'est un peu violent, je trouve.

— On peut dire que c'est un thème récurrent dans chaque pièce de la collection Kibbee, ajouta Clarissa. Un fil conducteur, en quelque sorte.

Selon elle, toutefois, Roland collectionnait les œuvres d'art et les épouses sans se soucier d'un fil conducteur. À part, peut-être, une fixation sur les seins…

— Le côté sombre de l'amour, reprit-elle. C'est ce qui constitue le charme du Crimson Teardrop.

— Je croyais que c'était le fait qu'il vaut des milliards de dollars.

— C'est un diamant magnifique, mais il est plus proche des quinze millions. En tant qu'œuvre d'art, toutefois, sa valeur provient avant tout de son histoire.

Elle l'introduisit dans une salle au centre de laquelle était exposée la pierre. Nick observa la vitrine posée sur un piédestal en marbre sculpté.

— Une histoire marquée par l'amour, la mort et la tristesse, d'où son nom de « larme rouge ».

Naturellement, l'escroc connaissait l'histoire du précieux bijou sur le bout des doigts.

Découvert en 1912 par un jeune couple de naturalistes britanniques au cours d'un voyage en Afrique du Sud, le diamant devait orner une bague de fiançailles. Hélas, la nouvelle de leur trouvaille se propagea comme une traînée de poudre. Un jour, les deux malheureux furent découpés à la machette par des brigands qui leur dérobèrent leur trésor.

Après bien des pérégrinations, le Teardrop se retrouva en Russie où il fut monté en pendentif pour le tsar Nicolas II qui l'offrit à sa femme, la tsarine Alexandra. Celle-ci le transmit ensuite à sa fille Anastasia, qui le portait sous ses vêtements, ainsi que divers bijoux de famille, quand la famille Romanov fut exécutée, en juillet 1918.

Après l'assassinat, Anastasia fut dépouillée de ses biens de valeur comme les autres membres de la famille et les domestiques. Le butin fut vendu, revendu, si bien que le pendentif ne réapparut au grand jour que le 3 novembre 1929. Ruinés par la crise des marchés boursiers, le banquier Dick Epperson et son épouse Dollie se parèrent de leurs plus beaux atours, échangèrent un dernier baiser et, main dans la main, se jetèrent dans le vide depuis le balcon de leur appartement de Park Avenue, à New York. Dollie portait le Crimson Teardrop autour du cou. Si nul ne savait comment il s'était retrouvé en sa possession, les héritiers s'empressèrent de le vendre pour régler leurs dettes.

Au fil des décennies, le diamant passa de main en main, laissant bien des tragédies dans son sillage. D'après la légende, un admirateur secret l'acheta pour l'offrir à Marilyn Monroe peu avant sa mort, en 1962. Le Teardrop ne refit surface que bien plus tard, à la mort de Victoria Burrows, héritière d'un magnat du pétrole, décédée à l'âge de quatre-vingt-sept ans. La vieille dame n'avait pas quitté sa maison de Santa Barbara depuis la mort de son mari, en 1965.

« Roland Larson Kibbee a réussi à s'emparer du diamant rouge lors de la vente du patrimoine des Burrows, songea Nick Fox, mais je vais le lui subtiliser à mon tour. »

— Il paraît que le Teardrop porte malheur, déclara Clarissa. Surtout aux amoureux.

— Cela n'empêchera pas certains de chercher à le voler, répondit Nick. Qu'est-ce qui pourra les arrêter ?

— Un système d'alarme dernier cri, des champs magnétiques autour des issues et, rien que dans cette salle, des détecteurs de mouvement, de chaleur et une demi-douzaine de caméras sans fil, et ce n'est pas tout… Vous avez sans doute remarqué qu'il n'y a ni fenêtre, ni porte, dans cette pièce.

— Bien sûr que je l'ai remarqué, assura Nick en balayant la salle du regard. Cela fait partie de mon métier d'enquêteur.

« Et de voleur », ajouta-t-il pour lui-même.

— Cette pièce n'est autre qu'un grand coffre-fort joliment décoré. Il n'existe qu'une seule entrée. Il faut passer sous l'arche située derrière vous. Dès que l'un des systèmes de sécurité se déclenche, une porte blindée de plus de cinquante centimètres d'épaisseur descend et le voleur se retrouve piégé à l'intérieur tandis qu'un signal d'alarme alerte aussitôt les services de police. En combien de temps pensez-vous pouvoir arriver après le déclenchement de l'alarme ?

— Le cambrioleur sera pris au piège, c'est bien cela ?

— Il sera virtuellement emmuré vivant. La porte blindée est conçue pour résister aux explosifs et aux assauts d'une perceuse ou d'un chalumeau.

— À quoi bon se presser, dans ces conditions ? fit Nick d'un ton désinvolte. Je passerai peut-être m'acheter un café sur mon chemin, histoire de le faire mariner un peu, ce malfrat.

— S'il n'a pas été écrasé par cinq cents kilos d'acier avant même d'être entré dans la salle.

— Raison de plus pour prendre son temps. Quelle est votre boisson favorite ? Je vous en prendrai un gobelet en passant, si l'occasion se présente.

— Ce sera un café latte parfumé à la cannelle, répondit-elle avec un sourire.

Ce flic ne paie pas de mine, mais il a un certain charme, admit-elle en son for intérieur.

— Vous voulez visiter le reste du musée ? proposa-t-elle.

— Il y a encore des femmes nues ?

— Oui.

— Dans ce cas, je vous suis.

— Je vais peut-être vous sembler ridicule, déclara Clarissa, mais un des personnages de la série *Cheers* s'appelle Norm Peterson, comme vous…

— Pure coïncidence, assura Nick.

À vingt et une heures cinquante-deux, quiconque se serait trouvé à l'intérieur du musée Kibbee aurait assisté à un bien étrange spectacle. Malheureusement, les deux agents de sécurité postés sans grande conviction devant les écrans de surveillance de la réception n'eurent pas ce privilège.

Dans la journée, un fauteuil en cuir et un divan assorti avaient été livrés et installés devant l'entrée de la salle renfermant le Crimson Teardrop. Dans le couloir, des caméras étaient braquées sur les deux sièges, mais un côté de chaque siège demeurait invisible. Deux hommes exploitèrent cette lacune. Le premier était recroquevillé à l'intérieur du fauteuil et l'autre était allongé dans la structure du divan. Chacun souleva lentement le cuir pour émerger de sa cachette.

Moulés dans une combinaison verte qui les couvrait de la tête aux pieds, ils n'étaient pas sans évoquer Spiderman, mais sans les muscles ni le don de projeter des toiles d'araignées de leurs poignets. De plus, ce costume soulignait particulièrement leur virilité, ce qui pouvait être une source d'embarras supplémentaire.

Le super-héros sorti du fauteuil – fauteuil-man, sans doute – se redressa et sortit un drap vert et un petit sac de sport de la même couleur de sa cachette. Canapé-man saisit deux planches enveloppées dans un tissu vert. Elles étaient peu près à ses dimensions et munies d'une poignée qui lui permettait de les tenir tels deux boucliers.

Au même moment, l'un des deux agents de sécurité posa les yeux sur le moniteur montrant des images du couloir et ne remarqua rien d'anormal, et pour une raison très simple : les deux hommes en combinaison moulant leurs formes avantageuses et leurs accessoires étaient invisibles à l'écran.

Fauteuil-man ouvrit son sac et s'accroupit devant l'entrée de la salle. Il sortit une bombe aérosol verte et se mit à asperger les parois de l'arche, là où étaient dissimulés les capteurs de chaleur et de mouvement. Les deux cambrioleurs attendirent que le nuage de brume se dissipe, puis Canapé-man tendit un bouclier à son acolyte. Ainsi protégés par leurs planches, ils franchirent le seuil de la salle de chaque côté de l'arche. Ils s'arrêtèrent et, après avoir déplié une sorte de béquille à leurs planches, les laissèrent sur place.

La lourde porte blindée située au-dessus de leur tête ne s'abattit pas sur eux. Ils s'avancèrent donc dans la pièce consacrée à l'exposition du Crimson Teardrop. Il n'existait aucun angle mort qui aurait échappé aux nombreuses caméras, et pourtant aucune d'elles ne capta les deux hommes et leur équipement.

L'homme sorti du fauteuil posa son sac de sport et son drap vert à terre devant le piédestal. Il saisit un coin du drap tandis que son complice en prenait un autre. Lentement, dans un même geste, ils soulevèrent le drap pour en couvrir entièrement le diamant et son écrin. Fauteuil-man se glissa sous cette bâche, armé d'un instrument doté d'une lame spéciale, et entreprit de découper le verre de la vitrine. L'entaille était à peine visible à l'œil nu mais, dès que le verre se fendit, une alarme retentit et la porte blindée descendit, ébranlant l'immeuble tout entier. Les deux petits hommes verts étaient pris au piège.

Chapitre 3

Grimé en inspecteur Norman Peterson, Nick Fox se présenta au musée moins de vingt minutes après le déclenchement du signal d'alarme, avec deux gobelets de café. Il en tendit un à Clarissa Hart. Très agitée, la conservatrice l'attendait devant la porte blindée, en compagnie des deux agents de sécurité chargés de surveiller les écrans de contrôle au moment du cambriolage.

— Un café latte à la cannelle, comme promis. Cela dit, je ne m'attendais pas à devoir tenir ma promesse.

Nick désigna de la tête le jeune homme dégingandé qui l'accompagnait :

— Je vous présente mon coéquipier, l'inspecteur Ed Brown.

Brown la salua d'un signe. Ce n'était pas sa véritable identité, bien sûr. Même Nick ignorait son vrai nom. Chaque fois qu'il travaillait avec « Brown », celui-ci changeait de pseudonyme et d'apparence.

— Qu'est-ce qui a déclenché le signal d'alarme ? s'enquit Nick en buvant une gorgée de café.

Il ne semblait pas le moins du monde pressé d'appréhender les deux malfaiteurs enfermés derrière la porte blindée.

— Un capteur surveille la pression de l'air à l'intérieur de la vitrine protégeant le Crimson Teardrop. Dès que le verre se fissure, l'alarme se déclenche. Mais il y a un détail qui ne colle pas, inspecteur, expliqua Clarissa en brandissant son smartphone. Voici les images de l'une des caméras de surveillance. Comme vous le constatez, il n'y a personne dans la salle. Or il n'existe aucune autre issue et les images sont filmées en temps réel. On voit clairement la porte blindée sous l'arche.

— En revanche, on ne voit pas tous ces débris, objecta le faux inspecteur Peterson.

Le sol était jonché de morceaux de polystyrène vert provenant d'un mystérieux objet écrasé par la porte blindée.

Le regard de Clarissa passa de l'écran de son téléphone au visage de Nick.

— C'est vrai… Seriez-vous en train d'affirmer que ces images n'étaient pas filmées en direct ?

— Pas du tout. Ce sont les images authentiques tournées au moment du cambriolage.

— Alors je ne comprends pas, avoua la jeune femme.

— Vous aimez Harry Potter ? s'enquit Nick.

— Naturellement.

— Vous connaissez donc sa cape d'invisibilité.

Nick but une gorgée de café qui lui laissa une fine moustache sous le nez.

— Selon vous, le voleur est un sorcier ? demanda Clarissa avec un sourire.

— Non. En revanche, il travaillait pour un sorcier qui a filé depuis longtemps. Il orchestrait les opérations depuis une fourgonnette portant le logo d'une compagnie de téléphone garée plus loin dans la rue.

— Comment le savez-vous ?

— Nous sommes passés devant en arrivant, répondit Nick en s'essuyant les lèvres d'un doigt qu'il essuya ensuite sur son pantalon.

— Je voulais dire : comment savez-vous que c'était un leurre ?

— Je l'ignorais, sur le moment, mais je le sais maintenant, grâce à ceci.

Il donna un coup de pied dans un débris jonchant le sol.

— Ce polystyrène vert est enveloppé de polyester.

— Un peu comme vous et votre beau costume, patron, intervint Brown avec un sourire.

Il lança une œillade à Clarissa pour voir s'il venait de marquer un point. La conservatrice demeura impassible, au contraire des deux agents de sécurité, ce qui n'était guère une consolation.

— En quoi le polyester a-t-il de l'importance ? insista la jeune femme.

— C'est une fibre qui conduit très mal la chaleur, expliqua Nick.

Clarissa hocha la tête.

— Donc le voleur a utilisé une planche enveloppée de polyester pour se protéger des capteurs de chaleur qui risquaient de détecter sa présence lorsqu'il entrerait dans la salle.

— Exactement.

Satisfait, Nick leva son gobelet comme pour porter un toast. Elle en fit autant, ce qui contraria Brown.

Clarissa observa alors l'inspecteur comme si elle le voyait pour la première fois. Physiquement, il n'était pas terrible. Lorsqu'elle avait dû lui expliquer qui était Aphrodite, elle l'avait trouvé ignorant, mais pas totalement dénué de charme. Elle se rendait compte qu'elle s'était méprise sur toute la ligne. Ce type n'avait rien d'un abruti. Il avait l'esprit vif, au contraire, et il était bien dans sa peau. Plus il parlait, plus elle l'appréciait…

— Je crois que quelque chose m'a échappé, inspecteur, admit-elle. Quel est le rapport entre tout cela et le fait qu'on ne voit aucun malfaiteur dans la salle sur l'écran ?

— Il est vert, répondit Nick.

— Il me semble plutôt expérimenté, au contraire, intervint Brown.

— Je voulais dire qu'il est vêtu de vert, reprit Nick. La même couleur que les boucliers antichaleur, ce qui nous ramène à Harry Potter et sa cape d'invisibilité. Il s'agit d'un effet spécial souvent utilisé au cinéma. Le sorcier responsable de ce cambriolage a employé la même technique que les cinéastes hollywoodiens pour situer leurs acteurs dans un monde qui n'existe pas ou bien dans le cockpit d'un avion de chasse qui ne vole pas vraiment. Les acteurs jouent la scène devant un fond vert qui, ensuite, est remplacé par autre un décor animé ou fixe. Sauf que, en l'occurrence, notre sorcier a fait l'inverse.

— C'étaient le voleur et ses instruments qui étaient verts, déclara Clarissa. Quant au sorcier, il était installé dans sa fausse fourgonnette d'opérateur téléphonique, devant son ordinateur portable. Il a réussi à s'introduire dans le système de surveillance du musée pour remplacer le voleur et tout ce qui était vert par d'autres images, le mur de la salle, par exemple. Le voleur était donc invisible.

Nick hocha la tête.

— Ensuite, le voleur a drapé le présentoir d'une cape d'invisibilité afin de pouvoir dérober le Crimson Teardrop en toute discrétion.

— Comment a-t-il procédé ? s'enquit Brown.

— Il l'a couvert d'un drap vert, puis le sorcier a inséré une image fixe du diamant par-dessus. Ainsi, les agents de sécurité voyaient le Crimson Teardrop dans sa vitrine, comme si tout était normal.

— C'est très bien pensé, commenta Clarissa. Ce sorcier est un génie.

— Il a raté son coup, au contraire, objecta Brown. Vous oubliez que nous sommes là et que le voleur est coincé à l'intérieur avec le diamant. Son plan a foiré.

— Mais il a bien failli marcher, insista Clarissa. Il faut au moins lui reconnaître ce mérite.

Nick hocha à nouveau la tête.

— Un type aussi futé doit être dans le circuit depuis pas mal de temps. Le FBI a peut-être une idée de son identité, au cas où le voleur n'aurait pas la gentillesse de nous la révéler lui-même. À propos, il serait temps de faire la connaissance de notre invité, vous ne pensez pas ? Pourriez-vous lever le rideau, mademoiselle Hart ?

Clarissa se dirigea vers un tableau sous lequel était dissimulé un clavier.

Nick se tourna vers les agents de sécurité.

— Restez sur le côté et ne dégainez pas vos armes. Il faut à tout prix éviter l'incident.

Nick posa son gobelet de café et sortit son pistolet. Brown et lui se mirent en position de tir face à la porte blindée. Clarissa entra le code d'accès. La trappe s'éleva dans un grincement métallique, révélant deux hommes en combinaison verte, assis à terre, les mains sur la tête, l'air penaud. Le drap vert gisait à terre, près du piédestal. Le diamant reposait, intact, dans sa vitrine.

— Police de San Francisco ! annonça Brown. Vous êtes en état d'arrestation.

— Vous en avez mis du temps, grommela l'homme sorti du fauteuil. J'ai bien cru que j'allais manquer d'air.

— Passe-leur les bracelets et récite-leur leurs droits, Ed, ordonna Nick en lui jetant sa paire de menottes.

Clarissa ne masquait pas son admiration pour l'inspecteur Peterson *alias* Nick Fox, en qui elle voyait un Columbo des Temps modernes, plus jeune et sans œil de verre ni imperméable fripé.

— Dites-moi, inspecteur, seriez-vous célibataire ? demanda-t-elle.

— Oui, et c'est bien dommage.

— Je ne suis pas de cet avis…

Lorsqu'elle glissa sa carte dans la poche arrière du pantalon de Nick, sa main s'attarda un instant sur sa fesse…

Sirène hurlante, la voiture de police fila le long de Van Ness Avenue. Comme souvent à San Francisco, un épais brouillard s'élevait de la baie pour envelopper la ville. Les phares avaient du mal à transpercer le brouillard. Brown était au volant. À côté de lui,

Nick tenait le sac de sport sur ses genoux. Les deux petits hommes verts étaient menottés à l'arrière.

— Tu étais vraiment obligé de bavasser aussi longtemps ? s'enquit l'homme sorti du canapé.

— Il fallait bien que je vende mon casse, répondit Nick.

Ce cambriolage de haut vol s'était déroulé exactement tel qu'il l'avait décrit à Clarissa, à ce détail près qu'il n'était autre que le sorcier responsable des manipulations d'images depuis la fourgonnette. Il avait aussi omis de lui raconter qu'il avait intercepté le signal d'alarme du musée avant qu'il n'atteigne les services de police.

— Tu ne peux vraiment pas t'empêcher de frimer, rétorqua Brown. Tu n'as pas pu résister à la tentation de lui montrer combien tu es génial, du moins c'est ce que tu crois.

— Ça faisait partie du spectacle. Et coupe la sirène. Les gens essaient de dormir.

— À quoi bon rouler dans une voiture de police si on ne met pas la sirène ?

— Je dois au moins te reconnaître ça, admit son complice sorti du fauteuil, se faire prendre délibérément est la meilleure méthode que je connaisse. C'est moins stressant.

— Je te l'avais bien dit, répondit Nick.

Il ouvrit le sac pour en extraire le diamant et l'admirer à loisir.

— Il est plus facile de se laisser vaincre par le système de sécurité que d'essayer de le vaincre, reprit-il.

— J'aurais été moins stressé si je n'avais pas dû porter une combinaison qui moule à ce point mes bijoux de famille, grommela l'homme sorti du fauteuil en jetant ses menottes à terre.

— Faut pas avoir honte, commenta son comparse. (Il ôta sa capuche pour passer une main dans ses cheveux trempés de sueur.) Tu es comme les autres. On est tous foutus pareils, finalement.

— Facile à dire pour toi. Tu es monté comme un âne ! On dirait le cheval de Godzilla…

— Merci. Tu es prié de le faire savoir à toutes les jolies filles de ton entourage.

— Godzilla n'avait pas de cheval, intervint Brown.

L'homme sorti du canapé retira à son tour sa capuche.

— On s'en fout. Il est quand même monté comme un âne, persista-t-il.

Nick remit le diamant dans son sac qu'il referma avec soin. Au bout de combien de temps quelqu'un se rendrait-il compte que la vitrine du musée ne recelait qu'une réplique ? Il se débarrassa de sa moustache qui le démangeait terriblement et la jeta par la fenêtre, ainsi que de son faux nez.

— Éteins cette sirène, je te dis ! Inutile d'attirer l'attention sur nous.

— Tu ne sais pas t'amuser, Nick, grommela Brown en s'exécutant.

— Comment oses-tu dire une chose pareille ? Je t'ai bien fait passer pour un flic…

— Un flic débile, corrigea Brown.

— C'est toujours mieux que d'être un flic miteux, insista Nick.

— On pourrait le croire, mais la fille t'a quand même filé son numéro.

— Il obtient toujours le numéro de la fille, commenta son complice sorti du canapé sans masquer son admiration.

Mais Nick était trop distrait pour apprécier cette flatterie à sa juste valeur. En regardant plus loin dans la rue, au-delà du feu tricolore, il avait discerné dans le brouillard une scène à laquelle il ne s'attendait pas : une équipe du service des eaux de la municipalité de San Francisco était en train de creuser le bitume. Il devinait une pelleteuse, quelques ouvriers vêtus de tenues fluorescentes et casqués, et un gros tas de terre en plein carrefour, bloquant l'une des deux voies en direction du sud.

— Qu'est-ce qui se passe ? demanda Brown.

— Il n'y avait pas de travaux prévus sur la voie publique, ce soir, déclara Nick. J'ai vérifié le planning ce matin.

— Une panne de courant ou une canalisation crevée, peut-être, hasarda Brown. Ça arrive.

— Toutes les lumières sont allumées dans le quartier et je ne vois pas de trace de fuite d'eau dans la rue, persista Nick. Au prochain carrefour, fais demi-tour.

— On revient sur nos pas ? s'enquit l'homme sorti du canapé. Ce n'est pas une bonne idée, ça.

— Arrête de faire ton parano, dit Brown.

— Obéis ! insista Nick en se redressant, pris d'un mauvais pressentiment.

Brown amorça son virage. En regardant par la fenêtre, Nick vit alors les phares d'un bus lancé à vive allure transpercer le brouillard, tel un train de marchandises émergeant d'un tunnel. Le bus leur barra la route. La voiture fit plusieurs tonneaux avant de s'immobiliser sur le trottoir, sur le toit.

Encore conscient mais sonné, Nick se retrouva tête en bas, retenu par sa ceinture de sécurité. L'Airbag plaqué contre son visage se dégonfla en sifflant. Son déguisement de flic ventripotent lui avait évité toute blessure. Il entendit les plaintes de ses trois complices, ce qui était bon signe : ils étaient en vie. Comme dans un épisode de *Star Trek*, le Scotty qui sommeillait en lui effectua un diagnostic instantané et informa son esprit conscient, son capitaine Kirk intérieur, qu'il venait d'encaisser un sacré choc, mais que tous ses systèmes fonctionnaient encore.

« Je peux récupérer la force d'impulsion, capitaine, mais les moteurs à distorsion sont fichus. Il me faudra au moins deux heures pour les réparer.

— Deux minutes, ce serait mieux, Scotty.

— Vous me demandez l'impossible !

— On est payés pour ça. »

Il ferma les yeux, secoua la tête et tenta de se concentrer. Puis il rouvrit les yeux. À travers le pare-brise fracassé, il vit les ouvriers municipaux accourir vers eux, arme au poing. Des ouvriers, ça ? Tu parles !

En entendant un crissement de verre brisé, Nick tourna la tête vers la fenêtre du passager. Il ne distingua que la moitié inférieure d'une personne vêtue d'un jean et chaussée de baskets qui se dirigeait d'un pas assuré vers la voiture, un Glock à la main, en toute décontraction.

Dans un premier temps, Nick crut qu'une autre bande de malfaiteurs était en train de les braquer. Certains prédateurs se spécialisaient dans le vol de butins obtenus par des escrocs plus ingénieux et consciencieux. Cela faisait partie des risques du métier, surtout quand plusieurs malfrats lorgnaient la même proie. Ils laissaient le meilleur d'entre eux s'en emparer puis ils le lui dérobaient.

Une autre idée lui vint à l'esprit. Pourvu qu'on ne lui loge pas une balle dans la tête avant de s'emparer du Crimson Teardrop. Si cet enfoiré était intelligent, il ferait feu car, dans le cas contraire, Nick le traquerait jusqu'au bout du monde pour lui reprendre le diamant, et ce en échafaudant le coup le plus humiliant et le plus dévastateur qui soit, sur le plan financier.

Le type s'arrêta devant la portière du passager, pointa son arme vers l'intérieur de l'habitacle et se pencha vers Nick.

— Vous êtes en état d'arrestation, déclara l'agent spécial Kate O'Hare du FBI.

Chapitre 4

Kate O'Hare détestait le Federal Building de San Francisco. Situé à l'angle de Mission Street et de la 7e Rue, il était non seulement conçu dans le respect de l'environnement, mais il était également voué à faciliter l'hygiène de vie de ceux qui y travaillaient. Les ascenseurs principaux ne s'arrêtaient que tous les trois étages afin que chacun soit contraint d'emprunter un escalier à un moment ou à un autre de la journée. L'unique ascenseur « omnibus » était strictement réservé aux livraisons et aux personnes à mobilité réduite. Face à ces conditions drastiques, Kate faisait semblant de boitiller chaque fois qu'une mission l'amenait à San Francisco. Il lui arrivait même de se munir d'une canne.

— Blessure par balle, prétendait-elle à un agent en fauteuil roulant un peu soupçonneux. À Tulsa, en 2006.

Ou encore :

— J'ai été touchée par des débris, après une explosion, à Kandahar.

Dorénavant, le Federal Building de San Francisco aurait une nouvelle signification à ses yeux : il lui rappellerait à jamais le jour où elle avait arrêté Nick Fox et serait le symbole de son triomphe. Peu importait qu'elle vienne de passer trois quarts d'heure aux toilettes du douzième étage, tant l'angoisse lui nouait l'estomac.

Une fois n'est pas coutume, elle avait pris le temps de s'apprêter pour l'occasion. Après avoir longuement brossé les cheveux, elle les avait laissés tomber sur ses épaules, avant d'observer son reflet dans le miroir. On lui avait souvent dit qu'elle tenait cette superbe crinière châtain foncé de sa mère. Ses mèches raides comme des baguettes étaient faciles à coiffer, sauf par temps humide. C'était alors une catastrophe capillaire. Soucieuse de faire bonne impression, Kate avait donc tiré ses cheveux en arrière : trop sophistiqué. Une tresse, alors ? Trop strict. Découragée, elle avait dû se résoudre à les nouer en queue-de-cheval, comme tous les jours.

En revanche, son maquillage était plutôt réussi… jusqu'à ce qu'elle soit prise d'une nausée. Ainsi se retrouvait-elle aux toilettes, en tailleur pantalon de marque et chemisier blanc, les manches relevées, les mains posées sur le bord du lavabo, le visage débarbouillé à l'eau froide.

« Allez, Kate, ressaisis-toi ! se dit-elle. Tu es sur le point de connaître ton heure de gloire. Tu as travaillé d'arrache-pied pour atteindre ton objectif. Tu as réussi à coincer ce type et à le faire enfermer. Maintenant, il faut terminer le boulot ! »

Elle dégrafa le troisième bouton de son chemisier, remit du rouge à lèvres et appliqua un peu de mascara sur ses cils.

— Tu as du souci à te faire, Nick Fox, murmura-t-elle. Tu n'approcheras plus une seule femme avant plusieurs décennies, et ce n'est pas la seule chose à laquelle tu devras renoncer, au fond de ta cellule.

Kate se sentait un peu ridicule, à parler toute seule face au miroir, mais il n'y avait rien de tel pour se mettre en condition. Désormais débarrassée du poids de son petit déjeuner, elle pouvait entrer la tête haute dans la salle d'interrogatoire pour son baroud d'honneur. Nick Fox était fichu et elle avait la ferme intention de lui rappeler par chaque regard, chaque geste que c'était elle qui avait remporté la partie. Il ne parviendrait pas à la manipuler, à la charmer, car rien ne viendrait la distraire de son objectif ultime. Une simple inculpation n'était pas suffisante. Il fallait encore récupérer le butin de ses escroqueries, qui s'élevait à des millions de dollars en espèces, bijoux et œuvres d'art. La mission de Kate était de lui faire avouer où il avait caché le magot… et sans user d'un décolleté plongeant ou d'un quelconque artifice féminin. Elle agrafa le troisième bouton de son chemisier. À quoi bon tricher ? D'autant qu'elle n'était pas du tout adepte de ces jeux de séduction. En vérité, cela faisait une éternité qu'elle n'avait pas exploité ses atouts. Peut-être même n'avait-elle jamais joué de sa féminité.

Déterminée, Kate se redressa fièrement, prête à en découdre. N'avait-elle pas une mission à accomplir ?

Soudain, la porte s'ouvrit. L'agent Carl Jessup, son supérieur hiérarchique, apparut, venu spécialement de Los Angeles pour l'occasion. Originaire du Kentucky, ce quinquagénaire élancé avait le visage strié de rides qui dessinaient comme une carte routière sur sa peau grêlée, témoignant d'une vie jalonnée d'épreuves. De toute évidence, Jessup avait emprunté bien des détours et des voies sans issue au cours de sa carrière au FBI.

— Hé, ce sont les toilettes pour dames ! lança Kate. Tu n'as rien à faire ici.

— Après avoir infiltré le Ku Klux Klan pendant trois ans, j'ai tous les droits, y compris celui de franchir une porte portant l'inscription « Dames » et d'en ressortir intact.

— C'est une question de pudeur et de respect envers l'intimité des femmes.

— Je te rappelle que tu as délibérément percuté la voiture de Nick Fox au volant d'un bus.

— Il était en fuite ! répliqua-t-elle.

— Fox ne faisait pas l'objet d'une poursuite en voiture, objecta Jessup.

— Lui et un de ses complices étaient armés et représentaient un danger pour la sécurité des citoyens.

— Leurs armes n'étaient pas chargées, Kate. Ils n'avaient pas la moindre cartouche en leur possession.

— Comment pouvais-je le deviner, dans le feu de l'action ?

— On dirait que tu répètes par cœur ta stratégie de défense face à un comité d'examen. J'ai une tête de juré ?

— Oui. Figure-toi que ces jurys sont en général constitués d'hommes de plus de quarante ans, alors que dix-neuf pour cent des agents du FBI sont des femmes. Cela dit, ils ne siègent pas dans les toilettes pour dames.

— Je te le répète : tu as délibérément percuté Nick Fox au volant d'un bus, en pleine rue.

— Quand je l'ai malencontreusement laissé filer à Las Vegas, tout le monde m'est tombé dessus, toi y compris, tu te souviens ?

— Et cet échec t'a tellement contrariée que tu as ressenti le besoin de lui foncer dessus au volant d'un bus, fit Jessup. Et tu es passée à l'acte.

— Oui, admit-elle.

— Donc on est quittes.

— On est quittes.

Satisfait, Jessup hocha la tête.

— Alors ? C'était comment ? s'enquit-il.

— Génial ! lui confia-t-elle avec un sourire. Incroyablement jouissif.

— À ta place, j'omettrais ce détail lorsque tu passeras devant la commission d'examen. Ne t'inquiète pas, je m'occupe d'eux. Il t'aura fallu cinq ans de travail acharné et de recherches, mais tu as fini par coincer cet escroc. C'est le boulot du FBI. À présent, fais-le enfermer pour de bon et retrouve ce qu'il a volé.

— Bien, chef.

— Aujourd'hui, ce serait pas mal.

— Bien, chef.

— Tu as la boule au ventre ?

— C'est rien de le dire. C'est bizarre d'avoir peur quand on est armé d'un Glock.

— Ne t'en fais pas, O'Hare. Après une arrestation importante, il m'est arrivé de vomir tripes et boyaux, moi aussi. C'est l'adrénaline, rien de plus. (Il scruta les alentours.) Dis-moi, ça sent bon, ici.

Et il n'y a pas d'urinoirs. À part ça, il n'y a pas grande différence avec des toilettes pour hommes.

— Tu t'attendais à quoi ?

— Une corbeille de bonbons à la menthe, de quoi préparer du thé…

Kate se tourna vers lui :

— Tu as vraiment passé trois ans parmi ces racistes du Ku Klux Klan ?

— Oui.

— Comment pouvais-tu te regarder dans une glace ?

— Justement, je ne pouvais plus. J'ai sombré dans l'alcool, avoua Jessup avant de prendre congé.

Kate vérifia une dernière fois son apparence. Finalement, elle décida de dégrafer le troisième bouton de son chemisier, puis elle emboîta le pas de son responsable.

Vêtu d'un tee-shirt et d'un pantalon blancs, Nick Fox était assis à la table métallique, sur une chaise un peu bancale, les mains menottées dans le dos, les chevilles entravées par une chaîne passée dans un anneau rivé au sol. Il faisait face à la glace sans tain derrière laquelle plusieurs agents du FBI l'observaient depuis la pièce attenante. Naturellement, il en était conscient. C'était comme s'il jouait le premier rôle d'une pièce de théâtre, sous des projecteurs si éblouissants qu'il ne voyait pas son public plongé dans la pénombre.

Kate O'Hare fit son entrée, un épais dossier sous le bras. Elle affichait un décolleté plongeant. La jeune femme n'étant pas coutumière de ces artifices, Nick apprécia cette délicate attention à sa juste valeur. Dommage qu'elle n'ait pas dégrafé aussi le quatrième bouton…

Il lui adressa un sourire radieux. Comment fait-il pour être aussi charmeur ? se demanda-t-elle en regrettant de ne pas porter ses lunettes noires, comme les joueurs de poker, à la télévision.

Elle s'attabla, posa le dossier devant elle et l'ouvrit.

— Vous avez de gros ennuis, monsieur Fox, annonça-t-elle en examinant une feuille de papier avec attention.

— Je sais, répondit-il. Hier, on m'a conduit aux urgences et je n'ai pas de couverture médicale. Les soins vont me coûter une fortune. Ces escrocs vous facturent cinquante dollars pour un simple abaisse-langue.

— Et tout va bien ?

— Dieu merci, oui. Justement, j'ai la langue bien pendue.

— Je ne vous le fais pas dire. Dans votre métier, il faut avoir du bagout.

— Je suis mannequin « mains » professionnel.

— Vous êtes un escroc, un voleur recherché sur trois continents ! rétorqua-t-elle. J'ai tout de suite compris que vous alliez frapper au musée Kibbee. C'était la première fois depuis plusieurs décennies que le public était informé de l'endroit où se trouvait le Crimson Teardrop. Vous ne pouviez pas laisser filer cette occasion de le dérober. Vous n'avez pas résisté à la tentation. Figurez-vous que je me trouvais à la salle des ventes de Santa Barbara lors de la vente du Teardrop. J'attendais que vous passiez à l'action avant la présentation du diamant, mais vous n'êtes pas venu.

— Désolé de vous avoir déçue, dit-il.

— Peu importe, puisque vous êtes là, maintenant. C'est l'essentiel. Et à moins que nous ne puissions conclure un accord aujourd'hui, vous passerez le reste de votre vie en prison.

Abasourdi, Nick pencha la tête.

— Je ne vois pas pour quel motif.

— Eh bien, pour usurpation de la qualité de policier, piratage informatique, possession d'objets volés, dans un premier temps. Sans oublier les lourdes charges liées à votre dernière arnaque.

— Quelle arnaque ?

— Vous avez dépouillé six malades en attente d'une greffe d'un million de dollars chacun, à Las Vegas, en échange d'une transplantation d'organe qu'ils n'ont jamais reçue.

— Vraiment ? Voilà donc de quoi on m'accuse ?

Inquiète, Kate s'agita sur son siège. Avait-il deviné ou bien savait-il avec certitude qu'aucune des six victimes n'avait identifié sa photo, porté plainte et encore moins avoué lui avoir versé le moindre dollar ? Il était hors de question pour eux d'admettre qu'ils essayaient, par des moyens illicites, de progresser sur la liste d'attente des greffes d'organes. Ils prétendaient donc être venus pour un lifting et n'avoir croisé qu'une infirmière, dont ils avaient de plus fourni des descriptions contradictoires.

— Non, répondit Kate.

— Je n'y comprends plus rien. De quelle arnaque parlez-vous donc ?

— Violation de propriété privée, imposture…

— Ce sont des crimes fédéraux ?

— Vous vous êtes engagé à désamianter une clinique et vous ne l'avez pas fait.

— Ces gens ont-ils affirmé m'avoir payé ?

— Non, admit Kate, mais…

— Y a-t-il au moins de l'amiante, là-bas ?

— Non.

— Dans ce cas, tout est dit, répliqua Nick avec un sourire. Puis-je m'en aller ?

La jeune femme eut soudain envie de le percuter de nouveau au volant d'un bus. Heureusement, elle tournait le dos à la glace sans tain, sinon ses collègues agents l'auraient vue s'empourprer de colère.

Sentant que l'interrogatoire lui échappait, Kate se pencha vers Nick.

— Il y a des dizaines d'autres arnaques et vols dont on n'a pas encore parlé. Vous sévissez depuis beaucoup trop longtemps, monsieur Fox. Scotland Yard veut votre peau, ainsi que les autorités françaises et russes. Vos ennuis ne font que commencer.

Imperturbable, Nick soutint son regard.

— Il s'agit d'une méprise. Manifestement, vous vous trompez de personne…

— Allons ! Je suis sûre que vous pouvez faire mieux que ça…

— Vous avez mal interprété les événements d'hier soir. Vous commettez une erreur terrible.

— Dans ce cas, ne vous gênez pas : rétablissez la vérité, lança-t-elle.

Kate se redressa et prit le temps de se concentrer, histoire de remettre de l'ordre dans ses idées, de reprendre le contrôle de la situation.

Nick regarda derrière elle pour s'adresser directement à son auditoire.

— Je me lance dans une carrière de comédien. Ce qui est arrivé au musée Kibbee n'était qu'un spectacle.

— Les petits hommes verts à la poursuite du diamant rouge, c'est ça ? railla Kate.

— En quelque sorte. Il s'agit de théâtre de rue, le théâtre de la vie, agrémenté de cascades. Nous espérions faire le buzz sur Youtube. Naturellement, c'était une mauvaise idée. J'effectuerai volontiers mes mille heures de travaux d'intérêt général et je m'engage à rembourser les frais de réparation de la vitrine.

— Vous avez filé avec un diamant d'une valeur de quinze millions de dollars.

— Pas du tout, répliqua-t-il. C'était du zircon, une babiole à quinze dollars, comme celui que nous avons laissé à sa place. Vous voyez, il y a eu mise en scène des deux côtés. Personne n'a été lésé.

Une fois de plus, Fox bluffait, mais non sans avoir mûrement réfléchi. Si Kate avait effectivement remplacé le vrai diamant juste avant son arrivée au musée Kibbee, seul Roland était au courant de la manœuvre. Au vu de la tournure des événements, son refus de mettre en péril le Teardrop authentique allait lui coûter cher, lors du procès. Nick ne croupirait pas longtemps en prison pour ce vol. Il ne restait plus qu'à le faire tomber pour toutes ses escroqueries antérieures. Pourvu qu'il ne faille pas attendre que les autres pays lésés le fassent extrader ! Quoi qu'il arrive, Nick était fichu. Elle devait lui montrer qu'il ne servait à rien de lutter contre l'inévitable et que c'était le moment ou jamais de conclure un accord avec le FBI.

— Je sais tout de vous depuis vos dix-huit ans, reprit-elle. J'avoue que je ne comprends pas comment vous en êtes arrivé là. Vous aviez un avenir si prometteur ! Vous possédiez les capacités nécessaires pour briller à Harvard, or vous avez tout gâché en escroquant les étudiants fortunés grâce à une arnaque assez complexe. Vous avez engagé des imposteurs pour passer les examens à la place des candidats, vous avez même créé de toutes pièces des dossiers universitaires que vous avez placés dans les archives. Quand la direction a enfin découvert le pot aux roses, vous avez été exclu, ainsi qu'une dizaine de camarades, et soixante-dix-huit étudiants ont été fermement priés de redoubler plusieurs années d'études.

— Ce n'était pas des victimes. Ils ont fait appel aux services uniques que je leur proposais afin de pouvoir consacrer plus de temps à leurs loisirs, déclara-t-il. Harvard m'a appris à devenir un véritable entrepreneur face à la globalisation du marché.

— Ce que vous avez appris, c'est comment cibler les riches, les gens vénaux qui ont les moyens de se faire escroquer et qui sont peu enclins à porter plainte pour ne pas passer pour des imbéciles, répliqua Kate. Voilà pourquoi vous n'êtes pas allé en prison. Enfin, jusqu'à présent.

— C'est bizarre que vous évoquiez la prison.

— Je ne vois pas en quoi c'est bizarre, répondit-elle. Je suis un agent du FBI et vous un escroc.

— Votre mère est morte quand vous aviez sept ans. Votre père, militaire de carrière, vous a trimbalées, vous et votre sœur cadette, de base en base au gré de ses mutations à travers le monde. Vous avez mené une vie de militaire, vous aussi. À l'âge de dix-huit ans, au lieu de fuir l'armée, vous avez intégré les Seals, les forces spéciales de la marine, jusqu'à ce que votre officier supérieur essaie de vous tripoter.

— Ce type était un enfoiré.

— Vous lui avez fracturé le nez, à cet enfoiré, poursuivit Nick, et grâce à la bonne vieille solidarité entre militaires, vous avez pu bénéficier d'un départ honorable au lieu de passer devant la Cour martiale. Ensuite, vous avez rejoint le FBI, un autre genre d'armée sans uniforme ni garde-à-vous. Vous ne jouez pas très collectif. Vous travaillez plutôt en solo, parce que vous êtes trop assidue, trop détachée de toute considération affective pour garder longtemps un coéquipier. Pour ces mêmes raisons, vous vivez seule. À votre façon, vous êtes en prison, vous aussi, ce qui est vraiment dommage, car vous êtes très jolie, d'une compétence rare et d'une complexité fascinante.

L'espace d'un instant, Kate se trouva à court d'arguments. Comment pouvait-il savoir autant de choses sur elle ? De plus, le fait qu'il la trouve jolie la laissait sans voix.

— En général, j'ai meilleure allure qu'aujourd'hui, déclara-t-elle. Il se trouve que j'ai été un peu barbouillée…

— Pas à cause de moi, j'espère.

— Plutôt à cause du burrito que j'ai mangé au petit déjeuner.

— Vous devriez prendre soin de vous et arrêter de vous nourrir de cochonneries, lui conseilla-t-il.

— Comment savez-vous tout ça ?

— Grâce à Facebook.

— Je n'ai pas de page Facebook.

— Mais votre sœur, oui, ainsi que les autres membres de votre famille. J'ai adoré les photos de votre treizième anniversaire. Qu'est-ce que c'est que cet appareil dentaire ? Je n'ai jamais rien vu de tel. Toutes ces bagues, ces tiges métalliques…

— J'avais les dents de travers et un problème de surocclusion, si vous tenez à le savoir.

— Vous étiez mignonne.

— Non, je n'étais pas mignonne ! J'avais l'air d'un écureuil complètement taré.

Nick afficha un large sourire.

— Moi, je trouve que vous étiez mignonne.

— Vous vous moquez de moi, maugréa-t-elle, contrariée.

— Pas du tout. Je suis sérieux. Vous me plaisez. Vous êtes sexy, attirante.

— Ça suffit !

Elle referma vivement son dossier et se leva.

— Pas question de négocier, reprit-elle. Vous sourirez moins au bout de dix ans de prison.

Sur ces mots, Kate sortit telle une furie et claqua la porte derrière elle. Dans le couloir, elle ferma les yeux et se frappa la tête avec son dossier histoire de se remettre les idées en place.

— Nom de Dieu ! grommela-t-elle avant de projeter le classeur contre le mur.

Pour faire bonne mesure, elle donna un coup de pied dedans et l'envoya valser à terre. Carl Jessup émergea de l'autre salle et observa les documents éparpillés sur le sol.

— Tu te sens mieux ? demanda-t-il à la jeune femme.

— Non. Désolée. Je me suis fait avoir comme une débutante.

— Ce type est un escroc. Il sait y faire. Ce n'est pas grave. Il est menotté, entravé. Tu as gagné la partie et il le sait. Il finira par nous donner ce qu'on veut, jusqu'au dernier centime, pour éviter l'extradition et le risque de croupir dans un goulag en Sibérie. Ne t'en fais pas…

— J'aurais dû opter pour la tresse, bredouilla-t-elle. Avec une queue-de-cheval, je n'ai vraiment pas l'air d'assurer.

Chapitre 5

De retour à Los Angeles, Kate passa plusieurs jours à réunir ses notes et peaufiner son dossier sur Nick Fox, puis elle remit le fruit de son travail au parquet fédéral en vue du procès. Elle aurait volontiers mené des recherches complémentaires, au besoin, mais le procureur jugea préférable qu'elle demeure en retrait jusqu'à ce qu'elle soit appelée à témoigner à la barre. La jeune femme se retrouvait donc libérée d'une enquête qui accaparait une grande partie de son temps et de son attention depuis plusieurs années.

Dans l'intimité de son box, elle savoura cette liberté pendant cinq bonnes minutes, puis se dirigea d'un pas décidé vers le bureau de Carl Jessup. La pièce offrait une vue splendide sur les montagnes Santa Monica et le Getty Center, vaste musée perché au sommet d'une colline. Par deux fois, Nick Fox avait réussi à lui vendre des copies de tableaux, ce que Kate n'avait, hélas, jamais réussi à prouver.

À son entrée, Jessup leva les yeux vers elle.

— Tu as remis le dossier complet aux autorités judiciaires ?

— J'ai vidé mes fonds de tiroir, confirma-t-elle. Je leur ai même refilé mes coupures de journaux et un reste de sandwich à la dinde qui traînait dans mon bureau depuis le mois de janvier. Tu as quelque chose pour moi ? Une nouvelle mission ?

— Une affaire de piraterie, répondit-il en lui tendant une chemise.

— Tu m'envoies en Somalie ?

— Dans le sud de la Californie, plutôt. Il s'agit d'un réseau qui pirate des DVD de films et de séries télévisées pour les poster sur Internet afin que les gens puissent les télécharger gratuitement, expliqua Jessup.

— C'est à nous de régler ça ?

— Tu n'as donc pas lu l'avertissement du FBI diffusé au début de chaque DVD ?

— Si, mais je n'ai jamais pris ça au sérieux.

— Tu aurais dû.

— C'est une blague ! insista Kate. Je viens d'arrêter Nick Fox ! Je devrais être en train de traquer le prochain Nick Fox.

— Je t'assure qu'il s'agit d'un gros dossier, Kate. Ce réseau a déjà coûté des millions à l'industrie du cinéma. L'un des films proposés sur un site de partage a été téléchargé vingt-sept mille fois en trois mois. Et il y en a des centaines d'autres.

— Je ne le sens pas, ce coup-là, persista la jeune femme.

— La peine maximale pour piratage et violation des droits d'auteur est de cinq ans de prison, une amende de deux cent cinquante mille dollars, sans oublier les dommages et intérêts. Le préjudice est calculé à partir du prix de vente du DVD que l'on multiplie par le nombre de fois où le fichier numérique a été téléchargé. Pour un DVD à vingt-sept dollars téléchargé vingt-sept mille fois, cela représente six cent soixante-quinze mille dollars. Multiplie ça par plusieurs centaines de films, et tu auras un aperçu du problème. C'est énorme.

Toujours pas convaincue, Kate secoua la tête et reposa le dossier sur le bureau de Jessup.

— Je préférerais m'attaquer à quelqu'un de la trempe de Nick Fox. Pourquoi pas Derek Griffin ? Cet investisseur très en vue qui s'est enfui avec un demi-milliard de dollars dérobé à ses clients ? C'est un type comme lui que je veux traquer.

— On a déjà quelqu'un dessus, répondit Jessup. Toute une équipe, en réalité.

— Sur la liste des dix personnes les plus recherchées par le FBI, il doit bien y avoir quelqu'un d'important à me mettre sous la dent.

— Ils sont tous en main.

— Tous ?

— Crois-le ou non, Kate, mais pendant que tu pourchassais Nick Fox, le FBI n'a pas chômé.

— Très bien, alors je me contenterai du numéro onze de la liste.

— Tu vas prendre ce dossier de piratage, un point c'est tout ! décréta Jessup. Au fait, tu travailleras en binôme avec une enquêtrice de la MPAA.

— C'est quoi, la MPAA ?

— La *Motion Picture Association of America*, l'association des cinéastes américains.

— Ils ont leurs propres flics ?

— Eh oui, répondit Jessup.

— Tu es en train de me dire que je vais travailler avec un flic bidon.

— Elle n'a rien de bidon. C'est une enquêtrice professionnelle. Ce qu'elle protège, en revanche, c'est du cinéma.

— Tu cherches à me punir, c'est ça ? demanda Kate en le regardant droit dans les yeux.

— Tous les crimes ne sont pas imputables à Nick Fox. Tu vas devoir t'y faire, conclut Jessup.

***

— Megan, il faut que tu fermes ta page Facebook, annonça Kate à sa sœur.

Megan ne parut guère impressionnée par son ton sans réplique. Les deux jeunes femmes étaient attablées dans le jardin de Megan, qui habitait l'une des nombreuses maisons construites dans un style hispanisant un peu tape-à-l'œil sur les collines de Calabasas. Dans cette bourgade résidentielle située au sud-ouest de la vallée de San Fernando, les lotissements étaient clôturés, sécurisés et surveillés par un vigile. Vêtue d'un short et d'un tee-shirt, Megan feuilletait le dernier numéro du magazine people *Star*. Comme toute bonne fée du logis, elle tenait à rester informée de l'actualité. Tout en bavardant avec Kate, elle surveillait ses enfants du coin de l'œil, dans la piscine. Munis de leurs brassards, Tyler, quatre ans, et Sara, six ans, se livraient à une bataille de pistolet à eau avec Roger, leur père. Ils chahutaient et s'éclaboussaient en criant de joie. Le chien de la famille, un Jack Russell affublé du nom de Jack Russell, allait et venait au bord du bassin en aboyant.

Les autorités sanitaires locales avaient annoncé un taux de qualité de l'air « plutôt médiocre » avec des risques d'incendies « très élevés », selon l'Office des forêts. De leur côté, les autorités routières avaient déclenché le plan SigAlert sur la Ventura Freeway, de sorte qu'il fallait rouler au ralenti pendant une heure pour traverser la vallée. Bref, un samedi après-midi comme les autres en Californie du Sud.

— Pourquoi devrais-je fermer ma page Facebook ? s'enquit Megan.

— Parce qu'elle permet à des harceleurs de puiser des informations personnelles sur toi et les membres de ta famille, répondit Kate.

— Personne ne me harcèle.

— Cela pourrait t'arriver.

Sans son Glock, Kate se sentait toute nue, avec pour seuls vêtements un short, un débardeur et des tongs. Heureusement, son arme n'était jamais très loin. En l'occurrence, elle était rangée dans une mallette verrouillée, dans le coffre de sa voiture.

— Tu ne le sauras que le jour où quelqu'un enlèvera ta fille pour en faire son esclave sexuelle, reprit Kate.

Megan leva les yeux de son magazine pour la foudroyer du regard.

— Comment oses-tu proférer de telles horreurs sur ton adorable nièce ?

— C'est la vie, insista Kate en désignant la couverture du journal. Tout est là : « Enlevée par des marginaux, elle raconte ses dix années de calvaire sexuel. »

Megan posa sa revue sur une pile d'autres publications du même genre que Kate avait apportées. Les réunions de famille des sœurs O'Hare étaient l'occasion de feuilleter la presse à scandale et de se moquer des déboires des célébrités ; une habitude qu'elles avaient acquise en voyant les épouses de militaires dans les bases où elles avaient grandi.

— Il n'y a pas de tordus à Calabasas. Et même s'il y en a, personne n'enlèvera mes enfants, affirma Megan. Et tu sais pourquoi ? Parce que ma sœur est agent du FBI et que mon père, un ancien Marine capable de tuer un homme de seize façons différentes à l'aide d'une simple pince à épiler, vit sous mon toit.

— Il habite dans le garage, corrigea Kate.

— C'est une *casita*.

— Depuis quand papa se promène avec une pince à épiler ?

— C'est la mienne et elle risque d'être la seule arme disponible si les marginaux attaquent, répondit Megan. Je ne fermerai pas ma page Facebook. La famille adore.

— Dans ce cas, fais en sorte que les infos restent privées.

— C'est déjà le cas. Elle n'est accessible qu'à la famille et aux amis.

— Ce qui représente combien de personnes ?

Megan prit une poignée de chips dans l'un des trois saladiers posés au milieu de la table.

— Mille trois cent douze.

— On n'a pas mille trois cent douze amis et parents ! s'exclama Kate.

— Je compte les cousins de nos cousins et les amis et mes amis.

— Ne force pas trop sur les chips, chérie ! cria Roger depuis la piscine. Tu n'auras plus faim pour mon cheeseburger de renommée mondiale !

La spécialité de son mari était un steak haché assaisonné d'un mélange d'épices du commerce et surmonté d'une tranche de fromage fondu industriel. Il ne s'agissait en aucun cas d'une recette de grand-mère que l'on se transmet de génération en génération, un secret qu'une ancêtre aurait apporté d'Europe sur un bout de papier niché dans son décolleté, ni même d'un mélange raffiné d'épices que Roger aurait peaufiné au fil des années. Pourtant, tous les membres de la famille, y compris Kate, ne manquaient jamais de s'extasier en dégustant son fameux cheeseburger.

— D'accord, tu peux la garder, ta page Facebook ! concéda-t-elle, mais je tiens à ce que tu enlèves toutes les photos de moi.

— Impossible, répliqua Megan. Ce sont des portraits de famille que tout le monde adore. Je n'y peux rien si tu figures dessus. Tu fais partie d'un tas de bons souvenirs qui nous unissent et que nous aimons partager. Enfin, sauf toi, apparemment.

— Arrange-toi pour m'effacer à l'aide de Photoshop, suggéra Kate. Qu'on ne voie plus mes bagues dentaires, au moins !

— Oh, grandis un peu ! Les bagues dentaires, c'était il y a presque vingt ans, protesta Megan. Et depuis quand tu te soucies de ton apparence, toi ? Ça cache quelque chose, ce changement soudain.

— Merci, docteur… railla Kate.

Prise d'un soupçon, Megan la dévisagea.

— Dis-moi... À quand remonte la dernière fois que tu as grimpé aux rideaux ?

— Hein ?

Megan jeta un coup d'œil en direction de la piscine pour s'assurer que ses enfants ne pouvaient pas l'entendre.

— Tu as très bien compris. Je parle de ta dernière partie de jambes en l'air.

Prise au dépourvu, Kate s'efforça de gagner du temps :

— Je ne vois pas le rapport...

— Tu as peur que quelqu'un découvre des photos pas très flatteuses de toi sur Facebook et te trouve moche. Tu commences à te soucier de ton image.

De trois ans sa cadette, Megan n'avait jamais eu le moindre complexe. Ses photos d'adolescence ne lui posaient donc aucun problème. S'il lui restait un ou deux kilos à perdre de ses deux grossesses, c'était parce qu'elle n'en avait que faire. De toute façon, la beauté était avant tout une question d'état d'esprit, non ? Du moins était-ce ce qu'affirmaient les magazines.

— Arrête ! s'exclama Kate.

— Tu veux savoir à quelle fréquence je fais l'amour, moi ?

— Non !

— Trois fois par semaine, avoua néanmoins Megan. Le lundi, le mercredi et le samedi. Et toi ?

— Cela ne te regarde pas.

— Donc ça fait au moins six mois, en conclut sa cadette. Tu as grand besoin d'une vie amoureuse. D'une vie tout court.

— J'en ai une !

— Non. Ta vie consistait à pourchasser Nick Fox. Fox, c'est ce qu'on appelle un dossier, pas une vie ! Il est temps de faire le point sur tes objectifs et de te tourner vers l'avenir. Comment te vois-tu dans cinq ans ? Qui veux-tu être ? Combien d'orgasmes as-tu envie d'avoir ?

— Tu planifies tes orgasmes cinq ans à l'avance ?

— Tu sais comment j'ai obtenu tout ça ? demanda Megan en désignant sa maison, son mari, ses enfants et le chien en train de faire ses besoins sur la pelouse.

— En ayant des rapports sexuels non protégés, répondit Kate.

Megan avait épousé Roger, un comptable, à l'âge de vingt-quatre ans, alors qu'elle était déjà enceinte de six mois. Ils s'étaient rencontrés lors d'un rendez-vous à l'aveugle.

Elle ignora le commentaire acerbe de Kate.

— C'est parce que j'en ai rêvé, reprit-elle. Parce que je m'imaginais en épouse et en mère de famille. Et voilà, mon rêve est devenu réalité ! Et toi, quels sont tes objectifs ?

Kate réfléchit un instant et déclara :

— Daniel Craig, une île tropicale, un pot de crème glacée aux morceaux de biscuit et une paire de menottes.

— Pour qui, les menottes ? s'enquit Megan.

Au lieu de répondre, Kate croqua dans une chip. Megan pointa vers elle un index accusateur.

— Ton gros problème, c'est que tu passes tout ton temps à travailler. Les seuls hommes que tu croises sont soit des flics, soit des escrocs.

Ce commentaire interpella Kate, même si ce n'était pas la première fois qu'elle l'entendait. Megan s'en était servie comme prétexte pour créer un compte au nom de Kate sur eHarmony, un site de rencontres en ligne, afin qu'elle trouve des prétendants.

— Attention ! Je ne plaisante pas en disant que je te ferai arrêter pour usurpation d'identité si tu m'inscris encore une fois sur un site de rencontres, l'avertit Kate.

— Je vais à la gym deux fois par semaine et figure-toi que j'y ai rencontré un type génial. Il est pilote de ligne pour une grande compagnie aérienne. Il assure les longs courriers !

— Tu peux oublier tout de suite.

— C'est l'homme idéal pour toi ! Un homme en uniforme, mais sans arme… ni sac postal.

— Je n'ai pas besoin que tu m'organises des rendez-vous à l'aveugle.

— Qui te parle d'un rendez-vous à l'aveugle ? Je l'ai bien observé. Il a une petite trentaine d'années, un corps de rêve et un sourire irrésistible. Sexy, charmeur… J'aurais presque envie de quitter Roger pour lui.

— Ne te gêne pas pour moi, répliqua Kate.

Elles entendirent le grincement du portail en fer forgé. Quelques instants plus tard, Jake O'Hare, leur père, apparut, en tenue de golf et chaussures à crampons. La mâchoire carrée, large d'épaules, le torse musclé, une silhouette robuste, les cheveux gris, une coupe militaire… Jake souffrait d'une légère claudication à la suite d'une blessure subie lors d'une mission secrète dont il refusait encore de parler. Lorsqu'elle utilisait l'ascenseur réservé aux handicapés du Federal Building de San Francisco, Kate imitait sa démarche.

— Papa, qu'est-ce que je t'ai dit ? Je ne veux pas que tu portes ces chaussures dans le jardin ! protesta Megan tandis que sa sœur allait embrasser son père.

— Pourquoi ? J'en profite pour retourner la pelouse avec mes crampons, répondit Jake. Quel bon vent t'amène, Kate ?

— J'ai apporté les cadeaux de Noël des enfants.

— Des pistolets, bien sûr, intervint Megan d'un air entendu.

— Des pistolets à eau, précisa Kate.

— On est au mois de juin. Tu es un peu en avance, non ? commenta Jake.

— Ce sont les cadeaux de l'an dernier. J'ai été débordée au boulot. Une piste solide que je devais absolument suivre. Enfin, cette histoire est terminée… Je peux enfin rattraper le temps perdu.

— Absolument ! Tu as fini par l'arrêter, ce Nick Fox. Félicitations !

— Merci, papa.

— Et si on buvait quelque chose d'un peu plus viril que votre cocktail de fruits ? suggéra Jake.

— Volontiers, acquiesça la jeune femme.

— Mes fameux cheeseburgers seront servis dans une demi-heure ! annonça Roger depuis le bord de la piscine.

— J'en salive déjà, fit Kate.

Elle suivit son père vers le côté de la maison. De part et d'autre d'une allée se dressaient deux garages surmontés de tuiles du même style hispanisant que la villa. Kate avait garé son véhicule entre les deux bâtisses.

— Merci de m'avoir sauvée, murmura-t-elle.

— De quoi ? s'enquit Jake.

— De tout ça, expliqua-t-elle. Je me demande comment tu supportes cet endroit.

— C'est un cadre de vie plutôt agréable.

— Tu habites dans le garage, papa !

— C'est une *casita*…

— C'est une dépendance, un garage dans lequel Roger et Megan ont installé une kitchenette et une salle d'eau. En revanche, il y a toujours une porte de garage.

— Elle ne fonctionne pas. Elle sert uniquement de façade. On est obligés de la garder pour des raisons de conformité, assura Jake. Le règlement de copropriété du lotissement est très strict. Enfin bref, je me plais bien, ici.

— Comment est-ce possible ?

— Il fait toujours beau, les rues sont encore plus propres que dans un parc d'attractions, on est tout près du parcours de golf et je suis en famille. Je peux jouer avec mes petits-enfants et leur lire des histoires, le soir.

— Il y a quand même Roger !

— C'est un type bien.

— Il est ennuyeux à mourir.

— Je ne lui demande pas d'être un génie ou une star, mais d'être présent pour sa femme et ses enfants. Et il l'est plus que je ne l'ai jamais été pour toi et Megan.

— Il n'est pas nécessaire d'être sur place pour être présent, affirma Kate.

— Oh si, je t'assure ! répliqua Jake en entrant dans sa *casita*.

Quelques instants plus tard, il réapparut avec deux bouteilles de bière bien fraîches.

— Donc tu fais pénitence, reprit Kate en prenant appui sur sa voiture. C'est pour cela que tu habites ici.

— Je viens de te le dire : je me plais ici.

— Tu as passé des dizaines d'années à parcourir le monde, à faire la guerre. Comment peux-tu aimer cet environnement ?

— Je suis toujours en guerre, figure-toi. On a un gros problème de mauvaises herbes qui envahissent les parties communes. Je dirige le plan d'attaque du comité des espaces verts.

— Tu me files le bourdon, papa.

Jake se mit à rire.

— Le FBI te confiera bientôt une nouvelle mission, ne t'en fais pas !

— J'en ai déjà une, mais elle est pourrie.

— Tu ne peux pas toujours tomber sur un adversaire de la trempe de Nick Fox.

— C'est ce que les gens ne cessent de me répéter. Je ne vois pas pourquoi, d'ailleurs.

Le silence s'installa entre eux. Ils contemplèrent le paysage, la vallée nimbée d'un brouillard de pollution, au-delà de la grille du lotissement. La loge du gardien ressemblait à une version miniature de la villa tape à l'œil de Megan. Chaque fois que Kate se présentait à la grille, le vigile la saluait comme s'ils étaient collègues, deux serviteurs de la loi portant l'insigne… sauf que celle de Kate n'était pas un simple écusson cousu sur sa chemise.

Jake but une longue gorgée de bière.

— Une fois, j'ai mené une mission secrète pour aider un groupe de rebelles un peu mafieux sur les bords à libérer leur pays d'un dictateur fou accro au crack et son armée corrompue. J'ai passé plusieurs mois dans la jungle, à lutter contre les hommes et les moustiques géants, mais on a fini par l'emporter. Vingt ans plus tard, j'ai à nouveau été envoyé sur une autre mission secrète pour aider des rebelles à libérer leur pays. C'était dans le même pays, dans la même jungle. Seul le nom du dictateur avait changé.

Kate réfléchit un instant, puis demanda :

— Pourquoi tu me racontes ça ?

— Je n'en ai aucune idée, avoua Jake. J'avais juste envie de te raconter ce souvenir. Tu y trouveras peut-être un sens plus profond plus tard. Dans ce cas, appelle-moi et fais-moi part de tes réflexions.

— Dis-moi, combien connais-tu de façons de tuer un homme à l'aide d'une pince à épiler ?

— Seize.

Kate ne masqua pas son étonnement. Sa sœur ne fanfaronnait donc pas…

— Vraiment ?

— Oui.

— Tu veux bien me les montrer ?

— Seul un père indigne ferait une chose pareille, répondit Jake.

Chapitre 6

En quinze ans de carrière, le marshal Odell Morris avait escorté sans encombre des assassins de tout poil de leur cellule de prison jusqu'au tribunal. Le plus féroce était un top model masculin qui avait étranglé dix hommes avant de les décapiter et de les violer *post mortem*, puis de les découper en morceaux pour cuisiner leur chair. Odell ne comprenait donc pas pourquoi ses supérieurs avaient tenu à ce qu'il soit accompagné de deux autres marshals pour transférer Nick Fox vers la salle d'audience. À quoi bon toutes ces précautions ?

Fox n'était pas un tueur sanguinaire, c'était simplement un escroc, un beau parleur. De plus, il serait menotté et aurait les chevilles entravées par des chaînes durant tout le trajet. Et même si Nick se livrait à un tour de passe-passe pour se libérer, quelle importance ? Odell disposait d'un pistolet, d'un Taser, d'une matraque et d'une bombe de gaz lacrymogène. Titulaire d'une ceinture noire de taekwondo, il démarrait au quart de tour. Nick Fox, lui, n'avait que ses belles paroles. Odell était en mesure de le neutraliser d'un coup de poing en pleine face, ce qui ne serait pas nécessaire, car cet escroc n'était qu'une mauviette. Quand Odell et ses collègues l'avaient extrait de sa cellule, il était déjà au bord des larmes et tremblait de la tête aux pieds. À l'arrière du fourgon, le pauvre type était mort de peur.

Arrivés au palais de justice, les quatre hommes longèrent un couloir en direction de la salle d'audience. Odell marchait à côté de Nick en le tenant fermement par le bras pour le faire avancer et l'empêcher de trébucher à cause de ses chaînes. Un marshal les précédait tandis que l'autre fermait la marche, au cas où Nick se transformerait en l'Incroyable Hulk et briserait ses chaînes avant de projeter Odell à travers le mur.

Le trajet n'avait fait que conforter ce dernier dans ses opinions : mobiliser trois fonctionnaires rien que pour Nick Fox ne rimait à rien. Il le vivait presque comme un affront, au vu de ses compétences. N'importe quel vieillard aurait pu escorter Nick Fox, qui semblait de plus en plus voûté à mesure qu'il approchait de la salle d'audience. Il se tenait le ventre en gémissant de douleur. Pourtant, il ne s'agissait que d'une audience préliminaire. Quand commencerait le vrai procès, Odell ne donnait pas cher de sa peau.

— Je vais être malade, gémit le détenu.

Odell n'en fut pas surpris. Heureusement qu'il n'avait pas été pris d'une nausée dans le fourgon.

— Va gerber dans la poubelle, là-bas, lui ordonna-t-il en se penchant vers lui.

— Je n'ai pas mal au cœur, mais au ventre…

Exaspéré, Odell entraîna Nick vers la porte des toilettes pour hommes. Il le plaqua contre le mur, une main posée sur sa poitrine.

— Surveillez-le pendant que je vais inspecter les cabines, dit-il à ses deux collègues.

Odell Morris n'était pas né de la dernière pluie. Nick simulait peut-être pour entrer aux toilettes récupérer une arme, par exemple, ou tenter de s'évader.

— Vite ! implora Nick.

Odell vérifia rapidement que les toilettes étaient vides. Le local était dénué de fenêtre et il n'existait qu'une seule issue. Urinoirs et lavabos faisaient face à trois cabines. L'une d'elles, la plus éloignée de la porte, était hors service, comme l'indiquait une pancarte. Rien d'étonnant, le tribunal était loin d'être un palace.

Odell ouvrit la porte de la première cabine. Sur la cloison étaient fixés un distributeur de papier et un autre de protège-lunette. Il examina l'intérieur de la chasse d'eau, puis regarda derrière pour s'assurer que personne n'y avait dissimulé une arme à feu ou un couteau à l'intention de Nick. Il fouilla ensuite la cabine centrale, puis entra dans celle qui était condamnée. Il n'y avait même plus de cuvette. Il n'en restait qu'un trou béant. Satisfait, Odell regagna le couloir. Il saisit Nick par l'épaule et le poussa à l'intérieur.

— Vous deux, vous restez là ! lança-t-il aux marshals. Personne ne doit entrer, même si c'est le gouverneur en personne qui a envie de pisser, c'est compris ?

Ils hochèrent la tête. Odell ferma la porte et traîna son prisonnier vers la cabine du milieu.

— Fais vite !

— Vous ne m'enlevez pas mes menottes ? demanda Nick en tendant les bras.

— Non !

— Comment je vais faire pour m'essuyer ?

— Fallait y réfléchir avant de faire des conneries ! rétorqua Odell en refermant la porte.

En principe, il aurait dû laisser la porte ouverte, mais il n'avait aucune envie d'assister à ce spectacle sordide. Il se félicita de sa décision en entendant des sons qui ne laissaient aucun doute sur l'activité de Nick. Une véritable explosion intestinale.

Dégoûté, Odell se détourna et s'éloigna autant qu'il put en direction des urinoirs. Puisqu'il était là, autant en profiter… Pour passer le temps, il chantonna la bande originale de *Shaft* dans sa tête. Hélas, cela ne suffit pas. Nick faisait un bruit d'enfer. Si seulement il avait pu patienter dans le couloir, avec ses collègues… C'était malheureusement interdit par le règlement. Il n'était pas inquiet à l'idée que Nick puisse s'échapper d'une pièce sans fenêtre et dotée d'une seule issue, mais s'il lui prenait l'idée de se suicider ?

Odell se dirigea vers un lavabo. En regardant dans le miroir, il vit les pieds de Nick et sa combinaison orange de détenu sur ses chevilles entravées. L'explosion intestinale battait son plein. Quelle horreur ! Redoutant le pire, Odell retint son souffle et se lava les mains, puis il consulta sa montre. Ils étaient déjà en retard de cinq minutes. Hélas, il n'y pouvait rien. Au pire, il ordonnerait à l'un des autres marshals de prévenir la Cour. C'était plutôt une équipe de décontamination de matières dangereuses qu'il faudrait appeler…

Après une courte accalmie, les gargouillements révélateurs reprirent, comme si Nick avait un second système digestif à purger. Au grand effroi d'Odell, le processus repartait de zéro.

Cette pensée le perturba. Il eut soudain une impression de déjà-vu, ou plus précisément de « déjà entendu ». Dans ce type de situation, le son ne variait guère. Néanmoins, il décela une sorte de répétition, comme une musique que l'on passe en boucle. Odell prit le risque de respirer par le nez : pas la moindre odeur. Comment était-ce possible ? Il se tourna vers la cabine et, voyant les pieds de Nick, se mit à marteler la porte de son poing.

— Fox, ouvre !

Pas de réponse. Odell prit son élan et la défonça d'un coup de pied. Si les chaussures, les entraves et le pantalon de Nick étaient là, le détenu avait disparu. À côté de la paire de menottes posée sur la chasse d'eau, un MP3 miniature diffusait des bruits de crampes intestinales. Sans doute était-il caché dans le distributeur de protège-lunette.

Odell appuya sur la cloison située entre la deuxième et la troisième cabine. Elle pivota sur elle-même, ce qui permit au marshal d'accéder à la cabine condamnée. Derrière un trou creusé dans le mur, il aperçut un placard dissimulé par une couche de papier peint en guise de crépi. Le MP3 avait couvert le bruit que Nick avait fait en déchirant le papier pour entrer dans le placard.

Odell sortit son arme et se faufila à son tour dans le réduit qui contenait balais et produits d'entretien.

En découvrant une autre porte, il étouffa un juron et l'ouvrit. Elle donnait dans les toilettes pour femmes ! Le placard était commun aux deux sanitaires. Affolé, Odell se précipita dans le couloir. Ses deux collègues qui montaient la garde devant les toilettes pour hommes ne masquèrent pas leur stupeur.

— Hé, Odell, qu'est-ce que tu faisais là-dedans ?

En une fraction de seconde, Odell Morris vit défiler toute sa carrière, puis il entrevit son avenir en tant que vigile dans un centre commercial.

— Pourquoi moi ? gémit-il avant de saisir sa radio pour donner l'alerte.

***

Aux yeux de Kate, traquer des types qui pirataient des films afin de les diffuser gratuitement sur Internet n'avait rien de palpitant. L'enjeu financier était de taille, elle en convenait, car les studios perdaient des millions de dollars de droits d'auteur. Sans doute couvriraient-ils ces pertes en supprimant des emplois, de sorte que les actionnaires au portefeuille bien rempli ne subiraient aucune conséquence néfaste, au contraire des familles de classes moyennes qui se battaient pour rembourser leurs crédits.

Ces considérations demeuraient assez abstraites dans l'esprit de Kate. Si le pirate ressemblait à Johnny Depp ou bien si le malfaiteur qu'elle traquait empochait des millions en espèces, elle aurait peut-être été plus motivée. Or ce pirate-là ne touchait pas un sou. Il n'agissait pas par malveillance et ne cherchait en rien à saper l'économie du pays.

Il permettait simplement aux internautes de télécharger gratuitement leurs films et séries préférés, avec pour unique motivation… eh bien… Kate n'en savait rien et s'en moquait éperdument. Restait à espérer que cette enquête fastidieuse se termine avant qu'elle ne se suicide par ennui ou par désespoir.

Sharon Cargill, l'enquêtrice mandatée par l'association des cinéastes, avait vite perçu le mécontentement de Kate, d'autant que cette dernière ne s'en cachait pas. Pendant cinq jours, elles s'étaient enfermées au sous-sol du Federal Building en compagnie d'un expert en informatique qui suivait les « cyberpistes » en grignotant des friandises et des chips.

D'après lui, le pirate copiait des maquettes de DVD fournies par l'industrie du film aux jurés professionnels des Oscars et des Emmy Awards, puis il les téléchargeait sous le pseudonyme de Nanatastic74 sur un site de partage de fichiers. Les filigranes numériques des fichiers et l'adresse IP de Nanastastic74 avaient mené l'informaticien à Pete Debney, un obscur scénariste de quarante-huit ans qui vivait dans un appartement à Castaic, en Californie, et qui n'avait jamais réussi à percer dans le milieu.

Debney était membre du Syndicat des scénaristes américains, ce qui expliquait comment il se procurait les DVD de démonstration. Toutefois, il ne les gardait pas chez lui, pas plus qu'il n'avait de fichiers de films dans son ordinateur. Il avait remis ses DVD à sa mère, pensionnaire dans une maison de retraite de Ventura. Il avait également ouvert le compte haut débit à son nom et réglait sa facture.

Ainsi Kate et Sharon se trouvaient-elles au « centre de vie pour seniors » de Sunny Vistas. Le hall rappelait celui d'un hôtel, avec son guichet de réception, à droite, et un vaste espace repas ouvert sur la gauche. Une rangée de déambulateurs était garée le long d'un muret. Dans la salle à manger, une dizaine de personnes âgées chipotaient dans leurs assiettes de steak haché et de petits pois. Certains s'étaient même assoupis, la tête penchée en avant. À moins qu'ils ne soient morts, songea Kate avec un frisson d'effroi.

À la réception, Sharon demanda à une employée où elles pouvaient trouver Janice Debney.

— Au bout du couloir, dans la salle d'informatique. Elle est presque toujours là-bas.

La salle d'informatique était équipée de quatre ordinateurs portables et d'innombrables DVD rangés sur des étagères. Quatre personnes âgées étaient absorbées par leur écran, deux hommes et deux femmes, dont l'une était sous oxygène. Deux écrans plats diffusaient des films qu'ils étaient en train de convertir en fichiers numériques à partir du DVD. Sharon entreprit d'examiner les rayonnages.

— Excusez-moi, dit Kate, je cherche Janice Debney.

La dame sous oxygène se retourna. Elle portait une perruque de mauvaise qualité et des faux cils et avait la peau aussi desséchée qu'un parchemin.

— C'est moi.

— FBI. Nous sommes là à propos des films, expliqua Kate.

— Quels films ?

— Ceux-ci, intervint Sharon en brandissant un DVD. Ce sont des exemplaires de démonstration.

— Ils sont à moi ! affirma Janice.

— En réalité, ils appartiennent aux studios qui les ont prêtés aux membres de l'Académie des Oscars afin qu'ils les visionnent. Vous n'êtes pas membre de l'Académie, il me semble.

— C'est mon fils que me les a donnés. Il est tellement gentil... On regarde un film tous les samedis soir.

— Et vous les copiez pour les poster sur Internet, dit Sharon.

— Pour que d'autres personnes de notre âge puissent les voir sans avoir à se déplacer dans une salle de cinéma, expliqua Janice.

— C'est malhonnête, reprit Sharon.

— Et comment ! s'exclama Janice. Les salles de cinéma sont atroces. Le prix des places est scandaleusement cher et le son est bien trop fort.

— Ou bien pas assez, intervint un homme.

— En plus, il faut monter des escaliers, renchérit l'autre. Qui a eu cette idée lumineuse ? J'ai une prothèse de hanche, moi.

Désabusée, Kate fit la moue. Sa vie était fichue... Et si elle se renseignait sur les places disponibles, pendant qu'elle était là ?

— Vous pourriez acheter des DVD, suggéra Sharon. Ou bien télécharger les films légalement.

— Je touche le minimum vieillesse, mon petit, déclara Janice. Ça couvre à peine mon budget cigarettes.

— Vous fumez ? s'étonna Sharon. Mais vous êtes sous oxygène !

— Oh, ça va ! On ne va pas en faire une affaire d'État !

— Il s'agit pourtant qu'une affaire fédérale, insista Sharon en lui montrant un DVD. Ces copies illégales constituent une atteinte aux droits d'auteur.

— Celui-là, c'est un navet ! rétorqua Janice avec un geste de dédain.

— Dommage qu'il n'y ait pas davantage de comédies musicales, dit l'autre vieille dame.

Le téléphone de Kate se mit à sonner. C'était Jessup.

— Nick Fox s'est évadé en arrivant au tribunal, annonça-t-il à la jeune femme.

Dieu merci, songea Kate.

— Bon sang ! s'exclama-t-elle en feignant la colère pour masquer son soulagement et sa joie. C'est à peine croyable ! Comment s'y est-il pris ?

— Encore un nuage de fumée, répondit Jessup. Je te fournirai les détails plus tard.

— Je serai de retour au bureau dans une heure.

— Ne te presse pas. Je voulais simplement t'éviter d'apprendre la nouvelle par le biais des médias. L'agent spécial Ryerson est déjà sur le coup.

— Ryerson ? Il est nul ! Personne ne connaît Nick Fox aussi bien que moi.

— En haut lieu, on considère qu'il vaut mieux un regard neuf.

— Le temps qu'il parvienne à jauger Nick Fox, *La Joconde* aura disparu du Louvre et Donald Trump sera fauché. Et tout le monde se demandera comment il a procédé.

— Tu crois vraiment que Fox va s'en prendre à *La Joconde* et à Donald Trump ?

— Je ne sais pas ce qu'il vise, admit Kate, mais je sais au moins une chose : je suis la seule à pouvoir l'arrêter.

— Tu as eu ton tour, répondit Jessup.

— Et je l'ai capturé. C'est quelqu'un d'autre qui l'a laissé filer.

— Je regrette, Kate, conclut son responsable. C'est comme ça.

Chapitre 7

Kate profita de cette période creuse pour prendre les jours de congé qu'elle avait d'avance. Deux jours plus tard, à l'heure du déjeuner, elle frappa à la porte de la *casita* de son père. Elle avait apporté son ordinateur portable, un pack de bières et un seau de poulet frit acheté au fastfood. Sa sœur se trouvait à sa séance de gymnastique avec les enfants et Roger était au bureau.

Vêtu d'un polo et d'un pantalon en toile, Jake l'invita à entrer et s'empara des victuailles avec enthousiasme.

— Tu es une fille parfaite ! Mais ne va surtout pas le répéter à Megan…

Propre mais impersonnelle, la *casita* avait tout d'une suite d'hôtel. Dans la chambre, le lit était toujours fait au carré. Jake disposait d'une minuscule salle de bains et d'une kitchenette donnant sur un salon à peine assez grand pour contenir une petite table, un divan et un téléviseur à écran plat. Il n'avait conservé aucun souvenir de sa brillante carrière et de ses voyages à travers le monde, à part ses décorations, parmi lesquelles les prestigieuses Purple Heart,

Bronze Star et Silver Star. Les médailles étaient rangées dans le tiroir de sa table de chevet, avec quelques pièces de monnaie et des pastilles contre les brûlures d'estomac. Les seuls objets personnels visibles étaient des photos encadrées de Kate, Megan et leur mère.

La jeune femme posa son ordinateur sur la table.

— Je parie que tu dis la même chose à Megan.

— Ne sois pas ridicule !

Il sortit des assiettes du placard et mit le couvert.

— C'est elle qui me l'a raconté. Il paraît que tu ne cesses de lui répéter qu'elle est une fille parfaite.

— C'est totalement faux ! protesta Jake.

Sans vergogne, il s'empara du plus gros morceau de poulet frit.

— Je te connais. Tu nies pour la forme, insista Kate en se servant à son tour. En tout cas, je suis sûre qu'elle ne t'a jamais acheté de poulet frit.

— Elle s'inquiète pour mon cœur.

— Ton cœur va très bien. Il est enveloppé de Kevlar, comme le mien.

— Je ne pense pas que ce soit une bonne chose pour toi. Megan t'a parlé de ce pilote qu'elle a rencontré ? Il passe la moitié de son temps en l'air, alors si tu n'as pas envie d'un homme collant, c'est le mari idéal.

— Oh non ! Tu ne vas pas t'y mettre, toi aussi ! Il est hors de question que ma famille se mêle de ma vie amoureuse.

— Ta famille veut simplement ton bonheur, Kate.

— Je suis heureuse.

— Vraiment ?

Il saisit son énorme blanc de poulet et l'examina comme s'il se demandait par quelle face l'aborder.

— Je suis content que tu sois là, reprit-il, mais je ne m'attendais pas à ta visite, sachant que Nick Fox est de nouveau dans la nature.

Naturellement, il était au courant… Comme tout le monde. Au bout d'une heure à peine, l'évasion rocambolesque de Nick Fox faisait la une des journaux télévisés. Nick avait repris la tête de la liste des dix personnes les plus recherchées par le FBI. À présent, il était également traqué par Interpol.

— Ils veulent un enquêteur qui ait un regard nouveau sur le dossier, expliqua Kate.

Elle scruta à son tour son morceau de viande panée. Était-ce une cuisse ? Un blanc ? Un rat mort qui serait tombé dans la friteuse ? Peu lui importait, après tout. Elle mordit dedans à pleines dents.

— Donc je suis en vacances, reprit-elle. Et j'ai voulu fêter ça en partageant du poulet frit et de la bière avec mon père.

— Et tu espères me faire croire que tu es heureuse ?

— Bien sûr que je suis heureuse ! Je suis avec toi.

— J'en suis touché. Si tu avais seize ans, tu en profiterais pour me demander les clés de ma voiture et un billet de vingt dollars.

— Fais-moi confiance, papa, je ne pourrais être plus heureuse.

Si elle avait été du genre à se poser des questions existentielles, elle se serait peut-être interrogée sur la véracité de cette affirmation.

— Je suis là parce qu'on ne passe pas assez de temps ensemble, continua-t-elle. J'ai un projet de voyage et je voudrais avoir ton avis. Après tout, tu es le baroudeur de la famille.

— Tu encaisses bien ta mise à l'écart. C'est même impressionnant. Je ne voudrais pas remuer le couteau dans la plaie, mais je brûle de curiosité. Comment diable Fox a-t-il réussi à échapper à trois marshals lors de son transfert au tribunal ?

Elle lui relata dans les grandes lignes comment l'escroc avait faussé compagnie à ses gardiens.

— Des complices ont installé une cloison pivotante entre deux cabines de toilettes et creusé un trou derrière un placard à balais. L'issue était dissimulée par du papier peint.

— Comment ont-ils pu mettre tout ça en place sans attirer l'attention ?

— En travaillant ouvertement, sous les yeux de tous ! Une équipe d'ouvriers est restée une semaine sur les lieux pour rénover les toilettes. Cela faisait des années que le personnel du tribunal réclamait ces travaux. Les gens ne se sont donc pas inquiétés de leur présence.

— Donc Nick Fox s'est travesti en femme avant de partir ?

— Non. Il y avait une cachette dans le placard à balais. Dès que les marshals ont donné l'alerte et sont partis à sa recherche, il est sorti de sa tanière déguisé en juge. C'est ce que montrent les caméras de surveillance. En revanche, on ignore toujours comment il a quitté le bâtiment.

Jake posa sur sa fille un regard perplexe.

— Et tu n'as aucune envie de résoudre ce mystère ?

— Ce n'est pas mon problème.

— Tu adoptes la bonne attitude, dit-il. Tu l'as arrêté, mais ce sont les marshals qui l'ont perdu. Qu'ils se débrouillent ! Où comptes-tu partir en voyage ?

— En Grèce.

Kate alluma son ordinateur et pianota sur le clavier. Une carte détaillée du pays apparut sur l'écran.

— J'y suis allé plusieurs fois. C'est un pays superbe. Quelle région envisages-tu de visiter ?

— Le mont Athos.

Jake finit sa bière et déclara :

— Ah ! La Sainte-Montagne abrite le plus ancien monastère au monde. Ce centre spirituel depuis le Xe siècle est construit sur l'Aktè, une péninsule escarpée de soixante kilomètres de long pour dix kilomètres de large, très hostile et bordée par la mer Égée. C'est aujourd'hui une république monastique autonome placée sous le protectorat politique de la Grèce. Deux mille moines orthodoxes barbus y vivent en reclus dans de vieilles bâtisses fortifiées, des maisons en pierre et des grottes. Figure-toi qu'ils suivent encore le calendrier julien et l'heure byzantine. Mais tu sais déjà tout cela, non ?

— Naturellement, répondit-elle. Ça fait rêver.

— Donc tu sais également que le mont Athos est interdit aux femmes depuis environ mille ans, une interdiction qui s'étend à toutes les « créatures femelles », sauf les chattes. S'ils le pouvaient, ils banniraient aussi la présence des oiseaux et des reptiles.

— Voilà pourquoi je pense que Nick Fox s'y trouve, expliqua Kate. C'est le seul endroit sur Terre où je ne peux pas aller le chercher.

— Tu vas un peu vite en besogne, Kate.

— Ce n'est pas tout ! Il y a quelques mois, Fox a demandé un visa pour le mont Athos sous le pseudonyme du « père Dowling », en prétendant mener des recherches sur l'architecture monastique byzantine. Un visa qui lui a été accordé. J'ai d'abord cru que ces démarches faisaient partie d'un plan à plus grande échelle pour dérober des artéfacts religieux, des manuscrits anciens et des icônes. Je comprends à présent qu'il s'agissait plutôt d'une issue de secours s'il était capturé.

— Ou pas, objecta Jake en décapsulant une autre canette de bière. Il peut se trouver n'importe où. Et s'il cherchait simplement à brouiller les pistes ? Tu devrais y réfléchir à deux fois.

— C'est pourquoi j'ai visionné des heures d'images de vidéosurveillance de la zone des douanes de l'aéroport d'Athènes. J'ai fini par repérer Nick déguisé en prêtre. Quel enfoiré ! J'ai consulté les données des autorités. Le « père Dowling » a pris un vol d'Athènes à Thessalonique, puis un bus vers Ouranoupoli, un village de pêcheurs situé sur la partie occidentale de la péninsule et d'où l'on peut prendre le bateau vers le mont Athos.

— Et tu veux te lancer à sa poursuite.

— Bien sûr.

— Si tu violes l'interdiction faite aux femmes…

— Et je vais le faire, coupa-t-elle.

— L'autre problème de taille, c'est que le site est pour ainsi dire inaccessible depuis la terre. Aucune route n'y mène. À pied, c'est pratiquement impossible, expliqua Jake en désignant la carte.

L'étroite bande de terre montagneuse comportait des sommets dont le plus élevé, le mont Athos, culminait à plus de deux mille mètres d'altitude, et dont la cime était enneigée.

Le relief de l'Aktè, en Chalcidique, était tout aussi hostile, avec des gorges infranchissables et des ravines profondes, des forêts denses et une côte de falaises déchiquetées dominées par d'imposants monastères médiévaux qui semblaient surgir de la roche. Au milieu de ces obstacles redoutables s'étendaient néanmoins des champs cultivés et des oliveraies grâce auxquels les moines subsistaient à leurs besoins. Ils cultivaient leurs fruits et légumes et produisaient leur huile et leur vin.

— On n'y accède que par la mer, et encore, chaque visiteur – de sexe masculin – doit obtenir une autorisation rédigée en langue grecque et respectant le calendrier julien, et ce auprès des responsables d'au moins quatre des monastères, déclara Jake. C'est un processus complexe, délicat et interminable. Et même quand l'autorisation est accordée, le trajet en bateau depuis Ouranoupoli est périlleux. Ces eaux sont notoirement dangereuses.

— Comment sais-tu tout ça sur le mont Athos ?

— J'étudie l'histoire militaire. J'essaie de tirer des enseignements des erreurs du passé, répondit Jake. En 492 avant Jésus-Christ, Mardonios, grand général perse, a perdu toute sa flotte de trois cents navires et vingt mille hommes lors d'une tempête au large d'Athos. En 411, Épiclèse, amiral spartiate, y a perdu cinquante navires.

— C'est parce qu'ils ne pouvaient pas voler, dit Kate. Moi, je vais sauter en parachute sur le mont Athos, de nuit.

— C'est ça… railla son père.

— Athos ne possède pas de radar ni de défense aérienne, et encore moins de patrouilles de sécurité ou autres moyens de surveillance du périmètre. Ce ne doit pas être bien difficile. Il me suffit de gagner Athènes, de prendre une correspondance pour Thessalonique, puis de louer un petit avion pour survoler le mont Athos.

— C'est tout ? Dis-moi, combien connais-tu de pilotes en Macédoine qui seraient disposés à braver des siècles de tradition byzantine et à violer la loi grecque pour te larguer au-dessus du mont Athos ?

— Aucun, admit-elle. Mais je parie que toi, tu en connais.

— Tu espères que je vais faire appel à mes contacts secrets en Grèce, solliciter des renvois d'ascenseur, alors que j'ai sué sang et eau pendant des dizaines d'années dans l'armée, tout ça pour que tu puisses pourchasser un fugitif en planque dans une république monastique à laquelle tu n'as pas accès, voire que tu y pénètres ?

— Quelle meilleure idée de vacances ?

Jake dut faire appel à tout son sang-froid de militaire, à l'expérience acquise face à la torture mentale et physique infligée par le pire des ennemis pour ne pas sourire de sa candeur. Il n'y parvint pas.

— Papa ! Je n'ai pas l'intention d'atterrir en douceur, de lâcher mes cheveux et de me promener d'un monastère à l'autre en maillot de bain deux pièces ! Je vais me faire passer pour un homme, un pèlerin en visite venu effectuer des recherches.

— Tu espères y arriver ?

— C'est ce que fait Barbra Streisand dans le film *Yentl*, non ? Il suffit que je me fasse couper les cheveux, que je dissimule au mieux mes seins et que je rote. Ils n'y verront que du feu ! Ils n'ont pas beaucoup d'expérience avec les femmes.

— Même si, comme tu le penses, Fox se cache bien là-bas, il y a pas moins de vingt monastères, sans oublier les petits villages, les grottes… Comment comptes-tu le débusquer ?

— Nick Fox n'est ni un ermite ni un moine. Il n'y a pas la télévision ni la radio, peu d'électricité et de réseau téléphonique sur le mont Athos. Pour rester en contact permanent avec le monde extérieur, il n'a qu'une solution : un téléphone satellite, et j'ai un appareil capable de capter sa signature électronique. Enfin, un truc dans ce genre-là… Je ne sais pas exactement comment ça marche.

— Bon, admettons que tu parviennes à le capturer. Comment le feras-tu sortir de là sans révéler ton imposture et provoquer un incident diplomatique qui pourrait avoir des conséquences dévastatrices pour la politique étrangère des États-Unis ?

— J'alerterai Interpol par téléphone satellite en disant que j'ai appréhendé un individu recherché qui se cachait à Ouranoupoli. Ils enverront des agents à notre rencontre. En attendant, nous quitterons le mont Athos pour gagner Ouranoupoli à bord du ferry destiné aux visiteurs autorisés. J'aurai une arme pointée sur Nick et il sera menotté sous son aube.

— Il portera une aube ?

— N'est-ce pas la tenue des moines et des ermites ? Je doute qu'ils aient des boutiques de vêtements, là-bas.

— C'est un plan effroyable qui risque d'échouer pour un tas de raisons, commenta Jake.

— Je devrai donc faire en sorte que tout se passe bien, répondit Kate d'un air désinvolte.

— *Nous*, corrigea son père.

— Pas question ! Tu es à la retraite et tu as plus de soixante ans.

— Je ne parlais pas de sauter de l'avion et de traquer Fox. Je suis trop vieux pour ça, en effet. Je t'accompagnerai en Grèce pour coordonner les opérations.

— Je suis capable de me débrouiller toute seule, tu sais, objecta Kate.

— Non, tu ne l'es pas.

— J'ai fait partie des Seals, je suis un excellent agent du FBI et je suis la fille de Jake O'Hare. Je me débrouillerai, je te dis.

— Je n'en doute pas, mais les déplacements ne constituent qu'une partie de la mission. La clé de l'opération, c'est la logistique et les sources. Ce qu'il te faut, ce sont des mercenaires et des malfrats qui participeront au coup parce qu'ils ont une dette envers moi. Sans moi, ils ne t'aideront pas. De plus, je m'y connais, en arrestations spéciales.

— Tu veux dire en enlèvements secrets.

Jake ignora ce commentaire.

— Tu sauteras en parachute de nuit, au clair de lune. Si tu arrives à capturer Fox, au lieu d'alerter Interpol ou de prendre le bateau, tu m'appelleras et tu te dirigeras vers un point d'extraction convenu à l'avance sur le mont Athos. Je viendrai vous chercher en hélicoptère. Ensuite, on retournera à Thessalonique où on enfermera Fox dans un lieu isolé. Alors, seulement, tu préviendras Interpol de façon anonyme pour leur fournir un tuyau qui les mènera à Fox. Ils n'auront plus qu'à le récupérer.

— Mais je n'aurai pas le mérite de l'avoir arrêté !

— Excuse-moi, je partais du principe que tu voulais conserver ton poste et ne pas être jetée toi-même en prison.

Son père n'avait pas tort sur ce point. Ses responsables du FBI n'allaient pas apprécier qu'elle capture Nick Fox après s'être vu retirer le dossier. Ils lui reprocheraient d'avoir effectué une arrestation sauvage en territoire étranger, où elle n'avait absolument aucune légitimité, ou encore d'avoir omis de prévenir le FBI ou les autorités locales de ses intentions. Sans oublier le léger problème que posait l'enlèvement de Nick, qui constituait un crime en Grèce, qu'il s'agisse ou non d'un fugitif.

Kate poussa un soupir de résignation.

— Bon, très bien, je devrai sans doute me contenter de l'avoir arrêté une seule fois.

— Bienvenue au club ! Au cours de ma carrière, je n'ai pratiquement mené que ce type de mission sans gloire. Peu de gens savent ce que j'ai accompli.

Kate but une gorgée de bière.

— Tu serais disposé à aller jusqu'en Grèce pour te lancer dans une opération secrète uniquement pour que j'aie la satisfaction de capturer à nouveau Nick Fox ?

— Absolument, assura Jake. Nous ne partageons pas assez de moments de complicité père-fille.

Chapitre 8

Le Cessna 182 Skylane du passeur grec était équipé de trois sièges récupérés dans une vieille Volvo, un tableau de bord qui tenait grâce à du ruban adhésif et une seule hélice, à l'extrémité du nez rouillé de l'appareil. Quant au pilote, il se nommait Spiro tout court. Pas de nom de famille. C'était un vieil homme sec vêtu d'un pull mangé par les mites, d'un blouson de cuir usé et d'un bermuda en toile taché. Dans son hangar balayé par les courants d'air, Jake et Kate lui avaient tenu compagnie lors de son dîner. Spiro avait à peine touché l'assiette garnie de pain pita, de thon, d'olives, d'œuf dur et de feta qu'il s'était préparée. Situé sur un aérodrome privé des environs de Thessalonique, le hangar lui servait également de domicile. Jake l'avait engagé afin qu'il les emmène au-dessus du mont Athos, à cent cinquante kilomètres de là. Pour préparer son vol, Spiro avait décidé de troquer la nourriture contre une bouteille entière d'ouzo.

— Il va falloir annuler la mission, souffla Kate à son père dès que Spiro se fut éloigné un instant. Ce type est ivre mort.

— Ne t'inquiète pas. Il est bien meilleur pilote avec un coup dans le nez que la plupart des autres quand ils sont sobres.

Cet argument ne rassurait guère la jeune femme. Hélas, elle n'avait pas le choix, car il fallait agir le soir même. Elle devait profiter d'une nuit de pleine lune afin de voir où elle tombait. De plus, les pilotes disposés à la larguer au-dessus du mont Athos ne couraient pas les rues et aucun ne s'y serait risqué gratuitement. Spiro remboursait, à contrecœur, une dette qu'il avait envers Jake. Aucun des deux hommes ne voulait avouer à Kate de quoi il s'agissait. Tout ce qui comptait, d'après son père, c'était que Spiro possédait un avion et deux hélicoptères et qu'il était en mesure de les transporter, même avec un Alcootest largement positif.

Spiro revint à table et vida sa bouteille d'alcool en quelques gorgées, puis il entreprit de chasser ses poules de son avion. Enfin, il prononça quelques mots en grec en désignant la jeune femme. Sans doute tenait-il à en finir au plus vite avec cette maudite mission pour déboucher une autre bouteille d'ouzo.

À minuit, deux semaines à peine après avoir exposé son projet à son père, Kate survolait la péninsule Chalcidique à douze mille pieds d'altitude. Sous son casque, elle avait les cheveux courts. Elle avait comprimé ses seins dans une brassière de sport très serrée. Dans les poches de sa combinaison étaient rangés son Glock et des menottes. Les mains gantées, elle portait un altimètre au poignet gauche et l'appareil de repérage du téléphone satellite de Nick dans une autre poche, sur son ventre.

À en juger par son sourire, son père trouvait l'aventure bien plus palpitante qu'un parcours de golf au country-club de Calabasas.

Kate l'embrassa.

— Tu vas y arriver, assura-t-il en l'étreignant.

— Je sais, répondit-elle. Mais je suis contente que tu sois là.

— Moi aussi. On devrait faire ça plus souvent.

Spiro cracha par terre comme pour exprimer son dédain. Jake l'ignora et consulta son GPS.

— Nous sommes arrivés, annonça-t-il à sa fille. Tu es prête ?

— Je brûle d'impatience.

Elle se leva, ajusta ses lunettes et ouvrit la porte. Aussitôt, une bourrasque d'air s'engouffra dans l'appareil, qui se mit à trembler.

— Bonne chance ! lança Jake tandis que Kate plongeait dans la pénombre.

Elle se mit en position optimale pour descendre, le ventre tourné vers le sol, les bras le long du corps, les jambes fléchies. Alors qu'elle tombait à cent quatre-vingts kilomètres à l'heure, elle ne ressentait pas sa chute. Elle avait l'impression de voler. Elle semblait faite pour ça. Son dernier saut remontait à deux ans et elle avait presque oublié la jubilation et la sensation de liberté que procurait cette activité.

Elle survola quelques monastères aux airs de forteresses qui ressortaient de façon spectaculaire dans la brume. Elle décela les ermitages en terre qui parsemaient les falaises escarpées tels des nids, ainsi que les maisons de pierre qui se fondaient dans le paysage moucheté de prés et de forêts. C'était comme un retour vers le passé, vers un monde imaginaire digne d'un conte de fées.

À trois mille pieds, Kate baissa la main droite et actionna une lanière de cuir pour libérer la voilure. Elle fut brutalement projetée vers le haut, les pieds vers le sol, et se retrouva en position verticale, prête à se poser.

Elle prit le vent pour ralentir sa descente et se dirigea vers une clairière située à distance raisonnable des monastères, loin du danger des falaises et des forêts denses de marronniers. Elle s'était entraînée à atterrir dans un mètre carré et savait qu'elle pouvait être précise.

Elle se posa en douceur, sur les pieds. Sans un bruit, elle replia vite son parachute et le porta vers une oliveraie, au bord de la clairière. La jeune femme prit alors le temps de retrouver ses esprits. Le silence était tel qu'il en était déstabilisant. C'était comme si l'on avait coupé le son sur le monde. Au-delà des fortifications d'un monastère imposant, perché sur le sommet le plus proche, elle vit de la lumière. Elle ne s'en soucia guère. Les moines étant occupés à leurs prières, elle ne risquait pas d'en croiser un sur son chemin, à moins que Nick Fox ne soit caché à l'intérieur, ce dont elle doutait.

Elle sortit son appareil de repérage de sa poche. Pourvu qu'elle ne se soit pas trompée en se posant sur la partie occidentale de la péninsule… Si Nick Fox se trouvait à l'est, le trajet à pied s'annonçait ardu, car elle devrait franchir un col. Son appareil avait l'apparence d'un GPS courant, mais il était conçu pour capter le signal d'un téléphone satellite.

Si Nick n'en avait pas, ou si sa batterie était déchargée, Kate était fichue. Dès qu'elle l'alluma, elle poussa un soupir de soulagement : un voyant rouge se mit à clignoter sur la carte d'Athos. Un téléphone émettait un signal à quelques kilomètres au nord de l'endroit où elle se trouvait. La bonne nouvelle, c'était qu'il y avait bien un téléphone. La mauvaise nouvelle, c'était qu'il semblait être au bord d'une falaise et que la jeune femme n'avait pas prévu de matériel d'escalade.

Kate partit en direction du nord. Très vite, elle aperçut un groupe de maisonnettes rudimentaires qui se pressaient autour d'une église délabrée à peine plus grande qu'un mobile-home. Devant l'une d'elles poussait un petit potager. Il y avait aussi un tas de bûches. Sur une corde tendue entre deux arbres séchaient des vêtements apparemment taillés à partir de sacs en toile.

Kate s'empara d'une chemise et d'un pantalon qui semblaient à peu près à sa taille et les enfila par-dessus sa combinaison. Elle quitta le hameau par un sentier étroit en suivant l'itinéraire indiqué par son GPS. Elle traversa des bosquets denses, une rivière aux eaux cristallines, puis gravit un versant escarpé et rocheux. Des pitons étaient plantés dans la paroi pour permettre le passage d'une corde en guise de rampe de fortune.

Au bout d'une heure d'ascension, Kate atteignit une vieille maison en pierre. De la fumée s'échappait de la cheminée. Un ruisseau coulait depuis le sommet boisé et chutait dans une crevasse, en contrebas de la bâtisse, actionnant la roue d'un moulin. Sans doute procurait-elle l'énergie nécessaire à l'éclairage qu'elle décelait derrière l'unique fenêtre. Ce cadre féerique était digne d'un livre de contes pour enfants. Elle s'attendait presque à voir les Sept Nains partir travailler en chantant.

Elle vérifia son appareil. Le téléphone satellite se trouvait bien dans ce bâtiment. Et il était allumé. D'instinct, Kate sentit qu'elle avait trouvé la cachette de Nick Fox. À en juger par la lumière et la fumée, il ne dormait pas. Elle rangea l'appareil dans sa poche ventrale et sortit son Glock. À pas de loup, elle s'approcha de la maison et colla l'oreille contre la porte. Elle entendit les crépitements du feu de cheminée, le bruit du ruisseau et les grincements de la roue du moulin.

Plaquée contre le panneau de bois, elle actionna lentement le loquet. La porte n'était pas fermée à clé. Elle respira profondément, prit son élan et entra en trombe.

Assis devant une petite table, Nick Fox lui sourit. Vêtu d'une chemise hawaïenne, d'un bermuda de surfeur et chaussé de tongs, il dégustait un sandwich arrosé de tsipouro, un alcool produit localement à partir de marc de raisin. Il ne semblait pas particulièrement surpris de voir la jeune femme, ni alarmé qu'elle le menace de son arme.

— Vous êtes en état d'arrestation, déclara-t-elle.

— C'est votre façon habituelle de dire bonjour aux gens ?

— Seulement aux fugitifs.

Elle referma la porte d'un coup de pied et balaya la petite pièce du regard. C'était un logement d'ermite austère destiné avant tout à la méditation. Dans la cheminée de pierre, derrière Nick, brûlaient quelques bûches et un rideau dissimulait une arche menant au fond de l'habitation.

— Vous devriez essayer quelque chose du genre : « Bonjour, Nick, c'est sympa de vous revoir. »

— J'essaierai lorsque je viendrai vous rendre visite au parloir, en prison.

— Vous viendriez me voir ? demanda-t-il, étonné.

— Non, admit-elle. Je plaisantais.

Nick sourit de plus belle. Kate dut se retenir pour ne pas lui rendre ce sourire, tant il était irrésistible. Quelle mouche l'avait piquée ? Elle n'allait tout de même pas pactiser avec le diable !

— Vous prendrez bien un verre de vin ? Asseyez-vous donc et détendez-vous !

Kate garda son arme pointée sur lui.

— Voilà ma façon de me détendre, dit-elle.

— Je veux bien, mais c'est plutôt effrayant. Vous ne voulez pas partager mon sandwich au corned-beef ? Il vient directement de chez Carnegie Deli, à New York.

— La viande est interdite, ici.

— Les femmes aussi, répliqua Nick. Or vous êtes là.

— Vous pensiez vraiment que mille années de sexisme allaient m'empêcher de vous mettre le grappin dessus ?

— Non. Demandez-vous plutôt comment ce corned-beef est arrivé ici, rétorqua-t-il en mordant dans son sandwich. Et comment je suis arrivé ici moi-même.

— Les hommes cachés derrière ce rideau vous ont aidé. Ils sont combien ?

— Deux. Je prenais un petit encas nocturne pendant qu'ils dormaient à poings fermés. Vous les avez certainement réveillés en défonçant la porte.

— Ils sont armés ?

— Je ne crois pas. Contrairement à vous, je n'ai pas coutume de palper toutes les personnes que je rencontre.

Son arme toujours braquée sur Nick, Kate se tourna vers le rideau.

— Sortez tous les deux de là bien gentiment ! Au moindre geste brusque, je risque de faire sauter la cervelle de Nick par accident.

Une main apparut, agrippa le rideau et l'écarta lentement. Kate eut le souffle coupé. Ce n'était autre que Carl Jessup, du FBI, son responsable ! Vêtu d'un pull à torsades et d'un vieux jean, il ne paraissait pas contrarié d'avoir été découvert.

Kate éprouva un tel sentiment de trahison qu'elle eut l'impression de recevoir une gifle. Abasourdie, elle s'empourpra. Voilà donc comment Nick avait réussi à s'enfuir du tribunal et du pays sans laisser de traces ! Il avait un complice au sein des forces de l'ordre, à un niveau très élevé.

— Je comprends pourquoi tu m'as enlevé le dossier pour me remplacer par ce ringard de Ryerson, déclara la jeune femme. C'est toi qui as organisé l'évasion de Nick. Et tu savais que, si je le traquais, je le trouverais. Ta seule erreur a été de croire que j'allais rester sur la touche, à me tourner les pouces. Tu me connais mal. Cela dit, je ne te connais pas si bien, finalement.

— Ce n'est pas ce que tu crois, répondit Jessup.

— Tu es là, pourtant.

— Oui, mais je ne suis pas seul.

Jessup fit un pas de côté pour faire place à l'homme qui se tenait derrière lui.

Il avait les cheveux gris, dix ans de moins que Jessup, et semblait né pour porter un costume cravate. Il arborait néanmoins une tenue décontractée, un gilet de grand-père, une élégante chemise bleue dont les manches étaient boutonnées, un pantalon de toile et des mocassins cirés. Ce n'était autre que Fletcher Bolton, directeur adjoint du FBI, le poste le plus élevé que l'on puisse atteindre au FBI sans être nommé par le président des États-Unis lui-même.

Kate jeta un coup d'œil vers Nick, qui, de toute évidence, s'amusait énormément de la situation. Il versa du tsipouro dans un verre et le fit glisser vers Kate.

— Buvez. Vous allez en avoir besoin, dit-il.

Kate se tourna vers Jessup et Bolton.

— C'est le Bureau qui a libéré ce crétin ?

— Pas officiellement, non, répondit Bolton. Fox est un fugitif recherché sur trois continents. Des dizaines d'organisations gouvernementales le poursuivent, dont le FBI.

— Et officieusement ?

— Il travaille pour nous, désormais.

Nick leva son verre et porta un toast :

— Bienvenue dans l'équipe !

— Asseyez-vous, ordonna Bolton à Kate en lui désignant une chaise.

Kate s'attabla, les bras croisés, la mine grave, digne d'une ancienne membre des Seals en mode « tueuse ».

— D'abord, je tenais à organiser cette entrevue dans un lieu isolé afin que nous soyons les quatre seules personnes à être au courant, commença Bolton. Ensuite, c'était un test idéal. Je voulais savoir jusqu'où vous étiez prête à violer la loi pour mieux l'appliquer.

— Et moi, je voulais savoir jusqu'où vous étiez prête à aller pour me voir, intervint Nick avec un sourire.

— Pour vous arrêter ou vous abattre, corrigea Kate. Ou les deux, avec un peu de chance.

Bolton s'assit à son tour et reprit :

— Je me disais que, si vous veniez ici, si vous alliez jusqu'au bout du monde, dans un lieu où les femmes n'ont pas le droit d'entrer depuis mille ans, vous étiez sans l'ombre d'un doute la personne idéale pour cette mission.

— Manifestement, vous êtes prête à tout, surtout si la tâche paraît impossible, commenta Nick. Comme moi.

— Croyez-le ou non, déclara Kate, le monde ne tourne pas autour de votre petite personne.

— Le vôtre, oui, répliqua-t-il.

— Vous vous flattez.

— Vous êtes là, non ?

Kate revit en pensée le moment héroïque où elle avait percuté la voiture de Nick au volant d'un bus. Repenser à cet exploit lui donnait du courage.

— Où voulez-vous en venir ? demanda-t-elle à Bolton.

— Nous voulons que vous fassiez pour nous ce que vous faites en ce moment. Que vous capturiez des malfrats.

— De la trempe de celui qui est installé en face de moi ? s'enquit la jeune femme en prenant le reste de sandwich que Nick lui avait proposé plus tôt.

— Encore pires, dit Jessup.

— Mais bien moins charmants, précisa Nick.

— Aussi compétents que nous dans notre domaine, reprit Bolton. Il existe encore une classe de criminels qui opère hors de notre portée, des gens si riches et puissants qu'ils sont en mesure de manipuler le système judiciaire afin de ne jamais répondre de leurs crimes. Encore faudrait-il les arrêter. Nous allons changer cela.

— En laissant Nick Fox dans la nature ? fit Kate avant de se tourner vers Jessup. Je suis donc la seule à voir là une contradiction ?

— Il n'est pas libre, expliqua Jessup. Nick Fox s'est évadé et demeure un fugitif. S'il est arrêté, il retournera en prison. En attendant, il constitue la couverture idéale.

— Il n'a rien d'une couverture, protesta Kate. Il s'agit de Fox, je vous le rappelle.

— Voilà pourquoi il est parfait, intervint Bolton. Nick Fox devra faire ce qu'il fait le mieux. Sauf que, désormais, il agira pour nous, et ce pendant les cinq prochaines années, tout en restant un détenu en fuite. Ensuite, vous le capturerez, mais il sera libéré et toutes les charges contre lui seront abandonnées, car l'accusation découvrira un vice de forme dans votre dossier, qui dès lors ne tiendra pas la route.

— Si, protesta-t-elle.

— Je crois que vous ne saisissez pas bien, déclara Nick.

— Je crois au contraire que je suis la seule à comprendre, ici, rétorqua-t-elle. Carl, si j'ai bien compris, tu as permis à Nick Fox de s'évader afin qu'il escroque et qu'il vole les gens pour ton compte ?

— Pour le FBI et pour le bien de la justice, précisa Bolton d'un air grave. Il va nous aider à faire tomber des criminels que nous sommes incapables d'arrêter en appliquant les méthodes traditionnelles.

— Vous voulez dire légales, intervint Kate.

— C'est une façon de voir les choses, admit Bolton.

— Ce doit être la seule, sinon nous ne serions pas réunis dans cette grotte du mont Athos.

— Il ne s'agit pas d'une réunion, affirma Jessup.

— C'est plutôt amusant, vous ne trouvez pas ? dit Nick en se servant à boire.

— C'est surréaliste, répondit Kate. Je rêve ! C'est une caméra cachée ?

— Pour financer ses escroqueries et ses cambriolages contre les cibles que nous sélectionnerons, et pour lui garantir le train de vie fastueux qu'il exige, nous puiserons dans un fonds secret constitué entièrement d'argent et de biens confisqués à des criminels condamnés, expliqua Bolton. On peut parler de justice poétique, non ?

— Que se passera-t-il s'il se fait arrêter par une autorité quelconque ? demanda Kate.

— Il se retrouvera seul, dit Jessup.

— Même s'il est appréhendé par le FBI, précisa Bolton.

— Là, je n'y comprends vraiment plus rien ! avoua la jeune femme. On va continuer à le traquer ?

— Naturellement, répondit Bolton. C'est un détenu en cavale.

— Mais c'est nous qui l'avons libéré, insista Kate. Et il va travailler pour nous.

— Nous n'en savons rien, officiellement, rappela Jessup.

— Bien sûr que si ! insista Kate. C'est le directeur adjoint du FBI qui est assis à côté de toi !

— Cela valait la peine de me faire arrêter rien que pour vivre ce moment unique, jubila Nick.

— Fox demeure sur notre liste des hommes les plus recherchés, déclara Bolton. Et tous les agents vont le traquer… sauf vous, Kate.

— Qu'est-ce que je vais faire, alors ? s'enquit-elle.

— Vous allez lui éviter d'être pris, expliqua Bolton. Tout en feignant de le pourchasser, naturellement.

— Naturellement, railla la jeune femme en vidant son verre d'une traite. Et si je me fais surprendre à l'aider ou à le couvrir lors d'une de ses opérations ?

— Vous serez arrêtée et poursuivie en justice, dit Bolton.

— Sympa ! s'exclama-t-elle. Je suis aux anges !

— Les effets de l'alcool, sans doute, commenta Nick.

Kate se tourna vers Bolton.

— Qu'est-ce qui l'empêchera de nous dérober cette cagnotte secrète ou de se livrer à des escroqueries pour son propre compte ?

— Vous, répondit Bolton.

— Et qu'est-ce qui l'empêchera de nous laisser tomber et de nous fausser compagnie pour de bon ?

— Vous, répéta Bolton.

— Je décèle toutefois une énorme lacune dans votre plan, reprit-elle.

— Laquelle ? demanda son supérieur.

— Lui, fit-elle en désignant Nick du doigt.

Chapitre 9

Bolton exigeait une réponse de la part de Kate dès le lendemain matin. De toute façon, que ferait le FBI, que ferait-elle et que deviendrait Nick si elle refusait de participer à cette opération ?

Bolton et Jessup s'installèrent sur des couchettes, derrière le rideau, pour laisser Kate passer la nuit sur un banc, dans la pièce principale. Le contact du bois dur dans son dos lui rappelait en permanence le lieu où elle se trouvait et l'incongruité de la situation. Tout cela était si étrange qu'elle doutait presque de la réalité de ce qu'elle venait d'entendre. Peut-être avait-elle seulement cru se poser en douceur sur la terre ferme, après son saut en parachute… Et si elle s'était cogné la tête et était en proie à des hallucinations ?

— Simple curiosité, Nick, fit-elle en observant la vieille charpente, depuis combien de temps Jessup et Bolton sont-ils là ?

— Ils sont arrivés hier, lorsqu'il est apparu manifeste que tu allais passer à l'action.

— Et qui a eu l'idée de ce projet complètement fou ?

— C'est moi, admit Nick. Je me suis dit qu'ainsi, tout le monde en sortirait gagnant.

— Sauf moi !

— Surtout toi, ma belle.

— Comment cela ?

— Tu adores me poursuivre, courir le monde, défoncer des portes, sauter d'un avion, percuter délibérément des voitures au volant d'un bus. Quelle autre mission te procurerait la même exaltation, le même danger et le même plaisir ? Tu végètes dans un box, dans les locaux du FBI. C'est l'occasion d'en sortir.

— Je l'aime bien, mon box.

— Ce n'est quand même qu'un box.

— Et toi, qu'as-tu à gagner, à part la possibilité de ne pas croupir en prison, du moins pour l'instant ?

— Comment ça, pour l'instant ?

Elle se redressa sur son séant et le regarda droit dans les yeux.

— Tu es un escroc, Nick ! Ton destin est scellé. Même si tu respectes le contrat, ce dont je doute, tu seras libre dans cinq ans et tu récidiveras. L'histoire se répétera encore et encore. Je me lancerai à tes trousses et, quand je t'attraperai, il n'y aura plus d'accord possible. Tu seras jeté en prison pour un bon moment.

— Je pourrais aussi devenir un autre homme et toi une autre femme. Tu n'auras peut-être plus envie de me capturer.

— Ouais, c'est ça…

— On verra bien, conclut-il en haussant les épaules.

Kate avait envie de le frapper, ne serait-ce que pour effacer ce sourire satisfait de son visage. Ensuite, elle réglerait leur compte à Bolton et Jessup.

— Franchement, reprit-elle, c'est trop injuste ! Je veux bien jouer en équipe, mais de là à coopérer avec toi… ça va un peu trop loin. Ce projet ne me dit rien qui vaille.

— C'est une chance qui ne se présente qu'une seule fois dans une vie, affirma Nick.

— Pour toi, peut-être.

— D'accord, mais il y a un prix à payer. Je vais être obligé de te supporter pendant cinq longues années. Et si tu veux connaître la triste vérité, ce n'est pas exactement l'idée que je me fais du bonheur. En revanche, je te trouve étrangement attirante, ce qui, soit dit en passant, ne t'empêche pas d'être une sacrée emmerdeuse.

Soudain, Kate eut un sursaut d'optimisme. Elle se réjouissait d'avance de faire de sa vie un enfer. Certes, voir Nick Fox fanfaronner de la sorte lui était pénible, mais elle parviendrait peut-être à arrêter d'autres dangereux malfaiteurs. Si cette mission n'était pas sans dangers, il fallait accepter les risques du métier. Nick Fox n'avait-il pas eu un accident de la circulation en rentrant du travail, dernièrement ?

Nick demeura éveillé bien après que Kate se fut endormie. Il avait des problèmes logistiques à régler. Pour élaborer ses arnaques et ses cambriolages de haut vol, il aurait besoin d'une équipe. Par principe, il employait rarement les mêmes complices deux fois de suite. Néanmoins, il se montrait toujours loyal envers ceux qui lui avaient été fidèles. Aussi avait-il des scrupules à les trahir en les embarquant dans un coup qu'il montait secrètement pour le compte du FBI.

Et il se méfiait du FBI autant que le FBI se méfiait de lui. S'il intégrait des fédéraux tels que Kate à son réseau d'escrocs et de voleurs, il exposerait ses complices aux forces de l'ordre en révélant non seulement leur identité mais aussi leurs méthodes de travail. Un jour, les autorités risquaient de faire volte-face et d'exploiter ces informations pour les arrêter les uns après les autres. Cette perspective lui était insupportable. Et si ses complices découvraient qu'il travaillait avec Kate O'Hare au lieu de la fuir, sa couverture serait fichue et sa vie menacée. Dans ce milieu, personne n'aimait les indics, or c'était l'image que ses pairs auraient de lui, même si ce n'était pas le cas. Ils commenceraient à se demander ce qu'il avait balancé sur son passé, sur ses anciens complices. Avait-il informé les flics de la tentative de vol du Crimson Teardrop ? Il avait pourtant exigé de Bolton la libération de ses complices pour vice de forme. C'était même la condition *sine qua non* à toute l'opération.

Pour élaborer ses arnaques contre les gros poissons visés par le FBI, il devrait réunir de nouveaux acolytes sans jamais leur révéler pour qui ils travaillaient en réalité. Étant toujours en quête de jeunes talents, il avait déjà quelques noms en tête. Il était conscient que faire appel à une équipe inexpérimentée comportait des risques susceptibles de faire dérailler une opération et de coûter la vie à tout le monde. L'élément le plus imprévisible n'était autre que Kate O'Hare. Non seulement cette fille était synonyme d'ennuis, mais il allait avoir toutes les peines du monde à ne pas succomber à son charme. Par moments, il avait envie de l'étrangler, à d'autres, il aurait tout donné pour lui faire enlever son gilet en Kevlar.

Kate se réveilla avec une douleur lancinante dans le dos. Elle se leva péniblement et s'étira, puis vérifia que ses menottes et son arme étaient toujours en place. Devant la cheminée, Nick remuait le contenu d'une marmite sur le feu.

Il regarda par-dessus son épaule.

— Tu t'attendais à ce que je te vole ton arme ?

— Ça n'aurait rien d'étonnant, de la part d'un voleur, rétorqua-t-elle. Qu'est-ce que tu mijotes ?

— Le ragoût traditionnel de l'ermite, autrement dit une soupe aux lentilles. Il y a aussi du pain, de la morue et du vin rouge, rien que des produits locaux.

— Du vin au petit déjeuner ?

— C'est ce que boivent les moines.

Jessup et Bolton apparurent à leur tour. Si Jessup était en vrac, Bolton semblait avoir été cryogénisé. Son costume impeccable ne présentait pas un pli et il était parfaitement coiffé.

— Vous avez pris votre décision, agent O'Hare ? s'enquit Bolton.

— C'est d'accord. Je vous suis, répondit-elle. Mais je tiens à mettre certaines choses au point dès le départ : c'est moi qui dirige ce partenariat.

— De toute évidence, tu ne comprends pas le sens du terme « partenariat », déclara Nick.

— C'est moi la flic et toi l'escroc ! rétorqua la jeune femme. Si je juge une situation trop dangereuse ou trop tordue, je veux avoir la possibilité de renoncer.

La jeune femme se tourna vers Bolton.

— C'est aussi valable pour vous, monsieur, reprit-elle. J'exige la liberté de modifier le cours d'une mission ou de me retirer si je l'estime préférable.

— Cela ne me dit rien qui vaille, admit Bolton.

— Peu m'importe, poursuivit-elle. C'est moi qui cours le risque de mourir ou d'être incarcérée au cas où une de vos missions tournerait mal. Ce n'est pas négociable.

Jessup s'adressa à son tour à Bolton :

— Je suis d'accord avec O'Hare sur ce point, monsieur. J'ai déjà travaillé en tant qu'infiltré. Je me suis déjà retrouvé à quatre pattes dans la boue, la tête sur le billot ou coincé dans des latrines, à la merci d'un psychopathe armé d'une tronçonneuse.

Bolton réfléchit un instant avant de rendre sa décision.

— Très bien, concéda-t-il.

Ravi, Nick sourit de plus belle et servit quatre verres de vin, puis il porta un toast :

— À notre prestigieuse aventure !

— Ce n'est pas une aventure, répliqua Kate. C'est un boulot. On ne fait pas ça pour s'amuser ou pour toucher le jackpot.

— Parle pour toi, dit-il.

— Je parle pour nous deux, insista-t-elle.

Fox se tourna vers Jessup.

— Elle est toujours d'aussi mauvais poil, le matin ?

— Comment voulez-vous que je le sache ? répondit-il.

— Très bien, on la refait ! proposa Nick en levant de nouveau son verre. À une longue et fructueuse relation !

— Ce n'est pas non plus une relation, objecta Kate. C'est une association strictement professionnelle. Ne t'avise pas de l'oublier.

À bout d'arguments, Nick soupira et fit une nouvelle tentative, sans quitter Kate des yeux :

— Que la malchance nous poursuive pour le reste de nos jours sans jamais nous rattraper.

Avant que la jeune femme puisse protester, il trinqua avec elle. Les autres en firent autant et burent à leur association.

— Puisque c'est réglé, déclara Bolton en posant son verre, voici le protocole : Jessup sera votre premier interlocuteur. Il virera les fonds nécessaires à chaque mission sur un compte off-shore ouvert au nom de Kate O'Hare.

— Épargnez-moi les détails administratifs ! intervint Nick. Je laisse la bureaucratie aux bureaucrates. Dites-moi simplement qui est la cible.

— Derek Griffin, répondit Bolton non sans satisfaction.

Griffin était un homme d'affaires, financier de haut vol, grand séducteur, dont le nom apparaissait aussi souvent dans *Vanity Fair* pour ses soirées mondaines et ses actions caritatives que dans *Forbes* pour ses placements, ses opérations audacieuses et les sommes rondelettes qu'il faisait gagner à ses clients triés sur le volet. Un beau jour, il avait fait la une de tous les journaux après s'être volatilisé avec cinq cents millions de dollars puisés dans les caisses de son entreprise quelques heures avant que le FBI ne vienne l'arrêter pour une fraude pyramidale de très grande ampleur.

— Pas mal ! admit Nick avec un sifflement admiratif. Je vous l'accorde, Bolt, vous visez haut.

— Pour vous, ce sera Bolton ou monsieur.

— Une cellule spéciale du FBI le recherche depuis presque un an, expliqua Kate. Nick est un escroc, un voleur, mais pas un chasseur de fugitifs. En quoi peut-il nous être utile ?

— Une personne sait où se trouve Griffin, ainsi que le magot, sans doute. Il s'agit de Neal Burnside, son avocat, expliqua Bolton. Il se retranche derrière le secret professionnel. Pas moyen de le contraindre à lâcher le morceau.

— Je le connais, ce Neal Burnside, affirma Nick. J'ai failli l'engager quand vous m'avez arrêté. Il est brillant.

— C'est une ordure, répliqua Bolton.

— Vous ne pensiez pas cela quand il était procureur, objecta Nick.

— Burnside exploite ce qu'il a appris sur nos tactiques et notre personnel pour faire acquitter les escrocs de haut vol et les meurtriers et ridiculiser le FBI, déclara Bolton. Ce genre de type, ça porte un nom.

— Oui, on appelle cela un génie, dit Nick.

— Un traître, plutôt, contra Bolton.

— Vous voulez donc que Nick et moi nous servions de Burnside pour trouver Derek Griffin, le faire traduire en justice et récupérer le demi-milliard de dollars qu'il a détourné, résuma Kate.

— C'est ça.

— Cela ne devrait pas poser de problème, assura Nick.

— Il y a un gros problème, au contraire, reprit Kate. Comment inciter Burnside à trahir Griffin sans recourir à la torture ?

— Je trouverai un moyen, promit Nick.

— Et même si Burnside trahit son client, qu'est-ce qui vous fait penser que Griffin nous avouera où il a planqué l'argent ?

— Je trouverai un moyen, répéta Nick.

— C'est tout ? fit Kate en le dévisageant.

— C'est déjà un début…

— Ce n'est rien du tout, tu veux dire !

— Rendez-vous dans quatre jours, au Schokoladen-Café, à Berlin, à seize heures, proposa-t-il. Je t'expliquerai comment nous allons procéder.

— Pas question. Je ne te quitterai pas des yeux.

— Tu suggères qu'on vive ensemble ?

— Bien sûr que non ! répondit-elle.

— Alors comment comptais-tu me surveiller en permanence ? Tu pensais m'enfermer dans un cachot chaque soir ?

— J'avoue que l'idée est tentante, admit la jeune femme.

Elle chercha du regard l'approbation de Bolton et Jessup. Hélas, à en juger par leur expression, les deux hommes s'en lavaient les mains.

— Allez, vous deux, aidez-moi à me sortir de ce pétrin !

— Fox est un homme libre, objecta Jessup, même s'il est en liberté surveillée.

— C'est ainsi qu'on vous apprend à vous exprimer à Quantico ? s'enquit Nick avec un sourire. En maniant le paradoxe ? Parce que Bolt et vous êtes très doués pour ça.

— Bolton, corrigea l'intéressé, agacé.

— Il n'est pas à l'abri de se faire arrêter par une autre organisation gouvernementale, en attendant, dit Kate. Et rien ne l'empêche de récidiver entre deux missions pour le FBI.

— C'est un risque que nous devons courir, persista Jessup.

De toute évidence, Bolton était du même avis. Quant à Nick, il ne masquait pas sa jubilation.

— Et je suis censée faire quoi, pendant ces quatre jours ? demanda-t-elle.

— Tu n'as qu'à profiter de tes vacances, suggéra Jessup.

C'était le cas, jusqu'à ce que Bolton et Jessup ne surgissent de derrière ce rideau.

Bolton décida qu'ils quitteraient le mont Athos séparément pour éviter d'être vus ensemble. Kate s'en irait la première, car plusieurs personnes attendaient de ses nouvelles.

En sortant de la maisonnette, elle appela son père et lui annonça que la mission était un échec, que Nick Fox n'était pas là et qu'elle prendrait le ferry vers Ouranoupoli, puis le bus pour Thessalonique. Enfin, elle lui donna rendez-vous plus tard dans la journée à l'hôtel.

— Tu mens, à propos de Fox, répondit Jake. Mais je respecte ton choix.

— Tu respectes le mensonge ?

— Parfois, il est nécessaire. J'espère simplement que tu as pris la bonne décision.

— Moi aussi, avoua-t-elle.

Chapitre 10

Nick devait l'admettre, il avait plus intérêt à collaborer avec le FBI qu'à le fuir. Désormais, il lui serait plus facile de se déplacer en toute quiétude et en passant pour un honnête citoyen. Mieux encore, le financement de ses opérations ne serait plus de son ressort. Que demander de plus ? Bolton lui avait fourni un nom d'emprunt, Nicolas Raider, un passeport américain, une carte bancaire platinum assortie d'un compte en banque, sans oublier un passé dans les archives de diverses institutions publiques, notamment l'administration fiscale. Naturellement, il y avait un revers à la médaille : chaque fois qu'il utiliserait cette identité pour une raison ou pour une autre, Bolton en serait informé sur son écran d'ordinateur qui lui indiquerait aussitôt sa localisation. Pas de problème ! Il s'y habituerait. Pour lui, cette mission était un nouveau jeu, rien de plus.

À l'aéroport d'Athènes, Nick régla ses achats avec sa carte de crédit, il montra son passeport aux autorités et quitta la Grèce sans encombre. De Paris, il se rendit à Bois-le-Roi, non loin de Fontainebleau, où il possédait une ancienne ferme dont il appréciait le calme et l'isolement. Ce n'était toutefois que l'une de ses nombreuses propriétés.

La maison de plain-pied et son hectare de terrain étaient ceints d'un mur de pierre facile à escalader, mais qui protégeait la bâtisse des regards indiscrets. L'ancienne grange abritait une superbe Jaguar rouge décapotable de 1966 et une Mercedes de modèle récent. En son absence, c'était un voisin qui s'occupait de tout. À ses heures perdues, cet éleveur de chevaux construisait des bateaux dans des bouteilles qu'il offrait ensuite à son entourage. Nick en possédait déjà une vingtaine.

En arrivant, il passa d'abord chez son gardien qui lui raconta les derniers potins dont il se moquait éperdument. Il dut également bavarder poliment avec le boulanger, le boucher et l'épicier. Enfin tranquille chez lui, il se prépara un bon steak et des légumes du jardin, arrosés d'une bouteille de vin de sa cave bien garnie.

Dans la soirée, il effectua quelques recherches sur Internet pour en savoir davantage sur Neal Burnside et Derek Griffin. La Toile ne lui apprit pas grand-chose qu'il ne sache déjà. Les deux hommes n'étaient pas des enfants de chœur, tant sur le plan professionnel que dans leur vie privée. Nick ouvrit ensuite un dossier secret dans lequel il recensait de nouveaux complices potentiels. Enfin, il s'adonna à quelques parties de poker en ligne. Il s'en prit notamment à un dénommé « le Chiffre » et le soulagea de quinze mille dollars. Au matin de son troisième jour à la ferme, Nick avait esquissé les grandes lignes de son projet.

***

Plus que tout autre, Jake O'Hare était capable de garder un secret. Trois jours après leur départ du mont Athos, Kate lui confia donc le sien. Elle avait besoin d'une personne de confiance vers qui se tourner pour obtenir des conseils avisés et du soutien. Elle se méfiait de Nick Fox et de ses responsables du FBI, qui ne pensaient qu'à leurs propres intérêts. Son père, lui, veillerait sur elle quoi qu'il arrive.

À l'aéroport d'Athènes, ils buvaient un café en attendant le vol de Jake vers les États-Unis, tandis qu'elle s'envolerait pour Berlin. La jeune femme en profita pour lui relater l'extravagant projet que Nick avait réussi à vendre à Fletcher Bolton.

— Je le trouve génial, commenta Jake.

— Tu plaisantes, j'espère.

— Pas du tout. Pour une fois, tu ne seras pas pieds et poings liés par la bureaucratie, les droits de l'homme, la loi.

— Tous ces menus détails si pénibles…

— Tu auras l'occasion d'arrêter les pires malfrats, des types ayant profité du système pour s'enrichir.

— Mais je fais équipe avec un malfaiteur !

— Le pilote qui t'a largué au-dessus du mont Athos n'avait rien d'un enfant de chœur et cela ne semblait pas te déranger. Parfois, un malfrat est le mieux placé pour faire le sale boulot. Cela dit, je prêche une convaincue. Quel est le véritable problème, Kate ?

— En théorie, c'est moi qui commande, mais je ne me fais aucune illusion : Nick va vite prendre la tête des opérations. Or je ne peux pas compter sur lui pour me dire franchement ce qui se passe et quels sont les dangers potentiels. Je vais avoir besoin d'un filet de sécurité, d'un plan B dont il ne sera pas informé. J'espérais que ce serait toi…

— J'ai toujours été ton plan B ! répondit Jake. Tu le sais très bien. C'est mon rôle de père, non ?

— Ce que je te demanderai risque de franchir certaines limites.

— Bon sang, Kate ! Qu'est-ce que j'ai fait, d'après toi, en quarante ans de carrière ? Franchir les limites, c'est ma devise.

— Tu as une devise, toi ?

— Maintenant oui, et c'est « Franchir les limites », répéta-t-il.

Kate n'était jamais allée à Berlin et n'en avait jamais ressenti l'envie. Elle se faisait de cette ville une image liée aux films d'espionnage du temps de la guerre froide, avec des rues grises et glacées, des arbres nus, des Berlinois moroses, oppressés, hantés. Dans le taxi qui la conduisait de l'aéroport à son hôtel de la Potsdamer Platz, avec un chauffeur apparemment décidé à prendre le chemin des écoliers pour faire grimper le compteur, elle eut la bonne surprise de découvrir une métropole colorée, vibrante et animée.

Ils traversèrent le superbe Tiergarten, véritable forêt au cœur de la ville. En comparaison, Central Park faisait pâle figure. En passant devant la porte de Brandebourg, Kate constata que l'architecture des édifices qui l'entouraient était tournée vers l'avenir sans totalement rompre avec le passé dont le

Reichstag était un symbole incontournable. Érigé à la fin du XIXe siècle et pratiquement détruit lors de la Seconde Guerre mondiale, le Reichstag avait été restauré dans les années quatre-vingt-dix pour retrouver une splendeur digne du siège du Parlement allemand. Toutefois, son dôme baroque avait fait place à une version en acier et en verre, avec une spirale vertigineuse de trois cent soixante miroirs en son centre et qui semblait tout droit surgie de l'espace. Kate avait l'impression de se trouver dans un parc d'attractions futuriste, mais sans profiter des attractions.

Une fois installée dans sa chambre, il lui restait deux heures à tuer avant son rendez-vous avec Nick Fox. Comme n'importe quelle touriste, elle se rendit donc à Checkpoint Charlie pour observer la réplique de la guérite qui se dressait naguère du côté occidental du mur de Berlin, sur Friedrichstrasse. Vêtue d'un pantalon noir et d'un pull blanc, elle avait renoncé à ses accessoires de prédilection : elle avait confié son arme et ses menottes à son père afin qu'il les emporte aux États-Unis en usant de la même astuce illégale que lors de leur trajet vers la Grèce. Sans massue, ni Taser, ni matraque télescopique, son sac à main pesait quelques kilos de moins, au point qu'elle sentait à peine sa bandoulière sur son épaule.

Sur la chaussée, une démarcation bien visible rappelait l'emplacement du mur de sinistre mémoire. Kate suivit sa trace sur les pavés le long de plusieurs rues, sous les véhicules garés, sur les trottoirs… Personne ne parut s'en rendre compte. Le souvenir d'un mur qui avait naguère coupé un pays en deux, véritable ligne de front de la guerre froide, attirait moins l'attention des touristes que les étoiles jalonnant Hollywood Boulevard. La jeune femme finit par trouver le Schokoladen-Café, sur le Gendarmenmarkt, une place datant du XVIIe siècle, flanquée de deux superbes cathédrales.

La maison Fassbender & Rausch était la plus ancienne chocolaterie de Berlin, et la plus renommée. Elle occupait deux étages d'un bâtiment d'angle donnant sur la place. Dans une vitrine trônait une énorme sculpture en chocolat représentant le Reichstag. Au milieu de la boutique, Kate vit également un volcan de chocolat regorgeant de friandises à faire pâlir les personnages de *Charlie et la chocolaterie*.

Kate redoutait de craquer si elle s'aventurait dans ce magasin. Elle était capable de dévaliser les rayons et de se livrer à une orgie sucrée, ce qui ne serait pas bon pour son image si Nick la rejoignait à ce moment-là. Comment être crédible le visage barbouillé de chocolat ? Elle fit donc l'impasse sur la boutique et se dirigea droit vers l'ascenseur pour monter au café installé à l'étage. Dans la salle ornée de boiseries régnait une atmosphère feutrée.

Nick était déjà attablé dans un coin, près d'une fenêtre avec vue sur la place. Il n'y avait pas grand monde : un jeune couple, deux hommes d'affaires en costume cravate, un type en blouson de cuir en train de feuilleter le magazine *Der Spiegel* et une famille de touristes dont les quatre enfants étaient dissipés.

En apercevant la jeune femme, Nick se leva.

— J'ai pris la liberté de commander dès que je t'ai vue remonter la rue.

— Tu as commandé quoi ?

— Tout.

Un serveur vêtu d'une chemise blanche amidonnée, d'un gilet gris et d'une cravate rouge apparut, poussant un chariot. Il posa quatre tasses de chocolat chaud sur la table, ainsi qu'un assortiment de pâtisseries et de gourmandises.

Il y avait un moka dont les fines couches de crème au beurre, de ganache et de biscuit étaient ornées de notes de musique en chocolat, des tartelettes coiffées d'un dôme de mousse décoré à la feuille d'or, et ce n'était que le début… Kate en eut l'eau à la bouche. En levant les yeux, elle constata que Nick l'observait avec attention. Elle avait appris à ne pas se fier à son air impassible. Son esprit diabolique fomentait un complot contre elle. Cherchait-il à l'anesthésier en la gavant de sucre ? Cet homme était décidément le mal incarné !

— Je sais ce que tu mijotes, lui dit-elle en goûtant une tartelette. Tu as l'intention de me droguer au chocolat.

— Je plaide coupable.

Elle but une gorgée de chocolat chaud.

— Tu dois bien avoir une autre raison de m'avoir donné rendez-vous à Berlin…

— Il faut qu'on se parle, Kate.

— D'accord, mais pourquoi dans cette ville ?

— À cause du symbole qu'elle représente. Longtemps, Berlin a été divisé en deux parties ennemies. Au terme de plusieurs décennies de conflit, le mur est tombé, presque du jour au lendemain, provoquant de véritables scènes de liesse des deux côtés.

— Je ne déborde pas de joie, en ce moment, répondit la jeune femme.

Ce n'était pas tout à fait exact, car ses papilles étaient bel et bien en liesse. Après un chocolat chaud aussi onctueux, la boisson instantanée industrielle à laquelle elle était habituée lui paraîtrait bien fade…

— Ce que je veux dire, c'est que des personnes issues de deux mondes diamétralement opposés ont réussi à venir à bout de leur méfiance et de leur haine pour travailler main dans la main. À présent, la ville prospère. Nous pourrions en faire autant.

— Tu cherches à m'embobiner…

— Et j'y arrive ?

— Je ne suis pas un de tes pigeons, Nick. Tu veux m'impressionner ? Raconte-moi plutôt comment tu comptes inciter Neal Burnside à nous révéler où se trouve Griffin et comment tu vas récupérer le demi-milliard de dollars qu'il a détourné.

— Mon plan est simple, dit Nick en piquant sa fourchette dans une part de gâteau fondant. À condition que tu ne voies aucun inconvénient à te faire tuer.

Kate dégusta les pâtisseries tout en l'écoutant exposer son coup monté. Contre toute attente, elle ne l'interrompit pas une seule fois, ne lui posa aucune question, elle n'exprima aucune objection. Était-elle plus intéressée par cette débauche de chocolat que par ses paroles ? Cette fille avait un appétit hors du commun. N'importe qui serait au bord du coma diabétique, à sa place, or Kate demeurait fraîche et pimpante.

— C'est tout ? fit-elle. Pourquoi tu ne dis plus rien ?

— Je n'étais pas certain d'avoir ton attention.

— Bien sûr que je t'écoute ! Qu'est-ce qui se passe, ensuite ?

— Je dois constituer mon équipe.

— *Notre* équipe, corrigea-t-elle.

— D'accord, *notre* équipe. Ensuite, il faudra réunir nos ressources, étudier le terrain, construire les décors et choisir notre garde-robe.

— À t'entendre, on jurerait que l'on monte un spectacle.

— C'est le cas, mais il est destiné à un unique spectateur.

Il s'adossa confortablement sur son siège tandis que la jeune femme s'attaquait à une assiette de mignardises. C'était leur premier tête-à-tête en dehors de la salle d'interrogatoire du FBI et sans qu'elle pointe une arme sur lui. Ils étaient attablés comme deux amis de longue date, et non comme le chasseur et sa proie. Même s'ils ne se faisaient guère confiance, et en dépit de leur passé tumultueux, ils étaient bien, en cet instant. Nick songea que son plan allait peut-être fonctionner…

Chapitre 11

En quittant le café, ils marchèrent côte à côte et remontèrent Markgrafenstrasse en direction de Unter den Linden, large boulevard bordé d'arbres qui reliait la porte de Brandebourg à la Spree. Nick décrivit à la jeune femme les complices potentiels qu'il avait repérés, précisant leurs compétences, l'endroit où ils se trouvaient actuellement et comment ils allaient les recruter.

Trois des quatre candidats étaient des citoyens ordinaires qui n'avaient jamais vraiment eu affaire aux services de police. Néanmoins, ils rencontraient tous des difficultés. Ils avaient soit un besoin urgent d'argent, soit des désirs inassouvis que Nick entendait exploiter au mieux pour leur donner envie de participer à l'aventure.

— Je n'aime pas ça, déclara Kate en secouant la tête. Tu veux pousser des personnes innocentes à devenir complices d'un crime. C'est un véritable traquenard.

— Arrête un peu de raisonner comme un agent du FBI ! C'est un piège uniquement si tu as l'intention de les arrêter ensuite. D'ailleurs, notre opération n'a rien de criminel. Il s'agit d'une mystification, une farce très élaborée, tout au plus.

— Qui risque de nous rapporter entre dix et vingt ans de prison.

— Tu t'inquiètes trop, dit Nick. S'il n'y avait aucun risque, ce ne serait pas drôle.

Ils atteignirent le croisement de Markgrafenstrasse et Behrenstrasse. Les façades de verre et de pierre étaient toutes de la même hauteur, serrées les unes contre les autres. Leur alignement parfait créait l'illusion qu'elles ne formaient qu'un immense mur. Nick avait l'impression d'être un rat de laboratoire prisonnier d'un labyrinthe, ce qui ne lui plaisait pas du tout, car il avait la certitude qu'ils étaient suivis. Il bifurqua vivement vers la droite, vers la Bebelplatz, place bordée d'imposants édifices de style baroque et néoclassique comme le palais du Prince héritier, la cathédrale Sainte-Edwige, la Alte Bibliothek et l'Opéra d'État, ainsi que le boulevard Unter den Linden.

Ils venaient d'arriver sur la place quand Kate prit Nick par le bras et l'attira vers elle, puis elle posa doucement la tête sur son épaule, avec un tel naturel qu'elle semblait avoir l'habitude de chercher chaleur et réconfort dans ses bras.

Nick n'en revenait pas. Quelques instants plus tôt, elle s'inquiétait d'être jetée en prison, et voilà qu'elle se blottissait contre lui. Ne jamais sous-estimer le pouvoir du chocolat, songea-t-il. Le contact de ses seins contre son bras était troublant. Néanmoins, si elle voyait en lui un fiancé potentiel, ils allaient au-devant de gros problèmes. Non qu'il ne la trouve attirante, mais les femmes en voulaient toujours davantage… Avec leur fantasme de nid douillet, leur besoin de se caser, elles ne tardaient pas à redécorer l'appartement de leur petit ami et à critiquer ses habitudes alimentaires. Or il avait signé pour cinq ans de collaboration étroite avec Kate. Il ne pourrait la quitter du jour au lendemain s'il ne supportait plus le contenu de son réfrigérateur.

Kate leva la tête et regarda subrepticement par-dessus l'épaule de Nick.

— J'en vois trois, souffla-t-elle. Et toi ?

Envolé, le fantasme du nid douillet…

— J'en ai repéré deux, répondit-il, soulagé de ne pas avoir à défendre son territoire dans un avenir proche. Pour le troisième, je te crois sur parole.

Kate les entraîna vers la foule de touristes groupés autour d'une plaque de verre inséré dans le sol. Penchés en avant, les gens prenaient des photos d'une bibliothèque souterraine tapissée de rayonnages blancs et vides, la Bibliothèque engloutie, monument commémoratif des vingt-cinq mille livres brûlés en ce lieu par les nazis, en 1933.

— Excusez-moi, dit Kate en sortant son smartphone devant un jeune homme portant un guide touristique de Berlin. Vous voulez bien nous prendre en photo ?

— Avec plaisir, répondit-il avec un fort accent suédois.

Kate fit en sorte que Nick et elle tournent le dos à la Behrenstrasse et à la cathédrale.

— Avec la cathédrale, surtout. Le dôme est superbe, ajouta-t-elle.

Nick l'enlaça et le touriste prit le cliché. Avant qu'il ne puisse lui rendre l'appareil, Kate fit pivoter son faux amoureux.

— Une autre devant la bibliothèque et le palais, s'il vous plaît !

Après plusieurs poses sous tous les angles, Kate récupéra son téléphone et se lova contre Nick pour regarder les photos.

Soudain, Kate agrandit une image et désigna un homme, en arrière-plan.

— Costume gris, chemise blanche et cravate rouge. Il était au café, tout à l'heure. Il lisait un journal.

— Comme dans les vieux films d'espionnage, railla Nick.

— Il nous a suivis.

Kate passa à la photo suivante, sur laquelle ils posaient devant le palais. Elle remarqua deux hommes postés derrière eux.

— Celui-ci a commencé à nous suivre quand on a traversé le Gendarmenmarkt, et celui-là est arrivé en voiture de l'autre côté de la Behrenstrasse tandis qu'on entrait sur la place. On ne distingue pas leur visage, mais ils sont tous en costume gris et chemise blanche.

Elle fit apparaître la photo montrant Unter den Linden.

— Il y a un quatrième type, ici, appuyé sur cette voiture. Il nous observe. Ils nous ont littéralement encerclés. Tu les connais ?

— Pas personnellement. En revanche, il y a un an ou deux, j'ai peut-être soutiré quelques millions d'euros à un magnat allemand de la construction navale en échange d'un Vermeer volé qui n'en était pas vraiment un.

— Et tu es quand même revenu à Berlin ?

— Si je devais rester à distance de toutes les villes où j'ai passé du bon temps, je vivrais cloîtré dans un igloo de l'Antarctique.

Nick savait que Heiko Balz lui en voulait, mais il doutait qu'il aille jusqu'à placer des hommes en alerte dans les aéroports, les gares, les cafés et les hôtels au bout de tout ce temps. De toute évidence, il se trompait.

Kate et Nick se mêlèrent à un groupe de touristes qui quittait la place et traversèrent Unter den Linden vers le musée d'histoire de l'Allemagne, au bord de la Spree, près d'un superbe pont ouvragé. Sur l'autre rive, Nick vit une fourgonnette aux vitres teintées s'arrêter près de la cathédrale.

Kate regarda furtivement par-dessus son épaule. Leurs trois poursuivants s'approchaient sans se soucier de rester discrets. Le quatrième remonta en voiture.

— Ils arrivent de toutes parts, dit-elle. Ils sont efficaces ? Ce sont des hommes entraînés ou bien des malfrats de bas étage ?

— Ce sont des costauds un peu colériques ayant eu une enfance difficile et ils ont l'expérience des bagarres de rue, railla Nick en quittant le groupe pour se diriger vers le pont. La bonne nouvelle, c'est qu'ils me veulent vivant.

— Comment tu le sais ?

— Heiko Balz veut récupérer son argent. Cela me donne une certaine marge de manœuvre.

— Pour quoi faire ?

— Manœuvrer, justement, répondit Nick.

Il pointa le doigt vers la gauche tandis qu'ils passaient devant le musée d'histoire. Le marché aux puces du week-end s'étendait sur les berges de la Spree jusqu'au carrefour suivant, qui conduisait à l'île aux Musées.

— Tu peux me faire gagner un peu de temps ?

Kate se tourna vers les trois hommes qui traversèrent vivement Unter den Linden. La fourgonnette franchissait le pont, venant à leur rencontre. Elle allait se garer au bord du trottoir, devant le marché aux puces, pour empêcher Nick et Kate de battre en retraite. La voiture fit demi-tour sur Unter den Linden et s'éloigna à vive allure, sans doute vers l'extrémité du marché, pour leur bloquer le passage.

— Bien sûr, répondit Kate.

Ils se mirent à déambuler parmi les étals des brocanteurs comme si de rien n'était.

— Merci, souffla Nick. On se retrouve dans deux jours au Stony Peak Lodge de Cape Girardeau, dans le Missouri.

Kate s'arrêta pour examiner des bijoux anciens sur un présentoir.

— Si tu n'es pas au rendez-vous, je te retrouverai, prévint-elle.

— J'espère bien !

Sur ces mots, il se fondit dans la foule. Kate prit un collier et fit mine de l'essayer en se regardant dans une glace. Naturellement, ce n'était pas son reflet qu'elle observait, mais les trois hommes qui se précipitaient vers elle. Après les avoir jaugés, elle opta pour une approche directe. Elle posa le collier, gagna le milieu de l'allée et se tourna vers les malfrats pour leur barrer la route. Elle leur attribua les surnoms de Moe, Larry et le frisé. Tous faisaient de leur mieux pour afficher un air méchant.

— Je déteste qu'on me suive, déclara-t-elle. Alors vous allez me faire le plaisir de tourner les talons et de repartir d'où vous venez.

Moe croisa le regard de Larry puis adressa quelques mots en allemand au frisé. Kate ne parlait pas cette langue. Cependant, à en juger par sa gestuelle, il semblait lui ordonner de s'emparer d'elle pendant que les autres s'occuperaient de Fox.

Dès que Moe s'avança, elle lui assena un coup de pied dans le bas-ventre qui le plia en deux de douleur. Elle en profita pour l'assommer d'un coup violent sur la nuque. Vaincu, il s'écroula à terre.

Larry esquissa une offensive si prévisible qu'elle en était ridicule. Elle l'esquiva tranquillement avant de lui planter son poing dans le ventre. Un coup de genou en plein visage lui fractura le nez. Il se retrouva face contre terre à côté de Moe.

L'affrontement ne dura pas plus de trente secondes. Kate se sentait au sommet de sa forme. Elle ne se montrait peut-être pas très efficace dans sa vie privée, mais elle était capable de neutraliser un gaillard de cent kilos sans le moindre effort.

Les badauds reculèrent pour lui laisser de l'espace. Elle observa le frisé, visiblement abasourdi, comme si les lois immuables de la nature venaient d'être bafouées : le soleil se lève à l'est, deux plus deux font quatre et les femmes sont faibles.

— Je sais, ce n'est pas ce que vous aviez prévu, dit-elle au frisé. Pour ma part, je suis plutôt satisfaite de la tournure des événements. Je n'ai rien de personnel contre vous. Vous pouvez vous en aller et emmener vos amis avec vous.

Pourvu qu'il ait saisi la teneur de ses propos... en tout cas, l'état de ses acolytes en disait assez long. Pourtant, le frisé décida de faire monter les enchères, malgré la présence de nombreux témoins. Il sortit un couteau et se rua sur elle.

Kate attendit la dernière seconde pour se placer de profil et saisir le poignet de son assaillant. Puis elle tira son bras en arrière. Grâce à l'élan du frisé, elle parvint à lui démettre l'épaule dans un craquement sinistre. Il hurla de douleur et s'écroula à terre. En regardant en direction d'Unter den Linden, Kate vit la fourgonnette démarrer en trombe, sans doute à cause des sirènes de police qui hurlaient au loin. Elle se hâta en direction de l'île aux Musées. Les piétons s'écartèrent sur son passage. Dans la rue suivante, elle ne vit pas la voiture des malfrats. Elle espéra que le conducteur ait eu peur de la police, lui aussi. Elle refusait de croire qu'il avait réussi à capturer Nick. Le paradoxe de la situation la fit sourire. C'était bien la première fois qu'elle souhaitait voir Fox s'échapper !

Son regard fut capté par une tache claire. C'était la chemise de Nick, sur un portant, dans un stand de fripes. En scrutant les alentours, elle repéra son coéquipier sur un bateau de tourisme remontant le canal. Il était debout, accroché à la rambarde, coiffé d'une casquette bleue. Il portait des lunettes de soleil et une chemise grise de l'armée est-allemande, avec des poches de poitrine boutonnées et une taille élastiquée. Il lui adressa un petit signe de tête qu'elle lui rendit.

Deux voitures de police s'arrêtèrent sur Unter den Linden. Les badauds désignèrent Kate qui dut s'éclipser dans une rue adjacente. Elle courut et ne ralentit que lorsqu'elle atteignit son hôtel.

Chapitre 12

Kate en avait terminé à Berlin. Elle avait vu tout ce qu'elle voulait voir, retrouvé Nick à l'endroit convenu, sans oublier son orgie de chocolat au Schokoladen-Café. Elle était prête à poursuivre son chemin. Elle quitta donc sa chambre en réglant la journée alors qu'elle n'y passerait pas la nuit. À l'aéroport, elle réserva un billet sur le premier vol en partance pour Londres, puis un autre à destination de New York, et un autre encore, le lendemain, entre New York et Cape Girardeau, dans le Missouri.

À New York, Kate s'installa dans un hôtel proche de l'aéroport JFK. Levée dès l'aube, elle apprit que son vol était retardé pour une durée indéterminée.

Après avoir erré sans fin dans l'aérogare, elle finit par s'assoupir sur un siège et ne se réveilla que pour l'embarquement de son vol vers Cape Girardeau. Épuisée par le décalage horaire, elle prit son sac et se dirigea en bougonnant vers la porte indiquée. Ses cheveux courts étaient en désordre et elle avait les yeux rouges et bouffis. Pas étonnant qu'elle ait été renvoyée des Navy Seals, songea-t-elle amèrement.

Si elle ne supportait même plus un vol long courrier sur une ligne régulière…

En attendant le décollage, elle fit quelques recherches sur Cape Girardeau et découvrit qu'il s'agissait d'une ville assez importante, située au milieu de nulle part entre Saint-Louis et Memphis, sur les rives du Mississippi. Elle était réputée pour son palais de justice pittoresque perché au sommet d'une colline. C'était aussi la ville natale de Rush Limbaugh, un animateur radio connu pour ses positions quelque peu conservatrices. Kate s'en moquait. Ce qu'elle voulait, c'était un vrai hamburger et dix heures de sommeil.

Arrivée à destination, elle loua une voiture pour se rendre sur son lieu de rendez-vous. Le Stony Peak Lodge n'avait rien de bucolique : un ancien motel des années soixante, au bord d'une autoroute, qu'une chaîne hôtelière de la région avait rénové en ajoutant un étage au bâtiment d'origine. Autant coller des bois sur la tête d'un chien et affirmer que c'est un renne.

Kate se gara sur le parking et se rendit à la réception en traînant sa valise jusqu'au comptoir. Un distributeur de pop-corn diffusait une odeur un peu écœurante. Dans un appareil de chauffage au gaz inséré dans une grande cheminée en pierre, des flammes bleutées venaient lécher des bûches en béton. Les murs étaient ornés de trophées de chasse si mal imités qu'ils ressemblaient à des personnages de dessin animé décapités d'un coup de hache. Des sosies de Bambi et Tigrou trônaient au-dessus de la réceptionniste, une jeune femme blonde et frêle.

— Je voudrais une chambre, déclara Kate en lui tendant sa carte de crédit. Aussi loin que possible de l'autoroute, non fumeur et avec deux grands lits.

— Combien de temps resterez-vous ?

— Deux nuits.

Kate prit sa clé et, au moment de tourner les talons, faillit bousculer Nick.

— Toi ? fit-elle, abasourdie, avec un mouvement de recul.

Il portait un pull à col en V, un jean et des baskets. Naturellement, il était impeccable, détendu, plus séduisant que jamais. Elle ne pouvait en dire autant. Il lui sourit comme s'il était amusé. Ce type avait toujours l'air réjoui. Comment était-ce possible ? Même depuis qu'il travaillait pour le gouvernement, il semblait perpétuellement joyeux. Normalement, travailler pour le gouvernement fédéral était une affaire sérieuse.

— Comment as-tu fait pour arriver si vite ? s'enquit la jeune femme dans un murmure.

— J'ai pris un jet privé.

— Tu as un jet privé ?

— Non, mais il se trouve que le comte Lippe, un milliardaire de Lisbonne, cherche à en louer deux ou trois. Le directeur des ventes d'UniJet Global, à Londres, lui a donc offert un vol de démonstration vers les États-Unis pour qu'il découvre les avantages et services que propose l'entreprise, expliqua Nick. Le homard était excellent et la masseuse avait un savoir-faire auquel je ne m'attendais pas.

Kate, elle, avait dû se contenter d'un siège inconfortable dont le dossier était coincé, en classe économique, d'une canette de soda et d'un sachet de cacahuètes périmées.

— Il existe vraiment, ce comte Lippe ? demanda-t-elle.

— Bien sûr, et il tient à protéger au mieux sa vie privée, c'est pourquoi très peu de photos de lui circulent. Dans ces conditions, les quiproquos sont inévitables.

— Seulement si un escroc se fait passer pour lui afin de voyager gratuitement en avion, dit la jeune femme. C'est ta conception de la discrétion ? D'après toi, combien de comtes se rendent à Cape Girardeau en jet privé ?

— Tu penses que j'ai mis notre mission en péril uniquement pour jouir de cette extravagance ?

— Tu as bien profité du homard et du massage en plein ciel, on dirait.

— Tu n'as aucun sens des priorités !

— Puisque tu le dis, concéda-t-elle en s'arrêtant devant la porte de sa chambre.

Par chance, elle se trouvait juste à côté des distributeurs de glaçons et de friandises. Quoi qu'il en soit, si le Stony Peak Lodge disposait d'une suite présidentielle, elle pouvait être certaine que Nick y avait posé ses valises.

— Je suis venu à Saint-Louis en jet privé, évitant ainsi un vol commercial et le risque d'être reconnu par les douaniers de New York qui guettent les terroristes et les criminels à longueur de journée. Quand on est VIP, la vie est tellement plus facile, surtout dans les aéroports secondaires du Midwest. Pour venir ici, j'ai loué une voiture sous le nom de Nicolas Raider. Ainsi, le comte Lippe a disparu de la circulation après son atterrissage à Saint-Louis. En utilisant mon pseudonyme de Raider, j'ai discrètement alerté Bolton, qui doit maintenant savoir que nous sommes tous les deux de retour aux États-Unis et en plein travail.

Kate ne pouvait discuter l'efficacité et la logique de ces choix, et c'était bien dommage. Face à un tel raisonnement, elle comprenait pourquoi il avait échappé si longtemps à toute arrestation. Avec lui, il ne fallait surtout pas se fier aux apparences. Chacun de ses actes avait un sens, même les plus frivoles ou les plus insignifiants. C'était bon à savoir. Elle aurait moins de mal à lui mettre le grappin dessus, la prochaine fois.

Nick consulta sa montre.

— J'ai pris deux places pour *Mort d'un commis voyageur*, à dix-neuf heures. Il est temps de te préparer.

— Ce soir ?

— On n'est pas en vacances, lui rappela-t-il. On a du pain sur la planche. Moi qui te croyais infatigable ! (Il baissa les yeux vers sa poitrine.) C'est une tache de ketchup, ça ?

— Oui.

— Le rouge te va bien. Tu devrais en porter plus souvent.

— Je m'en souviendrai. Quel est le dresscode, pour ce soir ?

— Smoking à la mode du Missouri, répondit-il. Pas de chemise blanche, pas de chaussures vernies, rien.

À la fois buffet et salle de spectacle, le Country Mama était voisin du Stony Peak Lodge. La serveuse qui les accompagna jusqu'à leur table les invita à aller se servir au buffet, puis elle leur souhaita un bon spectacle et un excellent appétit.

C'est bien gentil de sa part, songea Kate, mais ce n'est pas gagné. Au Country Mama, tout était frit, pané, dégoulinant de fromage fondu ou à base de pâtes, y compris les desserts, sans doute. Pas étonnant que la plupart des clients fassent une prière avant de manger, dans ces contrées rurales. Ce qu'il fallait, ce n'était pas des prières, mais une équipe médicale ou, à la limite, un prêtre pour les derniers sacrements. Pourtant, Kate brûlait d'envie de se jeter sur ce buffet.

— Miam ! s'exclama-t-elle, c'est appétissant !

— Vas-y, fais-toi plaisir, répondit Nick avec son éternel sourire.

Elle ne se fit pas prier et revint à table avec une montagne de poulet frit, un gratin de pâtes aux brocolis, des pommes de terre sautées, du pain de maïs, des galettes, des crevettes grillées, de la bouillie de gruau, des beignets de gombo et des boulettes, le tout copieusement arrosé de sauce.

— Je vois que tu as opté pour la formule cholestérol, railla Nick.

— J'ai une santé de fer, assura-t-elle. Dans ma famille, personne n'a jamais eu de problèmes cardiaques. On meurt plutôt de circonstances malheureuses. Mon oncle Stump, par exemple, est mort écrasé par un camion bétonneur, et ma tante Jane frappée par la foudre.

— Ces détails ne figurent pas dans le dossier que j'ai constitué sur toi.

Kate observa l'assiette de Nick. Elle était vide.

— De toute évidence, tu ne m'as pas amenée ici parce que tu apprécies leur cuisine. Qu'est-ce qu'on fait là, alors ?

— On est venus pour le spectacle.

Kate goûta le gratin et se tourna vers une estrade de fortune installée à l'extrémité de la vaste salle. Une toile peinte grossièrement était tendue en arrière-plan. Elle représentait un salon. Quelques vieux meubles épars constituaient le reste du décor.

En s'attaquant au dessert, Kate marqua une pause pour écouter la présentation de la distribution. Boyd Capwell interprétait Willy Loman, le rôle principal de la pièce. Tous les autres étaient des comédiens amateurs de la région. Les clients du restaurant ne semblaient guère passionnés par le spectacle. Ils bavardaient comme si de rien n'était et passaient même devant les acteurs en se rendant au buffet.

— C'est horrible, murmura Kate à Nick.

Elle n'osait pas retourner chercher une part de tarte de peur de déranger les artistes.

— Je n'ai jamais vu des acteurs aussi mauvais, reprit-elle.

— Concentre-toi sur Boyd Capwell. Je l'ai déjà vu jouer trois rôles dans *Equus*, lors d'un dîner-spectacle dans un hôtel, à Billings, dans le Montana. Ses partenaires étaient absents à cause d'une intoxication alimentaire. Boyd s'en est très bien sorti en faisant trois prestations distinctes alors qu'il était seul sur scène. Au fils de mes déplacements, j'ai toujours suivi les spectacles de Boyd, de sorte que je l'ai vu se produire un peu partout. Il a un répertoire très large et est capable de jouer dans n'importe quelle situation. Je l'ai vu tenir le public en haleine en interprétant *Vol au-dessus d'un nid de coucou* dans un restaurant d'El Paso. Au milieu d'une scène cruciale, il a même pratiqué la manœuvre de Heimlich sur une cliente qui avait avalé une aile de poulet de travers, tout en restant dans son personnage.

— C'est bon à savoir, si par hasard je m'étranglais avec une bouchée de tarte aux pommes.

— Tu rigoles mais, au rythme où tu te goinfres, tu risques d'avoir besoin d'être réanimée. Tu ne mastiques donc jamais ?

— Désolée, je meurs de faim ! Dans l'avion, on ne nous a servi ni caviar ni crème glacée à la sauce caramel. (Elle observa Boyd du coin de l'œil.) Comment cet acteur sublime s'est-il retrouvé à galérer dans des dîners-spectacles ?

— Il est complètement cinglé. Il refuse tout compromis par rapport à sa vision du métier. Au début de sa carrière, il a eu la possibilité d'être la voix de Casper le fantôme. Une occasion unique ! Figure-toi qu'ils l'ont viré parce qu'il tenait à interpréter le personnage d'un ton morne et angoissé. Il a carrément expliqué au réalisateur que Casper était un enfant mort et qu'il n'avait aucune raison d'être enjoué. Plus récemment, on l'a engagé pour un spot publicitaire pour de la bière et il a exigé de connaître le passé de son personnage : avait-il fait des études ? Était-il marié ? Quelles étaient ses origines ethniques ? Le réalisateur lui a hurlé de boire cette maudite bière et de la fermer, alors Boyd a quitté le plateau en affirmant être incapable de créer dans ces conditions.

— Et il se retrouve à Cape Girardeau, dans la peau de Willy Loman, conclut Kate.

— Eh oui… Regarde-le bien.

Kate tenta d'oublier un instant la tarte au citron meringuée pour se laisser captiver par le jeu de Boyd. Il donnait l'impression d'imprégner son personnage de sa propre existence, sans doute jalonnée d'impostures, de rêves non réalisés et d'ambitions frustrées. Sa prestation était étonnamment émouvante.

— Tu as raison, admit la jeune femme à la fin de la représentation. Il est bon.

— Mieux que ça, répondit Nick. C'est un arnaqueur-né, sauf qu'il n'en a pas conscience. Il va intégrer notre bande de joyeux drilles.

Kate sentit son estomac se nouer. Ils venaient de franchir leur premier pas vers l'enfer. À l'origine, Carl Jessup avait confié à Kate la mission de surveiller Nick et de faire en sorte qu'il reste dans le droit chemin. Alors que l'opération commençait à se mettre en place, elle pressentait qu'elle allait y jouer un rôle majeur. Dans une arnaque de haut vol, il n'y avait pas de place pour une simple spectatrice. Elle devrait aider Nick à persuader ce pauvre type de se lancer dans une carrière d'escroc. Elle frémit en pensant aux compromissions que lui réservait l'avenir. Non qu'elle n'ait jamais commis le moindre acte moralement répréhensible par le passé. Tirer sur quelqu'un, entrer par effraction dans une propriété en territoire étranger… chacun voyait midi à sa porte, après tout. S'il s'agissait toujours d'opérations militaires légales, certains étaient en droit de s'offusquer de ses méthodes. Sans parler de ses autres transgressions, généralement mineures : elle avait triché lors de ses examens de maths, au lycée et, pour le mariage de sa sœur Megan, elle portait un soutien-gorge rembourré afin de rivaliser avec le décolleté de la mariée.

Nick intercepta Boyd à sa sortie de scène et l'invita à leur table pour discuter d'une éventuelle participation à une nouvelle production à Los Angeles.

— Volontiers ! Accordez-moi cinq minutes, répondit l'acteur, le temps que je sorte de mon personnage.

Une fois démaquillé, Boyd se rendit au buffet et rejoignit Nick et Kate à leur table. En voyant son assiette bien garnie, Kate devina qu'il avait également fourré quelques petits pains dans ses poches. C'était un homme plutôt séduisant. Elle lui trouva un charme un peu suranné, comme une voiture de course après la sortie d'un modèle plus récent. Boyd était flamboyant jusque dans sa façon de poser sa serviette sur ses genoux ou de tenir ses couverts, comme s'il savait, ou espérait, que ses moindres gestes étaient observés. Ce besoin de reconnaissance n'était pas vraiment attirant, mais Boyd avait quelque chose de fascinant.

Nick se présenta sans préciser de nom de famille.

— Et voici Kate, mon associée, dit-il.

— Qu'avez-vous pensé de ma prestation ? demanda Boyd à la jeune femme. Je crains d'avoir un peu surjoué la fin…

— Pas du tout, assura Kate. Vous étiez génial. Je me demande comment vous faites pour rester concentré avec tous ces gens qui passent devant vous pour se rendre au buffet.

Boyd sortit un petit pain et deux portions de beurre de sa poche et les posa à côté de son assiette.

— Pour être acteur, il faut être un peu déconnecté de la réalité. Dans ma tête, je ne me trouvais pas dans un restaurant, sur une estrade en contreplaqué, entouré de caissières, de vendeurs de voitures et d'étudiants. J'étais Willy Loman, un homme qui s'accroche désespérément à sa vie en lambeaux. J'étais dans son monde et j'y croyais vraiment.

— Moi aussi, avoua Kate.

— Je ne pouvais espérer plus belle critique, dit Boyd en beurrant son pain. Surtout de la part d'une productrice d'Hollywood.

— Nous ne sommes pas des producteurs d'Hollywood, intervint Nick.

Boyd releva la tête.

— Vous ne venez pas de me dire que vous produisiez un spectacle à Los Angeles ?

— C'est le cas, mais il ne ressemble à rien de ce que vous avez eu l'occasion de jouer, répondit Nick. Nous travaillons pour Intertect, une agence de détectives privés et de protection. Nous sommes sur les traces d'un fugitif international qui a dérobé une forte somme d'argent à notre client. Il nous a chargés de la récupérer.

— Pourquoi avez-vous besoin d'un acteur ?

— Pour trouver cet homme, nous devons absolument faire parler un de ses complices. Et pour cela, nous devons faire de ce complice un acteur dans une pièce, sauf qu'il sera le seul à ne pas avoir de texte écrit.

— Il ne saura même pas que c'est un spectacle, renchérit Kate.

Boyd posa sa tartine et prit un pilon de poulet entre ses doigts.

— En gros, c'est une arnaque…

— Vous êtes très perspicace, fit Nick.

— J'ai joué le rôle d'un escroc dans une comédie musicale, au casino de Loon Lake. Le problème, c'est que les arnaques sont illégales, en général.

— Considérez cela comme une vaste plaisanterie, une farce très élaborée, suggéra Nick.

— Absolument, fit Kate. Une blague un peu illégale sur les bords, mais pas complètement. On nous a chargés de réussir là où la police a échoué, de capturer un homme qui a dépouillé des milliers de personnes innocentes de leur maison, de leurs économies et qui les a privées de leur avenir. Pour atteindre notre objectif, nous aurons recours à l'enlèvement et à l'imposture. Si nous ne sommes pas crédibles et s'il porte plainte, nous pourrions être arrêtés.

— Heureusement, il est très peu probable qu'il le fasse, précisa Nick.

Boyd mordit dans son pilon de poulet.

— Qu'est-ce que j'y gagnerais ?

— Cinquante mille dollars, répondit Nick. Et le rôle de votre vie, un défi qui va au-delà de tout ce qu'ont pu faire ceux qui ont reçu un Oscar ou un Emmy.

— Quand on a reçu un Oscar, on n'a plus besoin de relever le moindre défi.

— Nous savons tous les deux que ces acteurs-là ne se lanceraient pas dans un tel projet parce qu'ils n'ont ni les tripes ni le talent nécessaires, contrairement à vous, insista Nick. Ce boulot en fera la démonstration.

Boyd les dévisagea tour à tour.

— Malheureusement, le public n'en saura jamais rien.

— Vous, si, répliqua Nick.

— Il n'y aura aucune critique dans les journaux, aucun film à mon actif. Cela ne m'apportera pas plus de contrats.

— Avec nous, peut-être, dit Kate.

— Mais si je ne suis pas totalement convaincant ou si un autre acteur sabote mes tirades, si les décors s'écroulent, s'il se produit une catastrophe dont je n'arrive pas à me sortir, je risque de croupir en prison.

— Voire pire, admit Nick. Vous pourriez vous produire un soir de plus ici.

— J'aurai une grande roulotte ? s'enquit-il en soutenant le regard de Nick.

— Vous n'aurez pas de roulotte. Vous aurez une immense villa.

— J'accepte. Je n'ai pas bien entendu vos noms de famille…

— On s'en tient aux prénoms chez nous, répondit Nick. Les noms de famille, c'est encombrant.

Chapitre 13

Wilma Owens était capable de conduire ou piloter à peu près n'importe quel engin servant à transporter des personnes d'un point à un autre : voiture, avion, bateau, surfaceuse de patinoire, moto, bulldozer, hélicoptère, rouleau compresseur, à l'exception, peut-être, d'une navette spatiale, mais elle aurait volontiers essayé. Elle avait grandi à Alvin, au Texas, dans un mobile-home, près de la carrosserie de son père. Elle avait participé à des compétitions de motocross et de stock-car et avait commencé à travailler dès la sortie du lycée en conduisant une benne pour Owens Excavating, une entreprise de terrassement. Deux ans plus tard, elle avait épousé Buster Owens, le fils de son patron. Comme ils ne parvenaient pas à avoir un enfant, elle avait continué à conduire la benne. Au bout de vingt-six ans de mariage et de labeur, Wilma avait fini par divorcer de Buster en invoquant un ennui mortel. Une fois libérée, elle se fit poser des implants mammaires, s'inscrivit à des cours de spinning et se lança dans ce qu'elle appelait sa « grande aventure ».

Au bout de neuf ans de grande aventure, Wilma peinait à trouver un emploi de conductrice de poids lourd à cause de la conjoncture économique et du fait qu'elle n'était pas syndiquée. Elle avait brièvement entrepris de piloter des touristes au-dessus des Everglades, jusqu'à ce que son avion s'écrase dans les marécages. On avait alors découvert qu'elle volait sans permis de pilotage. *Idem* pour son boulot de pilote d'hélicoptère, lorsqu'elle répandait des produits chimiques toxiques sur Port Charlotte, infestée de moustiques.

C'est pendant qu'elle se remettait de son accident d'hélicoptère que lui vint l'idée de participer à l'émission de téléréalité *The Amazing Race*. Elle était persuadée de l'emporter haut la main, car elle serait comme neuve lorsqu'on lui aurait enlevé les broches qu'elle avait à la cheville, à la suite d'une fracture. Elle gagnerait le gros lot, serait riche et célèbre… Elle s'offrirait un beau terrain et peut-être une pelleteuse, rien que pour s'amuser. Ces rêves se seraient peut-être réalisés si Wilma n'avait pas joué de malchance.

Avec Loretta Sue, sa meilleure amie, Wilma était à deux doigts d'être retenue pour le jeu télévisé quand la production découvrit que Wilma avait « emprunté » un train de marchandises pour arriver à temps aux éliminatoires, car sa voiture était tombée en panne. Loretta Sue fut disculpée grâce à un détail de procédure, car elle ne conduisait pas le train volé. Quant à Wilma, elle passa devant le tribunal du comté de Solano, en Californie, défendue par un avocat commis d'office. La caution fut fixée à trente-cinq mille dollars, mais elle aurait aussi bien pu s'élever à trois cent cinquante mille. Incapable de réunir cette somme, Wilma resta incarcérée à la prison de Fairfield en attendant son procès. Quelle ne fut pas sa stupeur quand un assistant du shérif vint lui rendre visite, au bout de six semaines, pour lui annoncer que quelqu'un avait réglé sa caution et qu'elle était libre.

Deux jours plus tôt, Nick était encore à Cape Girardeau, et voilà qu'il se retrouvait assis sur un banc, devant le palais de justice du comté de Solano. Cet édifice de style néoroman était construit un peu en retrait d'une rue bordée de palmiers, derrière une vaste pelouse. En voyant Wilma émerger du bâtiment, il comprit qu'il avait fait le bon choix. Elle était parfaite en tous points. Encore une arnaqueuse-née : Wilma n'avait peur de rien, elle avait du talent et elle était aux abois.

Il la reconnut grâce à la photographie parue dans le journal. Taille moyenne, corpulence moyenne, à part ses seins qui, eux, dépassaient largement la moyenne. Elle portait un jean moulant, un débardeur vert fluo et des sandales à semelle compensée en corde, avec des talons d'environ douze centimètres. Ses cheveux blond platine étaient noués en queue-de-cheval. Elle avait une bonne cinquantaine d'années mais, grâce à ses prothèses mammaires et quelques coups de scalpels ou un patrimoine génétique favorable, elle semblait plus jeune. Dans la pénombre, après quelques verres, on lui donnerait presque moins de quarante ans.

Nick se leva et lui fit signe. Elle vint à sa rencontre.

— Salut, trésor ! lança-t-elle. Pourquoi tu me fais signe ? Tu veux me proposer des bonbons ? Pas très original…

— Ce sont des dragées gélifiées qui viennent tout droit de la Jelly Bean Factory, en ville. En attendant que les formalités de ta sortie soient réglées, j'ai fait un peu de tourisme. On y voit même un portrait de Ronald Reagan en bonbons multicolores. Imagine un peu, si ces bonbons avaient existé à l'époque de Léonard de Vinci… *La Joconde* aurait une autre allure.

Wilma le toisa.

— Tu dois être le type qui a payé ma caution.

— En effet.

— T'es beau comme un cœur et tu m'as acheté des bonbons. Que demander de plus ? C'est toi, le producteur d'Hollywood envoyé par l'émission *The Amazing Race* ? Ils ont changé d'avis, c'est ça ?

— Pas du tout.

— Alors qu'est-ce que tu me veux ?

— Je veux que tu conduises des voitures et que tu pilotes des avions pour un projet que je suis en train de mettre en place.

— Mon permis de conduire a été annulé et j'ai pas mon brevet de pilotage.

— Un permis, ce n'est qu'un bout de papier. À mes yeux, ça n'a aucune importance. Ce qui compte, c'est que tu apprennes vite, que tu puisses manœuvrer n'importe quel engin et que tu acceptes de prendre certains risques.

— Et pourquoi tu voudrais que je conduise ces voitures et ces avions ?

— Je t'ai fait sortir de prison et je peux aussi faire tomber les accusations qui pèsent contre toi.
— Comment ?
— J'ai des amis très haut placés dans les forces de l'ordre, répondit Nick.
— Et si je décidai de m'en aller, comme ça ?
— J'aurai perdu mes trente-cinq mille dollars.
— Tu me poursuivrais ? Cela dit, j'y verrais pas d'inconvénient, vu comme tu es gaulé, mais quand même…
— Je ne poursuis jamais personne, assura Nick. En revanche, je les escroque. Voilà ce dont il s'agit : j'ai besoin de ton aide pour inciter un homme à me dire où se trouve un fugitif international qui a dérobé un demi-milliard de dollars à des innocents.
— Pour que tu lui prennes le fric à ton tour ?
— Pour que je puisse le rendre aux gens qu'il a floués, expliqua Nick.
— Tu es qui, au juste ? Un de ces justiciers à la Robin des Bois ?
— Non. C'est mon travail.
Il sortit une clé de sa poche et l'orienta vers une Ferrari rouge, le modèle le plus puissant du marché, capable de monter à cent quatre-vingts kilomètres-heure en huit secondes et demie grâce à son moteur V12 de sept cent trente chevaux. Le bolide émit un son strident. Wilma en eut le souffle coupé.
Il agita les clés sous son nez.
— Tu veux la conduire ?
Elle lui arracha les clés.
— C'est bon. Et tu peux m'appeler Willie.

Pendant que Nick Fox confiait une voiture d'une valeur de trois cent soixante-quinze mille dollars à Willie Owens, l'apocalypse venait de commencer dans le désert, aux alentours de Gallup, au Nouveau-Mexique. Une apocalypse à très petit budget, certes, et non syndiquée. Une production écrite et réalisée par un garçon de vingt-sept ans dont l'expérience filmographique se limitait à une série de vidéos de filles éméchées ôtant leur tee-shirt, à Lake Havasu, pendant les vacances de printemps.

La tâche de transformer une vingtaine d'acteurs amateurs en zombies affamés de chair humaine incombait à Chet Kershaw. Ce colosse de trente-huit ans n'était pas loin de se considérer comme un dinosaure vieillissant affrontant une extinction imminente.

Cette prise de conscience semblait à la fois cruelle et pleine d'ironie dans le bar de style western du motel El Rancho. Construit en 1937 par le frère du réalisateur D. W. Griffith, il hébergeait les grands noms du cinéma hollywoodien qui affluaient vers cette région désertique photogénique pour tourner des westerns. Si Chet avait l'impression de recevoir un coup de massue en songeant à son avenir, c'était peut-être parce qu'il était assis là où Errol Flynn, John Wayne, Kirk Douglas et John Ford s'étaient autrefois rincé le gosier.

Parmi les nombreux réalisateurs venus à Gallup, à l'époque, il y avait Cleveland Kershaw, le grand-père de Chet. Grand nom du maquillage et des effets spéciaux, Cleveland avait transmis ses compétences et son savoir à son fils Carson, qui avait perpétué la tradition familiale au cinéma et à la télévision jusque dans les années quatre-vingt.

Lorsque Chet reprit le flambeau, dans les années quatre-vingt-dix, cet art était de plus en plus numérisé. Le maquillage et presque tout ce que l'on considérait comme des effets spéciaux, y compris de simples impacts de balle, étaient désormais réalisés par des infographistes lors de la postproduction.

Les décors extérieurs et les rues factices des studios de cinéma faisaient partie du passé. Les réalisateurs n'avaient plus besoin de se rendre au Nouveau-Mexique pour tourner dans le désert. On pouvait filmer les scènes au Canada, au cœur de l'hiver. Il suffisait d'un écran vert et d'une société d'effets spéciaux numériques. À présent, si les réalisateurs venaient tourner au Nouveau-Mexique, c'était à cause des crédits et abattements fiscaux, un cadeau des autorités prêtes à tout pour stimuler l'économie locale. Voilà pourquoi *La Révolte des effeuilleuses zombies* était tourné à Gallup et non dans quelque hangar de Van Nuys, à Los Angeles. De plus, les producteurs avaient si peu de moyens qu'ils ne pouvaient s'offrir le moindre effet spécial.

En revanche, ils pouvaient se payer Chet, qui avait de plus en plus de mal à trouver des projets exploitant ses nombreuses compétences. Il avait donc quitté Los Angeles pour ce trou à rat de Gallup uniquement pour pouvoir exercer son métier. Il n'avait aucune envie de passer ses journées dans une roulotte à poudrer des nez et appliquer de l'anticernes sur le visage botoxé d'actrices sur le retour pour un salaire de misère. Dans ce désert torride, il était chargé de faire en sorte que de jeunes stripteaseuses ressemblent à des morts vivants en état de décomposition, moyennant une rémunération encore plus misérable.

D'un naturel jovial, Chet aurait pu s'amuser de ces filles en état de décomposition, s'il n'était pas si déprimé. En levant les yeux de sa quatrième bière, il remarqua Kate, perchée sur un tabouret de bar, à côté de lui. Il ignorait depuis combien de temps elle était là, à l'observer ouvertement.

— Je peux t'offrir une autre bière ? proposa-t-elle en désignant son verre vide.

Chet n'en croyait pas ses oreilles. C'était la première fois qu'une femme lui payait un verre dans un bar. Il n'était pas laid, loin de là, mais il n'avait rien d'un séducteur.

— Tu es une professionnelle ?

— Les prostituées ne paient pas de verres aux hommes, répondit Kate. C'est le contraire.

— Je n'ai pas beaucoup d'expérience dans ce domaine.

— Moi non plus. Tu la veux, cette bière ?

— D'accord. Merci.

Un silence gêné s'installa entre eux, le temps que le barman pose deux bières fraîches sur le comptoir.

— Santé, dit Kate.

Ils trinquèrent, puis Chet vida son verre d'une traite.

— Je ne voulais pas t'insulter.

— Pas de problème, assura-t-elle.

Il s'essuya la bouche du dos de la main.

— Je viens de divorcer et j'ai oublié comment parler aux femmes. Enfin, quand je vois comment ça s'est terminé avec mon ex, je n'ai sans doute jamais su m'y prendre. Qu'est-ce qui t'amène à Gallup ?

— Toi, répondit-elle.

Elle lui servit la même histoire qu'à Boyd Capwell, deux jours plus tôt.

— On a besoin de tes talents de maquilleur et d'effets spéciaux pour convaincre notre victime que ce qui se passe autour de lui est réel, conclut-elle.

— Je suis d'accord, dit-il.

— Attends une minute… tu ne demandes pas combien tu seras payé ?

— C'est sûrement plus que ce que je touche en ce moment. Et puis, tu m'as offert une bière.

— Tu te rends compte qu'on te propose quelque chose de potentiellement illégal et que tu risques d'être arrêté si l'opération tourne mal ?

— La prison ne peut pas être pire que ce trou à rat.

Chapitre 14

S'il avait eu une moustache, George Pogue l'aurait tortillée avec soin, comme le méchant dans un film muet. Le petit banquier pâle et chauve dut se contenter de tapoter un épais dossier de son stylo. Il observait Tom Underhill comme s'il n'était qu'une tache sur son agenda. Pour Tom, ce bruit évoquait un compte à rebours annonçant la saisie de sa maison, puis le départ de sa femme avec leurs trois enfants.

— Je ne demande pas de cadeau, déclara-t-il.

Désireux d'impressionner le banquier en ayant l'air professionnel, Tom avait mis son costume du dimanche et une cravate, mais il avait l'impression d'être un adolescent qui joue à l'adulte.

— Je suis disposé à faire des versements…

— Vous êtes bien aimable, répliqua Pogue d'un ton narquois.

— Je vous demande simplement de prendre en compte la réalité du marché. Nous savons tous les deux que ce bien ne vaut pas plus de la moitié du prix que j'ai payé à l'époque.

Lorsqu'il avait acquis la maison, en 2006, le marché immobilier dans le sud de la Californie était au plus haut. La somme de cinq cent cinquante-sept mille dollars lui avait semblé une affaire pour quatre chambres et deux salles de bains à Rancho Cucamonga, une banlieue en pleine expansion du comté de San Bernardino. Les résidences poussaient comme des champignons dans la vallée et à flanc de colline. Puis la bulle avait éclaté, le marché avait chuté et le travail s'était fait rare, dans la région. Des lotissements entiers s'étaient transformés en villes fantômes.

— Il n'en demeure pas moins que nous avons versé cinq cent cinquante-sept mille dollars au constructeur à votre place, dit Pogue. Une somme perdue. Je ne vois pas pourquoi la banque devrait subir cette perte.

— Parce que je me suis retrouvé pris à la gorge par un prêt hypothécaire à risque, avec un taux d'intérêt variable qui s'est mis à grimper en flèche tous les six mois alors que mes revenus baissaient. Je n'ai cessé d'essayer de renégocier mon prêt, mais vous n'avez rien voulu entendre.

Le banquier leva une main pour le faire taire.

— Inutile de m'énumérer vos excuses habituelles ou votre version des événements. Les faits sont là : vous êtes très en retard dans vos remboursements.

— Je vous ai envoyé un chèque tous les mois et vous n'avez pas encaissé les quatre derniers !

— Parce que les sommes ne couvraient pas le versement minimal.

— Je ne peux pas payer davantage ! C'était ce que je réglais avant que vous ne fassiez grimper le taux d'intérêt.

Pogue chassa cette remarque d'un geste désinvolte.

— Nous en sommes arrivés au point où nous n'avons pas le choix. Nous devons exercer notre droit de saisie. La propriété sera vendue aux enchères afin que nous nous remboursions.

Tom respira profondément pour maîtriser sa colère. Il n'avait aucune envie de faire l'ouverture du journal télévisé dans le rôle du Noir furieux qui se jette sur son banquier blanc et l'étrangle.

— Au lieu d'évaluer la maison pour la moitié de ce que je l'ai payée avant de la laisser à l'abandon pendant des années, à la merci des squatteurs et des vandales, il serait plus raisonnable d'ajuster le montant du prêt afin que je puisse rester chez moi, garder mon bien et vous verser de l'argent.

— C'est plus compliqué que cela, dit Pogue.

— C'est sûr, intervint Nick Fox en s'asseyant à côté de Tom.

Vêtu d'un blazer bleu marine, d'une chemise au col ouvert, d'un jean et de mocassins, il semblait être apparu comme par enchantement dans le bureau du banquier.

— Ce que Tom ne réalise pas, c'est que vous l'avez convaincu de ne pas verser d'acompte, ce qui l'a empêché d'obtenir un taux d'intérêt plus avantageux, et de souscrire un emprunt hypothécaire, en 2006, alors qu'il présentait un taux d'endettement de quarante-cinq pour cent. Tout ça parce que vous avez empoché une commission supérieure de deux pour cent, ainsi que des primes, sans parler des voyages tous frais payés à Hawaï offerts par la banque en fonction du nombre de prêt hypothécaires que vous réussissiez à « caser ».

— J'ignore quel genre de militant illuminé vous êtes ou bien de quelle arnaque il s'agit, mais si vous ne partez pas tout de suite, je vous ferai expulser par la sécurité ! rugit Pogue.

Impassible, Nick poursuivit :

— De plus, vous l'avez grugé sur les frais. Vous devriez avoir honte, George. Ou devrais-je plutôt vous appeler « le Chiffre » ?

Le banquier blêmit.

— Qui êtes-vous ?

— Je suis l'homme qui vous a fait perdre presque quarante-cinq mille dollars au poker en ligne, ces derniers mois, répondit Nick.

Sa dernière victoire contre le Chiffre remontait à son court séjour dans sa ferme en Île-de-France.

Pogue le dévisagea comme s'il avait vu un fantôme.

— Vous êtes Bret Maverick.

— Quand je joue au poker, oui. En ce moment précis, je suis votre conscience. Car je sais pas mal de choses, George. Vous avez couvert vos dettes de jeu, ainsi que d'autres, pour un montant total de vingt-trois mille dollars, en détournant des fonds de cette banque.

— Qu'est-ce que vous voulez ? murmura-t-il en lui faisant signe de baisser le ton.

— Vous allez modifier le contrat de Tom pour l'adapter à la valeur réelle de sa maison et lui proposer le taux le plus bas possible, sans frais. Vous allez comptabiliser les versements effectués et effacer les pénalités. Vous allez régulariser son taux d'endettement, le tout d'ici demain, même heure, quand il reviendra signer les papiers. Sinon, je vous livre aux autorités.

George scruta les alentours, puis souffla :

— Et l'autre problème ?

— Ce sera notre petit secret. Je vous conseille de remettre en place ce que vous avez pris en espérant que personne ne l'apprenne. Si vous voulez filer, libre à vous, mais veillez à tout arranger pour Tom avant de partir. La prochaine fois, je serai moins conciliant.

Nick se tourna vers Tom, qui était abasourdi.

— Je peux vous offrir un café ?

Tom était si stupéfait par la tournure des événements qu'il ne put que hocher la tête. Nick l'entraîna au-dehors, puis dans le café voisin. Ils portèrent leurs gobelets à l'extérieur. Dans le centre commercial, un certain nombre de boutiques étaient vides et le parking était presque désert. En revanche, le café était animé. Le soleil brillait dans un ciel limpide. Après le froid glacial qui régnait dans le bureau de Pogue, Tom savoura la chaleur ambiante.

Quand il était enfant, Tom Underhill vivait dans un environnement similaire, un quartier résidentiel en pleine expansion qui avait peu à peu remplacé les plantations de noyers qui donnaient son nom à Walnut Creek, d'où il était originaire. Les travaux le fascinaient, d'autant plus que personne ne travaillait de ses mains dans sa famille constituée d'assureurs. Perché dans le noyer du jardin, Tom passait des heures à observer les ouvriers, traçant des dessins détaillés des étapes de la construction. Il alla même jusqu'à récupérer des planches et emprunter quelques outils pour se bâtir une cabane sur plusieurs niveaux, dans son arbre.

Après le lycée, tandis que ses amis entraient à l'université, Tom continua à dessiner des cabanes dans les arbres. Puis il partit pour la Californie du Sud, où ses cabanes lui rapportèrent de l'argent. Il ajouta des maisons de poupée à son catalogue et son entreprise prospéra. Il était réputé pour ses manoirs victoriens miniatures, ses cabanes inspirées des Robinson suisses et sa capacité à reproduire n'importe quoi en modèle réduit. Hélas, ses maisons de poupée étaient onéreuses et l'entreprise éclata en même temps que la bulle immobilière, lors de la crise économique. À présent, Tom enchaînait les petits boulots d'homme à tout faire tandis que sa femme s'occupait de leurs enfants âgés de deux, huit et dix ans. Si l'intervention de Nick était un miracle, elle ne résolvait pas tous ses problèmes. Il redoutait même d'avoir plongé dans des difficultés encore plus terribles.

— Je ne voudrais pas vous sembler ingrat, dit-il, mais qui êtes-vous ? Et pourquoi avez-vous fait ça ?

— Je suis intervenu parce que vous êtes un vrai magicien avec un marteau, des clous et quelques planches. Je voudrais vous convaincre de travailler pour moi.

— Je ne suis pas difficile à convaincre et il y a des façons plus faciles d'engager quelqu'un.

— Ce n'est pas un travail comme les autres. D'abord, j'ai besoin de quelqu'un qui puisse transformer une maison de vacances à Palm Springs en une résidence ultra sécurisée appartenant à un narcotrafiquant.

— Ça, c'est un peu hors limites.

Nick lui exposa brièvement la situation.

— Vous avez évité que ma propriété soit saisie par un banquier véreux qui m'a imposé un prêt pourri, et maintenant vous me demandez de vous aider à faire tomber un banquier encore plus véreux qui s'est enfui avec les économies de ses victimes ?

— Vous ne me devez rien, assura Nick. Vous pouvez vous en aller tout de suite. Peut-être serait-ce préférable, car certains diraient que ce que je vous propose est illégal.

— Je m'en fous, répondit Tom. Je vais adorer faire tomber cet enfoiré. Je suis de la partie !

Deux jours après que Nick eut recruté Tom Underhill, Kate passa chez sa sœur en milieu d'après-midi. Elle espérait voir son père en l'absence de Megan. Hélas, elle avait mal choisi son moment, car elle se gara devant la maison juste au moment où sa sœur s'en allait au volant de son monospace pour faire des courses avec les enfants. Elles abaissèrent leur vitre et échangèrent quelques mots.

— Bonne nouvelle, annonça Megan, le beau pilote de ligne est de retour en ville. Je lui ai parlé de toi et il semble très intéressé.

— Pas moi.

— Quand je lui ai dit que tu étais agent du FBI, il n'a pas bronché, insista Megan. En général, ça les fait fuir.

— En général ? répéta Kate. Tu as parlé de moi à combien de types ?

— Peu importe. Je peux lui donner ton numéro ?

— Non !

— Tant pis pour toi. Qu'est-ce que tu fais là ?

— J'emmène papa au stand de tir, répondit Kate.

— C'est l'heure de sa sieste.

— Il fait la sieste ?

— Au cas où tu ne l'aurais pas remarqué, c'est un senior et il se remet encore de sa virée de pêche au Mexique avec ses copains de l'armée.

C'était l'excuse qu'il avait trouvée pour justifier son voyage en Grèce.

— Ne t'inquiète pas ! Je suis sûre que tirer sur des cibles lui fera autant de bien qu'une sieste.

Sceptique, Megan s'éloigna tandis que Kate se garait dans l'allée. Elle n'avait pas prévu d'emmener son père au stand de tir, mais puisque c'était le prétexte qu'elle avait fourni, autant jouer le jeu jusqu'au bout. Ils partagèrent un moment agréable. Ensuite, elle lui exposa les grandes lignes de l'arnaque et ses doutes dans un bar de Ventura Boulevard, à Woodland Hills.

— C'est plutôt prometteur, commenta Jake. Et même si ça tournait mal, tu ne te retrouveras jamais contre un mur, dans un pays du tiers-monde, face à un peloton d'exécution constitué de violeurs illettrés que ces clowns de la CIA, dans leur grande sagesse, ont équipés d'armes américaines.

— Mais je risque la prison.

— J'organiserais ton évasion, assura Jake avec un geste désinvolte.

— Tu ferais ça pour moi ?

— Tu es ma fille, non ?

Kate sourit. Certes, il avait raté bon nombre d'anniversaires et de Noëls, quand elle était enfant. En revanche, combien de papas étaient capables de faire évader une détenue ?

Chapitre 15

Quand il était petit, Neal Burnside rêvait d'être Superman. Au fil des années, surtout celles qu'il avait passées en tant que procureur fédéral, il avait fini par se dire que la lutte sans fin pour la vérité, la justice et les valeurs américaines était un sale boulot pour qui n'est pas né sur Krypton. Selon lui, Superman pouvait se permettre d'être le héros américain par excellence parce qu'il avait peu de frais. Il n'avait ni emprunt à rembourser, ni impôts à payer, ni même de charges dans sa forteresse de solitude. En fait, il n'avait aucun problème. Il pouvait bondir d'un bâtiment à l'autre, modifier le cours d'un fleuve et plier une barre d'acier à mains nues sans se soucier des autorités aériennes, des normes de protection de l'environnement ou des accords syndicaux. À la fin de la journée, il rentrait tranquillement chez lui avec le salaire de misère de Clark Kent parce qu'il savait qu'il avait par ailleurs remporté des victoires nettes et sans équivoque.

En tant que procureur, Burnside n'atteignit jamais le niveau de satisfaction de Clark Kent. Dès ses premiers dossiers, il comprit qu'il n'était pas si attaché aux victoires nettes et sans équivoque, finalement. Ce qui intéressait vraiment Burnside, c'était l'argent. Or un procureur fédéral n'en gagne pas beaucoup. C'est donc sans scrupule ni regrets qu'il quitta son poste pour devenir avocat dans le pénal, troquant par la même occasion ses costumes bon marché contre des vêtements de marque, sa Chevrolet contre une voiture de sport et son trois pièces de Culver City contre une somptueuse villa à Bel Air.

La vérité et la justice étaient désormais des concepts assez flous et tributaires de la position sociale et politique d'un individu ainsi que de l'importance de ses revenus. C'est pourquoi il ne défendait pas les meurtriers, les pédophiles, les kidnappeurs ni les violeurs, sauf s'ils étaient également stars de cinéma, célébrités sportives ou P-DG à la tête d'une grande fortune.

Pour se détendre, Burnside appréciait un bon steak arrosé d'un excellent vin et une partie de jambes en l'air afin de finir la soirée en beauté. Ce jour-là, il était sur le point de passer à la troisième étape. Il dînait chez Mastro, à Beverly Hills, avec une femme dont il était devenu l'« ami » sur Facebook. C'était la première fois qu'il la voyait en chair et en os. De la chair, il en voyait beaucoup, d'ailleurs, car elle portait une petite robe noire moulante et très décolletée qui épousait ses formes ravissantes comme une seconde peau. Elle avait dévoré son steak, son homard, ses pommes de terre, ses champignons avec un appétit d'ogre sans se retirer aux toilettes pour se faire vomir, ce qui était très bon signe, selon Burnside. D'après son expérience, une femme qui aimait manger aimait aussi le sexe. D'accord, elle était peut-être un peu plus âgée qu'il ne le pensait, mais elle n'en était pas moins torride, d'autant qu'il n'était pas d'humeur à chercher une autre partenaire à cette heure de la soirée.

Cette femme n'était autre que Wilma Owens qui se lançait dans sa première mission. Repue, Willie était impatiente de couronner sa soirée en prenant le volant de la Maserati de Neal Burnside afin de le livrer à Nick.

— Dis donc ! Ça c'est de la voiture ! s'exclama-t-elle en agitant ses seins généreux, lorsque le voiturier avança le véhicule.

Burnside sentit son désir monter d'un cran.

— Je ferais n'importe quoi pour conduire ce petit bijou, déclara Willie. N'importe quoi !

— On va pouvoir s'arranger, répondit l'avocat en s'installant à la place du passager. Fais attention, hein. C'est un modèle très puissant.

— Mon chou, je suis très puissante, moi aussi. Accroche-toi. On va bien s'amuser.

Sur ces mots, Willie mit le pied au plancher. Burnside retint son souffle tandis qu'ils filaient à vive allure dans les rues de Beverly Hills, le long de Sunset Boulevard, puis vers Bel Air. Comme au Grand Prix de Monaco, elle enchaînait les virages serrés et se faufilait dans la circulation sans jamais ralentir.

— Mon chou, j'ai l'impression de me retrouver sur les pistes du Texas ! s'exclama-t-elle. J'adore ! Ça me rend toute chose.

Burnside était dans un état second, lui aussi. Cependant, il s'efforçait de se maîtriser. Lorsque la voiture s'arrêta dans un crissement de pneus au bout de l'allée circulaire menant à sa maison, il avait l'impression d'en avoir terminé avec les préliminaires. Il pouvait entrer dans le vif du sujet. De toute évidence, son amie était du même avis, car elle se tourna vers lui et prit son visage entre ses mains pour l'embrasser à perdre haleine.

— J'adore ta façon de conduire, souffla-t-il.

— Et tu n'as encore rien vu…

Burnside l'aurait volontiers plaquée contre le tableau de bord pour lui régler son compte sans même déboucler sa ceinture de sécurité, mais Willie se dirigea vers la porte d'entrée.

— Allez, viens, beau gosse, dit-elle. J'en peux plus d'attendre. Si tu ne sors pas tout de suite de cette voiture, je vais devoir commencer sans toi.

Avec son toit-terrasse, ses immenses baies vitrées et son style Jet Age, l'immense demeure de plain-pied était construite en retrait de la rue. Dessinée par un architecte prisé à son époque, elle était caractéristique du style moderniste du début des années soixante. Burnside l'avait achetée et sauvée de la démolition, non pas par souci de préserver le patrimoine, mais pour rehausser son image en vivant dans une propriété de renom. En vérité, il détestait cette maison qu'il trouvait datée et mal conçue, et il regrettait souvent de ne pas l'avoir rasée quand il en avait eu l'occasion. Ce soir-là, ses pensées étaient ailleurs lorsqu'il entra le code de sécurité pour déverrouiller la porte d'entrée. Il n'avait qu'une idée en tête : enfouir son visage entre les seins refaits de sa conquête.

Dès qu'ils eurent franchi le seuil, il claqua la porte derrière lui. Willie l'attira vers elle et l'embrassa de plus belle. Burnside la plaqua contre le mur et commençait à remonter sa robe quand il la sentit se crisper. Elle regarda derrière lui. Au moment où il allait réagir, quelqu'un l'écarta de sa proie puis le gifla violemment.

Un peu sonné, l'avocat trébucha en arrière face à deux hommes au visage cagoulé qui le menaçaient d'une arme. Sa première réaction fut non pas la peur mais la colère, et pas contre les intrus. Il en voulait à la société de sécurité haut de gamme qui lui avait installé un système d'alarme dernier cri et hors de prix. Il se dit qu'il les poursuivrait en justice et les ferait payer pour cet affront.

Les yeux écarquillés d'effroi, Willie resta plaquée contre le mur, à regarder l'homme le plus proche de l'avocat.

— Qu'est-ce que vous voulez ? demanda Burnside.

L'homme pointa son arme sur Willie et lui tira une balle dans le front, la tuant sur le coup. Burnside étouffa un cri de terreur qui suffit à couvrir le sifflement du silencieux, un son étrangement doux. La tête de Willie heurta le mur avec un bruit sourd, puis elle s'écroula à terre, laissant une traînée de sang.

Burnside la regarda fixement et recula en agitant les mains, comme si ce geste pouvait faire disparaître les deux malfrats.

— Non, non !

Soudain, il fut parcouru d'une décharge de cinquante mille volts et ce fut le trou noir. Il sentit une chaleur, un déclic dans son cerveau, et se retrouva à terre, les yeux rivés sur le plafond. Son cerveau voulut redémarrer, mais son corps refusait de suivre.

En cet instant de désespoir, sa première pensée lucide fut d'espérer que ses sphincters avaient tenu bon.

On le traîna dehors tandis qu'une fourgonnette noire remontait vivement l'allée pour s'arrêter non loin du perron, à côté de la Maserati. L'un des hommes cagoulés ouvrit la portière de la fourgonnette. Au moment où ils allaient jeter Burnside à l'intérieur, une voix de femme retentit :

— Arrêtez ! FBI !

Si tout cela n'était qu'une mise en scène, l'intervention des autorités n'avait rien de factice, car Kate était bel et bien agent du FBI.

Les deux agresseurs lâchèrent l'avocat et firent volte-face. Une fusillade éclata. Touché, le tireur le plus proche de Burnside s'écroula à l'intérieur de la fourgonnette, le torse couvert de sang. Malgré son esprit embrumé, Burnside fit une vague tentative pour se mettre à l'abri. Il entendit des claquements de portières, des détonations, puis la fourgonnette démarra en trombe.

Kate baissa les yeux vers Burnside.

— Si vous voulez rester en vie, faites exactement ce que je vous dis.

Elle l'aida à se relever et l'entraîna dans l'allée, vers la rue, où sa voiture les attendait. Le moteur tournait. Elle ouvrit une portière arrière.

— Allongez-vous sur le sol ! ordonna-t-elle.

— Quoi ?

— Allongez-vous sur le sol !

Kate le poussa à l'intérieur et fit claquer la portière. Elle prit le volant et démarra dans un crissement de pneus pour fuir les lieux au plus vite.

— Qui êtes-vous ? lui demanda Burnside.

— FBI. Vous allez bien ?

Il chercha une éventuelle blessure, en vain. Il était intact et avait gardé toute sa dignité en ne s'oubliant pas.

— Moi, ça va, mais ils ont abattu ma copine.

— Naturellement. Ils ne laissent jamais de témoins. Ils tirent sur tout ce qui bouge. Si vous aviez eu un poisson rouge, ils l'auraient tué aussi. Vous avez votre portable sur vous ?

Il le trouva dans sa poche.

— Oui.

— Jetez-le sur le siège avant.

Il obéit. Aussitôt, Kate le lança par la fenêtre.

— Hé ! Pourquoi vous faites ça ?

— Vous voulez rester en vie ?

— Bien sûr, répondit Burnside.

— Alors faites ce que je vous dis. S'ils traquent votre portable, un nouveau commando va frapper. Nous n'avons que quelques minutes d'avance. Donnez-moi vos chaussures.

— Mes chaussures ?

— Vous m'avez entendue. Vos chaussures ! Et votre veste. Vite !

Il les lui tendit. Kate les jeta également par la fenêtre.

— Qu'est-ce que vous faites, nom de Dieu ? Pourquoi ?

— Au cas où ils y auraient glissé un dispositif de repérage. Vous avez donc oublié tout ce que vous avez appris quand vous étiez procureur ?

Il avait le cœur au bord des lèvres, non pas à cause de la scène d'épouvante à laquelle il venait d'assister, mais parce que la conduite de Kate n'avait rien à voir avec celle de Wilma.

— Qui sont ces types ? s'enquit-il.

— Des Viboras.

Burnside eut l'impression de recevoir une nouvelle décharge électrique. La terreur s'empara de lui. Il savait tout des Viboras. Au départ, ils n'étaient qu'une dizaine de soldats mexicains formés par l'armée américaine pour constituer des narcocommandos d'élite. En 1998, ils avaient retourné leur veste au profit du cartel du Golfe, qu'ils protégeaient, avant de s'en prendre à leurs maîtres. Grâce à leur entraînement militaire et leur connaissance du trafic de la drogue, ils avaient créé leur propre organisation criminelle et déclaré la guerre à leurs concurrents. Ils s'étaient vite retrouvés plusieurs dizaines de milliers, avec la réputation de commettre les pires atrocités. Ils décapitaient leurs rivaux et plaçaient leur tête sur des piquets, le long d'un chemin de contrebandiers. Ils n'hésitaient pas à tuer des civils, à massacrer des villages entiers même s'ils n'avaient aucun lien avec les cartels concurrents.

L'influence des Viboras et leur violence extrême avaient franchi la frontière des États-Unis, où ils recrutaient et formaient des gangs urbains. Une véritable meute de chiens enragés. Hélas, Neal Burnside ignorait comment ils avaient flairé sa trace. En tant que procureur, il ne les avait jamais poursuivis. Devenu avocat, il n'avait pas défendu leurs intérêts, ni ceux de leurs rivaux.

— Il s'agit d'une grossière erreur, affirma-t-il. Je n'ai rien à voir avec les cartels mexicains de la drogue. Qu'est-ce qu'ils me veulent ?

— Ils veulent récupérer leur argent, répondit Kate.

— Je ne l'ai pas.

— Vous peut-être pas, mais Derek Griffin, si.

Chapitre 16

Tandis que Neal Burnside était recroquevillé derrière sa voiture et que Kate tirait des balles à blanc sur Nick et Chet, Willie se faufila hors de la maison et remplaça Tom Underhill au volant de la fourgonnette.

Nick monta à bord à côté de Chet, le tireur qui avait fait mine d'être abattu par Kate, et referma la portière coulissante. Enfin, Willie démarra.

— Quelle déchéance, après la Maserati, commenta-t-elle. J'ai l'impression de conduire une tondeuse à gazon.

— Parfait, comme ça tu seras moins tentée de faire un excès de vitesse, déclara Nick en s'asseyant sur le sol, face à Chet Kershaw, qui affichait un large sourire.

— C'était génial, lâcha-t-il.

Nick s'adossa plus confortablement.

— C'est grâce à ton talent de maquilleur hollywoodien.

— Les impacts de balle et les poches de sang, c'est du travail à l'ancienne, répondit Chet. Mon grand-père le faisait déjà avant ma naissance. C'était facile.

Nick avait fait en sorte que ce soit facile. Il travaillait avec une équipe d'amateurs et ignorait comment ils réagiraient dans le feu de l'action. Il avait sciemment élaboré le scénario afin que chacun reste dans son domaine d'expertise, y compris Kate. Il leur avait simplement demandé de faire ce qui était dans leurs cordes. Seul Tom Underhill n'était pas dans son élément, mais il n'avait eu qu'à conduire la fourgonnette dans l'allée, la garer de façon à masquer la sortie de Willie et faire en sorte qu'elle puisse quitter rapidement les lieux. En bon père de famille, Tom avait l'habitude de rouler en break avec des enfants turbulents à l'arrière. Selon Nick, tout avait été simple. Il n'avait même pas cherché à pirater le système d'alarme de Burnside. Il s'était contenté de faire sauter la serrure de la porte de service et d'attendre que Burnside compose son code lui-même. Ensuite, pendant que Willie le tripotait sans vergogne, Chet et lui avaient surgi.

Tom augmenta le son de la radio, sous le tableau de bord.

— Tu écoutes les échanges radio de la police ? demanda-t-il à Nick. Ils sont à nos trousses. Un voisin a signalé les coups de feu en donnant une description de la fourgonnette. Des voitures de patrouille et un hélicoptère sont en route.

— Pas de problème, assura Nick. J'ai un plan.

— C'est la première fois que je suis pourchassé par la police, avoua Tom.

— Tu n'es pas pourchassé, corrigea Nick. C'est la fourgonnette qu'ils suivent.

— Mais je suis à bord de la fourgonnette.

— Ils n'en savent rien, insista Nick.

Willie filait vers l'ouest sur Sunset Boulevard, contournant l'extrémité nord-ouest du campus d'UCLA. Chet ôta sa chemise ensanglantée et détacha les poches de faux sang plaquées sur son torse à l'aide de ruban adhésif. Au carrefour de Sunset et Stone Canyon Road, ils entendirent le régulateur signaler aux voitures en patrouille dans le secteur que la fourgonnette recherchée avait été repérée par l'hélicoptère et qu'elle roulait vers l'ouest, sur Sunset Boulevard, en direction de Westwood Plaza Drive. Willie tourna vivement à gauche pour pénétrer dans le campus et descendit le long de la rampe menant au parking, sous le stade. Des milliers de spectateurs assistaient à un match de football.

Nul ne dit mot. Tom et Chet s'accrochaient à leur siège. Le régulateur annonça que les voitures étaient toutes proches de la cible. Willie était concentrée sur ses virages car le véhicule n'était pas facile à manœuvrer. Confiant, Nick observait ses complices. Il savait qu'ils franchiraient sans difficulté la barrière du parking parce qu'il s'était procuré une carte.

Willie se gara en biais sur une zone de chargement. Nick avait choisi ce lieu car la fourgonnette masquait la caméra de surveillance braquée sur l'ascenseur et la cage d'escalier. Chacun prit un sac de sport et descendit du véhicule. Ils coururent vers la cage d'escalier et revêtirent la panoplie des étudiants d'UCLA : tee-shirt et casquette marqués du sigle de l'université. Ils jetèrent les sacs dans une poubelle, gravirent vivement les marches et se dispersèrent. Au moment où les voitures de patrouille surgirent et où l'hélicoptère se mit à tournoyer au-dessus du terrain, ils se fondirent dans la foule des spectateurs.

***

Le Topanga Canyon traverse les montagnes Santa Monica, entre la vallée San Fernando et la plage. Dans les années soixante, cette enclave isolée et très boisée devint un lieu bohème prisé des artistes, poètes, acteurs, hippies, minorités sexuelles, communistes et quiconque aimait passer pour un rebelle, un extrémiste ou un marginal. La situation n'avait guère changé. Le tintement des carillons éoliens couvrait le chant des oiseaux et un parfum d'encens flottait dans l'air. On croisait encore des femmes sans soutien-gorge sous leurs tuniques tie-dye, des fleurs dans les cheveux, au volant de Coccinelle.

Kate conduisit Burnside vers une cabane, au fond du canyon, au bout d'un chemin de terre, sans voisins, sans route goudronnée, entourée de grands arbres et de broussailles.

L'unique pièce de la cabane semblait prête à s'embraser à la première occasion. Dans ce cas, l'histoire se répéterait, car la structure avait été gravement endommagée lors de l'incendie de Malibu, dix ans plus tôt. Depuis, elle était à l'abandon à cause d'un différend administratif entre les propriétaires, la banque et la compagnie d'assurance. C'était l'endroit idéal pour le plan de Nick. Il avait chargé Tom Underhill de réparer la toiture, d'installer un générateur électrique et de remettre en état la plomberie.

La voiture de Kate n'était pas conçue pour les chemins de terre, mais Burnside ne se plaignit pas des secousses. Depuis leur conversation sur les Viboras et Derek Griffin, il n'avait pipé mot.

Kate s'en réjouissait, consciente que les questions n'allaient pas tarder à fuser. Face à un ancien procureur, elle s'attendait à un interrogatoire en règle.

Pas de problème. Elle était prête. Nick et son équipe avaient passé huit semaines à mettre sur pied cette opération, à réunir le matériel et les hommes, construire les décors, trouver les sites et répéter les rôles.

Elle coupa le moteur, éteignit les phares et demeura un instant immobile, dressant l'oreille pour s'assurer qu'il n'y avait personne aux alentours. La cabane était plongée dans l'obscurité et les rideaux étaient tirés. Seul le bourdonnement du générateur électrique rompait le silence.

Burnside se redressa lentement, les cheveux en bataille, le visage blême.

— Où sommes-nous ?

— Dans l'une de nos maisons sécurisées, répondit-elle. Totalement en dehors du circuit.

Kate descendit de voiture, arme et torche à la main, et inspecta le périmètre de la cabane. Burnside ouvrit la portière et vomit tout ce qu'il avait mangé chez Mastro.

La jeune femme le rejoignit, foulant les cailloux et les brindilles.

— La voie est libre, annonça-t-elle.

— Vous avez des chaussures à me donner ?

— Non, mais vous n'en aurez pas besoin. Vous ne partez pas en randonnée.

Si elle lui avait pris les siennes, c'était justement pour s'en assurer.

— Comment suis-je censé marcher jusqu'à la cabane ?

— Un peu de cran, pour l'amour du ciel ! lança Kate en lui tournant le dos.

Burnside referma la portière et passa de l'autre côté. Il foula le sol en chaussettes, avec précaution, comme s'il marchait sur des œufs.

Kate déverrouilla la porte de la cabane et actionna un interrupteur, puis elle lui fit signe d'entrer.

— Faites comme chez vous, dit-elle.

Chapitre 17

La cabane sentait le renfermé. À l'intérieur, tout était couvert d'une épaisse couche de poussière. La petite cuisine était équipée de meubles en Formica et d'une cuisinière très ancienne, ainsi que d'un réfrigérateur bancal sous lequel était glissée une brique. Le mobilier se limitait à une table, quatre chaises dépareillées, un canapé en skaï craquelé, un fauteuil à bascule et deux tapis élimés sur le plancher. Çà et là, quelques cadres ornaient les murs. Nick les avait achetés au supermarché pour cinq dollars pièce. La chambre recelait uniquement un lit qui grinçait et une table de chevet. Contre un mur, une étagère contenait quelques livres de poche jaunis et cornés. À peine plus grand qu'un sanitaire de chantier, le cabinet de toilette n'était guère plus reluisant.

Neal Burnside se dirigea vers l'évier de la cuisine et ouvrit le robinet pour se débarbouiller et se rincer bruyamment la bouche, puis il se tourna vers Kate.

— On ne s'attendait pas à avoir de la visite, donc il n'y a pas grand-chose à manger, expliqua-t-elle. Mais on a de quoi tenir les premiers jours.

— Ne vous emballez pas ! s'exclama Burnside. Je doute de pouvoir rester dans cette bicoque plus de cinq minutes.

— Allez-y, fichez le camp, si vous voulez ! Je regrette déjà de vous avoir sauvé la vie. Mon week-end est fichu, maintenant.

— Que faisiez-vous chez moi, d'abord ?

— Il paraît que Derek Griffin a aidé les Viboras à blanchir des millions de dollars issus du trafic de la drogue.

— C'est faux, répliqua Burnside. Griffin n'a jamais rien fait d'illégal.

— On raconte aussi qu'ils étaient furieux qu'il ait filé avec le butin, ainsi que l'argent qu'il a volé à ses autres clients. Comme vous êtes le seul à savoir où il se trouve, mon patron s'est dit qu'ils s'en prendraient peut-être à vous.

— M. Griffin n'a volé d'argent à personne.

— Vous vous croyez au tribunal ? Vous savez aussi bien que moi qu'il a dérobé cet argent… et les Viboras le savent aussi.

— Qu'espériez-vous obtenir en me surveillant ?

— Vous éviter de vous faire exécuter.

— J'ignorais que le FBI se souciait à ce point de ma sécurité.

— On n'aime pas que les cartels mexicains tuent des citoyens américains, même les plus détestables.

Burnside s'attabla.

— Vous n'avez aucune raison de me détester. Chacun a droit à un avocat et à une bonne défense. C'est le fondement de notre système judiciaire.

— Vous faites libérer des criminels qui méritent la prison.

— Quand un accusé est reconnu innocent, c'est la faute des forces de l'ordre, pas la mienne. Un dossier solide devrait résister à la meilleure des défenses. Dans le cas contraire, l'accusation n'a plus lieu d'être. Bon, dit-il en balayant la pièce du regard, et maintenant ?

— Vous êtes en détention préventive jusqu'à ce que mon patron en décide autrement.

— Il me semble que c'est à moi d'en décider, pas à lui.

— Les Viboras sont des mafieux implacables, sans pitié. Ils ne seront satisfaits qu'après vous avoir mis le grappin dessus. Croyez-moi, ils n'hésiteront pas une seconde à débarquer dans votre bureau avec des armes automatiques et à tirer dans le tas. Ensuite, ils enjamberont les cadavres de vos collaborateurs et vous emmèneront sans ménagement. Vous croyez vraiment pouvoir assurer vous-même votre protection et celle de vos proches ?

L'avocat songea au sort funeste de Willie et frémit. C'était la première fois qu'il voyait quelqu'un se faire abattre. Par chance, il ne la connaissait pas très bien et n'était pas attaché à elle. En la voyant s'écrouler contre le mur, il avait remarqué qu'elle était bien plus âgée qu'il ne l'avait cru. Il se promit d'être plus regardant en choisissant ses conquêtes en ligne, à l'avenir.

— Je ne peux pas rester caché indéfiniment ! protesta-t-il.

— Ce ne sera pas nécessaire. Ce n'est pas vous qu'ils veulent, en réalité. C'est Derek Griffin. Livrez-le-nous et vos ennuis seront terminés.

— Il doit exister une autre solution…

— Si vous en trouvez une, faites-le-moi savoir. Je transmettrai à qui de droit.

— Vous ne devriez pas prévenir vos supérieurs ? Demander des renforts ?

Kate posa son smartphone sur la table et activa l'application « Enregistrement ».

— Il y a un protocole à respecter. Avant d'appeler qui que ce soit, je dois faire un rapport.

— Je n'ai pas grand-chose à vous raconter. Ces types nous ont agressés dès que nous avons franchi le seuil. Ils ont abattu Willie de sang-froid et m'ont assommé, puis il y a eu une fusillade dans l'allée.

— Parlez-moi de Willie.

— Elle avait de gros seins, répondit Burnside. C'est à peu près tout ce que je sais d'elle. Je l'ai draguée sur Facebook. C'était notre premier rendez-vous.

— Ces hommes ont dit quelque chose ?

— Pas un mot. Ils étaient froids, efficaces. Ça n'a duré que quelques secondes.

— Vous pourriez les décrire ? Avez-vous remarqué quelque chose qui puisse nous aider à les identifier ?

Burnside secoua négativement la tête.

— Ils portaient des masques et des gants. Je ne peux rien vous dire de plus.

C'était une bonne nouvelle pour Kate. Elle arrêta l'enregistrement et appela Carl Jessup pour l'informer de la situation.

— Je veux lui parler, déclara Burnside.

Elle lui tendit l'appareil, sachant que c'était un moment crucial de l'opération, l'instant qui pouvait sceller sa réussite. Neal Burnside connaissait Jessup.

Sa présence au bout du fil ne faisait que renforcer la crédibilité et l'autorité de Kate. Ils avaient néanmoins eu toutes les peines du monde à le convaincre d'être de la partie.

— Il est hors de question que je reste caché dans ce trou, Carl, lui annonça Burnside. J'ai des obligations professionnelles, des dossiers en cours, des factures à régler.

Kate n'entendait pas les propos de Jessup, mais il répétait certainement à l'avocat ce qu'elle venait de lui expliquer, en ajoutant qu'ils devraient bientôt le confier aux US Marshals, les spécialistes de la protection de témoins. Le FBI n'avait pas vocation à jouer les nounous.

— J'espère que tu vas faire quelque chose ! implora Burnside. Que tu vas rafler ces maudits Viboras et les empêcher de nuire une bonne fois pour toutes, que je n'aie plus besoin de protection.

Ce qu'il demandait était absurde. Les Viboras étaient des milliers, sans mentionner les gangs qu'ils avaient sous leur coupe. S'il s'agissait de la vie réelle, et non d'une mise en scène, les Viboras ne cesseraient d'envoyer des commandos à ses trousses que lorsqu'ils auraient localisé Derek Griffin. Alors, seulement, ils concentreraient leurs efforts sur l'homme qui détenait leur argent.

Jessup faisait certainement part à Burnside de cet argument, car Kate lisait une frustration grandissante sur le visage de l'avocat.

— Il est hors de question que je reste planqué dans une bicoque sous protection policière jusqu'à ce que Derek Griffin réapparaisse et devienne la première cible. Il doit exister un moyen détourné d'informer les Viboras que j'ignore où se trouve mon client et que, d'ailleurs, il est innocent de ce qu'ils l'accusent.

Jessup éclata d'un rire si tonitruant que Kate l'entendit, de même qu'elle percevait la colère grandissante de Burnside.

— On en reparlera demain, conclut-il. J'espère que tu me feras d'autres propositions.

L'avocat n'était pas en position d'exiger quoi que ce soit du FBI et il devait en être conscient. Sans doute cherchait-il à sauver la face.

Furibond, il tendit le téléphone à Kate :

— Il veut vous parler…

— Je sais que vous n'avez pas la télévision, là-bas, mais les médias ont déjà annoncé qu'il y a eu une fusillade chez Burnside et qu'il disparu, expliqua Jessup à la jeune femme. La police de Los Angeles est sur le coup. Pour l'heure, ils n'ont rien à se mettre sous la dent. Sois prudente quand même !

— C'est noté, chef, conclut-elle avant de raccrocher. Un autre agent viendra me relever demain matin, déclara-t-elle à Burnside.

— Un seul ?

— Je serai encore là, mais mon collègue sera de garde pendant la journée afin que je puisse dormir. Rassurez-vous, on ne jouera les nounous que jusqu'à ce que les US Marshals prennent le relais. Demain soir, j'espère.

— Il faut que je passe quelques appels, répondit-il en désignant le smartphone.

— Désolée, c'est interdit.

— J'ai des dossiers en cours ! Il faut que je parle à mes collaborateurs, que je leur fasse savoir que je vais bien et comment me joindre.

— Vous êtes sûr que vous avez été procureur, autrefois ? demanda-t-elle, éberluée.

— Pendant cinq ans, oui. J'étais parmi les meilleurs.

— Que s'est-il passé ? Vous avez subi un traumatisme crânien ?

— Parce que j'ai quitté mon poste pour devenir avocat ?

— Parce que vous ne semblez pas vous rappeler que vous ne devez contacter personne.

— C'est ma vie qui est en jeu. À moi d'en décider.

— Vous vous trompez. Il s'agit aussi de ma vie. Et je ne vous permettrai pas de la mettre en péril, ni celle de mes proches, à cause de votre arrogance et de votre stupidité.

— Il n'y a même pas la télévision, ici !

— Voyez le bon côté des choses, répondit-elle en désignant la bibliothèque. Vous aurez tout le temps de dévorer des romans sentimentaux.

Neal Burnside sortit des draps d'un placard et fit son lit, puis il se glissa sous les couvertures. En alerte, Kate demeura dans la pièce principale pour monter la garde.

Burnside ne trouvait pas le sommeil. Au cœur de la nuit noire, les coyotes hurlaient et les hiboux hululaient, créant une atmosphère digne des westerns d'autrefois. Ces crétins de cow-boys dormaient dans leurs chariots ou autour d'un feu de camp sans se rendre compte que ces cris féroces étaient en réalité la façon dont les Indiens communiquaient entre eux avant de fondre sur leur campement pour violer, torturer, scalper et assassiner à tour de bras.

Burnside eut soudain une envie irrationnelle d'ouvrir la porte de la chambre et de se précipiter dans la pièce principale pour avertir Kate que les Indiens étaient sur le point d'attaquer. C'était insensé. Il n'y avait pas d'Indiens autour de la cabane. Et si c'étaient les Viboras qui préparaient un mauvais coup à grands renforts de cris de bêtes ? L'idée n'était pas si extravagante… Puis l'avocat secoua la tête. Décidément, il perdait la raison. Pourquoi les Viboras imiteraient-ils les coyotes ? De plus, Carl Jessup était le seul à savoir où il se trouvait. C'était rassurant. Sauf que l'agent du FBI censé relever Kate était au courant, lui aussi. Et ce type avait dû en parler à quelqu'un, sa femme, sa petite amie, probablement en présence d'un employé, d'un jardinier, de l'homme chargé de l'entretien de la piscine, rien que des Mexicains en situation irrégulière, naturellement. Ils avaient peut-être un parent, un ami, un voisin ayant des liens avec les Viboras. Non, non, non ! se répéta-t-il. Les agents du FBI étaient tenus à la discrétion. Jamais ils ne parleraient d'un témoin protégé devant leur jardinier. Pourtant, quel patron prête vraiment attention à ses employés ? Lui-même ne se souciait guère de ce qu'il disait au téléphone pendant qu'Emilia faisait le ménage, qu'Enrique nettoyait la piscine et que Julio tondait la pelouse.

Et si un employé latino du service de nettoyage avait traîné devant le bureau de Jessup pendant leur conversation téléphonique ? Et si une señorita était en train d'arroser les plantes chez les Marshals lorsque Jessup les avait contactés ?

D'après le dernier recensement de la population, quarante-huit pour cent des habitants du comté de Los Angeles étaient des Latinos, originaires du Mexique pour la plupart, et il ne s'agissait là que des personnes que les agents recenseurs pouvaient prendre en compte. Ce nombre ne comprenait pas les près de trois millions d'immigrés clandestins vivant en Californie, d'après les autorités gouvernementales. Surtout des Mexicains. Le pourcentage de Latinos à Los Angeles devait donc être bien plus élevé, en réalité. Combien d'entre eux étaient entrés aux États-Unis grâce à un passeur ayant un lien avec les Viboras ? Et combien venaient des zones tombées sous le contrôle des Viboras ? Combien d'entre eux, ou des membres de leurs familles restés au pays, trafiquaient avec les Viboras ? Un nombre astronomique ! Dans son délire, Neal Burnside en arriva à la conclusion terrifiante et irrationnelle que plus de la moitié de la population de Los Angeles était à ses trousses.

Tu es ridicule, se dit-il. Tu n'es pas traqué par la moitié des habitants de cette ville ! Malheureusement, il ne s'écoutait pas. Il n'entendait que les sbires des Viboras encercler la cabane et communiquer en imitant les coyotes et les hiboux pour préparer leur assaut. N'y tenant plus, Burnside poussa un soupir de résignation et quitta son lit. Il avait besoin de signaler ces bruits suspects à l'agent O'Hare, car il ne pourrait trouver le sommeil que lorsqu'il aurait chassé cette idée saugrenue de son esprit.

Il traversa la pièce en se promettant de ne pas jouer les hystériques. Il fallait qu'il suggère calmement à la jeune femme d'envisager la possibilité d'une attaque imminente des Viboras. Il ne croyait pas vraiment que les Viboras étaient là, dehors, à le guetter, mais il se devait de conseiller à l'agent O'Hare d'écouter les cris de coyotes.

Au moment où il sortait de la chambre, un tireur vibora cagoulé défonça la porte d'entrée d'un coup de pied. Rapide comme l'éclair, Kate bondit du canapé et lui tira deux balles en pleine poitrine.

— Qu… qu'est-ce qui se passe ? bredouilla Burnside, incapable d'assimiler la situation.

Cette scène d'une rare violence venait-elle vraiment de se dérouler sous ses yeux ? Il avait presque réussi à se convaincre qu'ils n'étaient pas encerclés par les Viboras, et pourtant, l'un d'eux gisait à terre, criblé de balles, devant lui…

Par la porte ouverte, il perçut une série de flashes, dans le noir, suivis d'un enchaînement de bruits secs. L'agent O'Hare écarquilla les yeux et vacilla, avant de s'écrouler sur le canapé, sur le ventre. Son pistolet glissa à terre. Dans son dos, quatre impacts de balle saignaient abondamment.

Dans un sursaut, Burnside plongea à terre dans l'espoir de récupérer l'arme de Kate. Il s'en saisit et roula sur le côté, prêt à abattre le premier malfrat qui franchirait le seuil. Hélas, il sentit un silencieux contre sa tempe. En levant la tête, il croisa le regard froid d'un homme cagoulé. Son cœur se serra.

— Je ne sais pas où se trouve Derek Griffin, souffla-t-il en lâchant son arme. Il n'a pas votre argent…

Un deuxième tireur le fit se lever sans ménagement et lui mit les mains dans le dos pour le ligoter à l'aide de ruban adhésif. Puis il le bâillonna et lui couvrit la tête d'une cagoule noire. L'avocat fut ensuite entraîné à l'extérieur. Il dut fouler pieds nus les cailloux et brindilles qui jonchaient le chemin. Il ne s'arrêta que lorsque ses tibias heurtèrent ce qui devait être un pare-chocs de voiture. Il ne put s'empêcher de grimacer de douleur. En moins de temps qu'il n'en faut pour le dire, il se retrouva dans le coffre. Ligoté, il n'avait pu amortir sa chute. Quelqu'un lui entrava les chevilles, puis la portière claqua et, quelques instants plus tard, la voiture démarra en trombe. La piste était si mauvaise qu'il fut secoué en tous sens. Il avait l'impression de subir un passage à tabac. En plein cauchemar, une idée fixe le hantait : il ne s'était pas trompé !

Chapitre 18

Nick, Chet et Tom s'éloignèrent du cabanon à bord d'un véhicule banalisé, avec Willie au volant et Neal Burnside dans le coffre. Kate avait choisi une Camry parce que c'était le modèle le plus courant, notamment chez les loueurs de voiture, donc le plus difficile à identifier, même s'il n'y avait eu aucun témoin de l'enlèvement.

Cinq minutes pus tôt, Chet, le premier à pénétrer dans la cabane, avait une fois de plus joué le Vibora abattu. C'était Nick qui avait menacé Burnside de son arme. Tom était entré en scène le dernier pour ligoter et cagouler l'avocat.

Dès que la Camry eut disparu au loin, Kate ôta sa chemise trempée et détacha avec soin sa poche de faux sang constituée de plusieurs sachets en plastique remplis de sirop rouge et collés dans son dos à l'aide d'adhésif. À la surface de ce système, de minuscules charges explosives reliées à des fils menaient à un récepteur caché dans sa poche. À l'aide d'une télécommande, Nick avait déclenché de petites explosions qui avaient percé les sachets et troué la chemise au moment précis où il tirait des balles à blanc avec son silencieux.

Kate prit un sac-poubelle noir sous l'évier de la cuisine et y jeta sa chemise souillée et ses sachets en plastique. Puis elle ramassa son arme et sa torche. En soutien-gorge et en pantalon, elle porta le tout dans le coffre de sa voiture. Elle en sortit un tee-shirt propre et l'enfila. Enfin, elle rangea son arme chargée de balles à blanc dans son étui et sortit un pistolet identique, chargé de vraies balles, cette fois, qu'elle glissa dans son holster de ceinture.

Ce n'est que lorsqu'elle fut assise au volant, clé en main et prête à démarrer, qu'elle s'autorisa un cri de victoire. La réussite d'une opération, qu'il s'agisse d'une mission officielle ou d'une mise en scène officieuse, était toujours une source de joie. Ce succès était de bon augure. Toutefois, elle se garderait d'en faire part à Nick. S'il apprenait à quel point elle prenait plaisir à cette opération, elle serait fichue…

***

Neal Burnside, lui, était bel et bien fichu. C'était une certitude. Il venait d'être enlevé par des Viboras implacables, jeté dans le coffre d'une voiture pour être conduit Dieu seul savait où avant d'être torturé puis exécuté. Difficile de faire pire, à moins d'être déjà mort. Et s'il était encore en vie, c'était uniquement parce que les Viboras croyaient qu'il savait où se trouvait Derek Griffin et, par conséquent, où récupérer leur argent et peut-être, dérober le reste du magot d'un demi-milliard de dollars.

L'avocat devait à présent mobiliser sa créativité et son intelligence afin d'exploiter cette information pour échapper à la torture, s'en sortir vivant et, en prime, obtenir un dédommagement pour la souffrance endurée. N'était-il pas un ténor du barreau ? Toutes ces années passées à défendre des criminels, à négocier des accords lui seraient utiles pour se sortir de ce pétrin. C'était une question de vie ou de mort. L'important, c'était de ne pas montrer sa faiblesse ou sa peur, malgré les humiliations qu'il avait subies.

La voiture s'arrêta enfin. L'avocat entendit quelqu'un ouvrir le coffre, puis il en fut extrait sans ménagement. Dès qu'il fut debout, on lui arracha sa cagoule. L'un des hommes masqués lui détacha les chevilles. Dans un premier temps, Burnside vacilla, puis il retrouva son équilibre. Nul ne dit mot. Malgré la pénombre, il remarqua qu'ils se trouvaient à côté d'un jet privé, devant un vieux hangar délabré, à l'extrémité de ce qui devait être une piste de Van Nuys.

Les grandes compagnies aériennes étaient absentes de cet aérodrome utilisé principalement pour le fret et les vols privés. C'était aussi un lieu de tournage très prisé, car ses vastes hangars accueillaient aisément un décor d'intérieur de maison, par exemple. On pouvait aussi y reconstituer une base militaire ou un terminal international. Burnside eut soudain la sourde sensation de se trouver sur un plateau de cinéma.

Outre les deux Viboras, il n'y avait personne en vue. Les autres hangars étaient verrouillés et plongés dans l'obscurité. Le plus grand des deux malfrats ouvrit la marche jusqu'à l'avion. Son comparse plus fluet le suivit en le faisant avancer à coups de crosse de pistolet.

L'avocat eut un peu de mal à monter à bord avec les mains attachées dans le dos. En pénétrant dans la cabine exiguë, il se cogna la tête. Elle ne comprenait que six sièges, trois de chaque côté, dos tourné à la carlingue.

L'homme le poussa sur un siège du milieu. Le plus mince lui arracha son bâillon. La douleur fut si vive que Burnside en eut les larmes aux yeux. Il s'attendait presque à retrouver ses lèvres collées au ruban adhésif. Enfin, un ravisseur lui détacha les mains. Les malfrats prirent ensuite plusieurs bouteilles d'eau et en jetèrent une sur les genoux de l'avocat.

Assoiffé, Burnside en but avidement la moitié. Il boucla sa ceinture tandis que l'avion roulait sur le tarmac vers la piste. L'appareil fit une longue halte, puis le moteur vrombit de plus belle. L'avion prit de la vitesse, il trembla, vibra, tressauta. Visiblement inquiet, le Vibora assis en face de lui agrippa ses accoudoirs. Enfin, ils décollèrent une première fois, puis redescendirent, rebondirent et repartirent. Ce second décollage, digne du lancement d'une fusée, plaqua Burnside sur son siège. Il se réjouit d'être plongé dans la pénombre. Avaient-ils vraiment failli arracher le toit des maisons voisines de l'aéroport ? Il ne le saurait jamais.

L'appareil se remit à trembler, puis il plongea, remonta et retomba encore, avant de se stabiliser enfin. Burnside se risqua à regarder par le hublot. En reconnaissant les édifices familiers de Los Angeles, il se rendit compte qu'ils volaient vers le sud. Son esprit s'embruma peu à peu. Il avait du mal à garder les yeux ouverts. Avant de sombrer dans un sommeil profond, il comprit qu'il avait été drogué.

Face à l'avocat, Nick défit sa ceinture et se leva pour gagner le cockpit. Il se glissa sur le siège du copilote, à côté de Willie.

— Comment ça se passe ? demanda-t-il en enlevant sa cagoule.

— Génialement bien, répondit-elle. Installe-toi confortablement et apprécie le voyage.

— Ce n'est pas facile quand on vole à la verticale.

— Ce n'est par pour rien qu'on parle de lancement.

— Le lancement, c'est pour les fusées. Un avion décolle.

— Peu importe. On est en l'air, non ?

Ils ne le resteraient pas longtemps, car ils n'allaient pas loin. Leur destination était le terrain d'aviation de Thermal, en Californie, une bourgade ainsi nommée parce qu'il y régnait une chaleur infernale. La vallée de la Mort faisait figure de banquise, en comparaison.

Thermal se trouvait à environ deux cent dix kilomètres au sud-est de Los Angeles, à plus de deux heures de route en voiture, mais à quelques minutes en avion. Le climat et le paysage rappelaient le désert de Chihuahua, au Mexique, là où les Viboras menaient une guerre sanglante contre le cartel de Sinaloa pour conserver le contrôle du trafic de la drogue vers les États-Unis.

Nick consulta sa montre.

— Comment tu le sens, cet atterrissage ? s'enquit-il.

— Je brûle d'impatience ! Enfin, j'espère que la piste est très longue… répondit Willie.

Face à l'expression troublée de Nick, elle éclata de rire :

— Si tu t'inquiètes quant à mes capacités, il ne fallait pas me donner un brevet de pilotage.

— Il est bidon, répliqua-t-il.

— Et alors ? On est tous bidons, non ?

Nick remit sa cagoule et regagna la cabine. Chet était encore masqué, même si Burnside demeurait inconscient. Nick était persuadé qu'il ne fallait pas sortir de son personnage en présence de la victime, quoi qu'il arrive. Il faisait en sorte que ses complices ne baissent jamais leur garde. Kate le savait d'instinct. Ils n'avaient pas échangé un regard, dans la cabine, même après que Burnside avait été cagoulé. Nick était plutôt impressionné par son professionnalisme…

Les années deux mille avaient été une période faste pour la région de Coachella. Les lieux de villégiature construits en plein désert, à Palm Springs, Palm Desert, La Quinta ou Indio, s'étaient développés à une vitesse vertigineuse. Les nouvelles résidences se vendaient comme des petits pains, bien au-dessus de leur valeur. La demande de maisons de vacances était si forte que les sociétés immobilières se ruaient sur chaque parcelle de terrain.

Thermal était un véritable eldorado pour les promoteurs, même si la région se trouvait sous le vent du Salton Sea, un lac souvent asséché et envahi d'algues. Les poissons y crevaient en masse, répandant une odeur nauséabonde de décomposition. Le projet d'Encino Grande promettait de transformer l'image de Thermal. Ce serait assurément une destination de vacances prestigieuse, avec ses cent quarante-quatre villas de luxe construites autour d'un superbe lac artificiel et d'un parcours de golf verdoyant de neuf trous.

Avant que la crise ne frappe l'économie de plein fouet, Encino Grande comptait une somptueuse grille d'entrée et un mur d'enceinte en pierre, ainsi que trois villas avec jardin. Un beau jour, le promoteur disparut comme par enchantement, laissant derrière lui les maisons, un lac creusé mais vide, des hectares de sable et une dizaine de fondations à divers stades d'avancement, sous un soleil de plomb.

Le chantier resta en plan pendant sept ans, jusqu'à l'arrivée de Nick Fox qui, sous un nom d'emprunt, loua les lieux à la banque afin d'y tourner un film à petit budget sur le trafic de la drogue.

Tom Underhill s'y rendit avec une équipe d'ouvriers qui travaillèrent jour et nuit pendant trois semaines afin de transformer une villa de six cents mètres carrés en une planque luxueuse mais fortifiée digne d'un parrain vibora, dotée d'un mirador et même d'un mur criblé de balles surmonté de barbelés. Au sein de cette forteresse, derrière la villa, il y avait néanmoins une piscine entourée d'un jardin tropical, avec un bar à l'extrémité du bassin. Une véritable oasis de verdure au cœur d'une propriété aux allures militaires. Juste après la grille d'entrée, des barrières étaient dressées pour empêcher d'éventuels assaillants d'entrer. Le garage indépendant abritait désormais les agents de sécurité et le pool-house était devenu une prison pour les visiteurs indésirables. Naturellement, presque tous ces équipements étaient factices.

Boyd Capwell avait regardé sa somptueuse villa prendre forme tout en se renseignant sur le cartel des Viboras. Pour mieux s'imprégner de son personnage, il puisa son inspiration chez Al Pacino dans *Scarface* et Ricardo Montalban dans *L'Île fantastique*, il écouta des CD de Julio Iglesias et prit tous ses repas chez Taco Bell, une chaîne de fastfood tex-mex, l'établissement le plus prestigieux des alentours de Thermal. Pour parachever son personnage, il sélectionna sa garde-robe dans les boutiques d'El Paseo, à Palm Desert, et porta le maquillage mis au point spécialement pour lui par Chet. Une semaine avant l'enlèvement de Burnside, Boyd s'installa enfin dans la villa d'Encino Grande. Il peaufina les décors, le jardin et se baigna à loisir dans la piscine. À présent, depuis la fenêtre du salon, il regardait la voiture noire entrer dans son domaine. Que le spectacle commence ! Il était Diego de Boriga et prêt à réduire Neal Burnside en lambeaux pour récupérer son argent.

Chapitre 19

Neal Burnside se réveilla dans une cellule de deux mètres cinquante sur trois, allongé sur un fin matelas en mousse posé sur une rangée de parpaings. Dans un premier temps, son regard s'attarda sur le plafond. Une araignée noire accrochée à sa toile attendait qu'un insecte malchanceux vienne se faire prendre au piège. À moins que ce ne soit moi qu'elle guette, songea-t-il. Par une fenêtre à barreaux à peine plus grande qu'une tablette, un rai de lumière éclairait une cuvette de toilettes et un lavabo en inox. Au moins, les lieux étaient propres, même s'il y régnait une chaleur étouffante. L'avocat entendit le ronronnement de ventilateurs, dans le couloir, mais il ne perçut aucun signe d'une présence humaine.

Ses geôliers l'avaient revêtu d'un tee-shirt et d'un pantalon de jogging assez ample, une tenue plus confortable que celle qu'il portait dans l'avion. Cependant, l'idée que quelqu'un l'ait déshabillé et rhabillé ne lui plaisait guère. Une paire de claquettes en caoutchouc était posée à côté du lit. Il se leva enfin pour les enfiler.

Au-dessus du lavabo, il découvrit un gobelet en métal et une trousse de toilette American Airlines, de celles que le personnel de bord offrait aux passagers de première classe, sur les vols long courrier. Burnside en examina le contenu : brosse à dents, dentifrice, bain de bouche, rasoir jetable, mousse à raser, peigne, sans oublier une paire de chaussettes, des bouchons d'oreilles et un masque pour les yeux. Rien qui lui permette de détourner un avion. Il ne pourrait donc pas s'en servir pour s'évader, songea-t-il amèrement.

Il grimpa sur la cuvette de toilettes dénuée de lunette et se hissa sur la pointe des pieds pour regarder par la lucarne. À environ un mètre vingt de la fenêtre se dressait un mur de pierre surmonté de morceaux de verre et de lames de rasoir. En s'étirant, Burnside aperçut le ciel d'un bleu limpide. Il était loin des suites luxueuses de Las Ventanas al Paraiso, à Cabo, mais la situation aurait pu être pire. Il aurait pu se retrouver nu, ligoté sur une chaise, à encaisser des coups de batte de base-ball, tandis que ses bourreaux lui verseraient des seaux d'eau glacée sur la tête pour l'empêcher de perdre conscience. Cela dit, ce scénario n'était pas définitivement exclu.

***

En tenue de camouflage, armé d'une Kalachnikov chargée de balles à blanc, Tom Underhill traversa le jardin en direction de la prison d'opérette. C'était la première fois qu'il jouait la comédie et la perspective de réciter un texte le terrifiait. Nick lui avait donc confié un rôle des plus simples : afficher un air implacable à la Samuel Jackson et se comporter comme si Neal Burnside était George Pogue, le banquier véreux qui avait essayé de lui prendre sa maison.

En entendant un bruit de pas dans le couloir, Burnside descendit de son perchoir et se tourna vers la porte de sa cellule, constituée d'une grille fixée sur des barreaux en fer. En bas, une trappe permettait de faire passer un plateau-repas. Le silence revint lorsqu'un homme s'arrêta devant la cellule. Avec son treillis, son fusil d'assaut et sa mine patibulaire, ce ne pouvait être qu'un gardien. Il déverrouilla la porte à l'aide d'un trousseau de clés qu'il portait à la ceinture. De son arme, il fit signe à Burnside de sortir. L'avocat émergea dans un couloir équipé de trois ventilateurs au plafond. Tout au fond, une porte s'ouvrait sur un jardin. Le gardien le poussa à coups de crosse dans le dos.

L'avocat passa devant une cellule vide et émergea de la bâtisse. Il découvrit une superbe villa de style hispanisant apparemment construite au milieu d'une cour de prison. La végétation luxuriante et la piscine contrastaient avec les barbelés, les barrières et le mirador. Tout était propre, ordonné. Même le sable était ratissé avec soin.

L'homme en tenue de camouflage le fit avancer vers la maison. Burnside observa le mirador qui se dressait au-delà du mur. Ébloui par le soleil, il plissa les yeux et distingua deux hommes armés qui lui tournaient le dos.

Un autre garde en treillis déchargeait des caisses portant la mention EXPLOSIVOS d'un break noir et les portait dans une armurerie remplie de caisses similaires. C'était un véritable colosse qui portait un pistolet dans un holster d'épaule. Peut-être s'agissait-il de l'un des deux hommes masqués avec qui il avait pris l'avion…

Dans la brise flottait une odeur de décomposition, comme si un hangar était en feu. La puanteur était telle que Burnside scruta les alentours pour en identifier l'origine, tout en redoutant de la trouver.

La pièce principale de la villa s'ouvrait sur la terrasse et la piscine. Un homme attablé au bord de l'eau dégustait une pièce de bœuf saignante. Un pichet de sangria glacée était posé à côté de lui. L'homme portait des lunettes de soleil bleues, un jean foncé moulant, une ceinture et des baskets de grande marque, ainsi qu'un tee-shirt bariolé et parsemé de paillettes, de clous et de lions rugissants. On aurait juré qu'il passait une audition pour une émission de téléréalité version mexicaine.

L'avocat demeura un long moment face à la table, à regarder cet homme manger son steak et boire de la sangria.

— Bienvenue au Mexique, monsieur Burnside, déclara enfin son hôte en posant ses couverts. Vous savez qui je suis ?

Il secoua négativement la tête. Il avait l'impression d'être en présence d'une pâle imitation d'Al Pacino, ou encore dans un vieil épisode de *Zorro*.

— Je suis Diego de Boriga, l'un des membres fondateurs du cartel des Viboras. L'homme qui se trouve derrière vous se nomme Char, car il a la peau et l'âme noires comme du charbon. S'il ne parle pas beaucoup, il s'exprime avec son arme, et vous n'oublierez jamais ce qu'il vous dira, car vous serez mort…

À l'étage, Kate et Nick assistaient à la scène dans une chambre insonorisée, assis côte à côte devant une série d'écrans reliant les images des caméras disséminées sur toute la propriété.

— Oh non ! gémit Kate. Quel ringard ! C'est quoi, cette histoire de Char ? Boyd vient de rebaptiser Tom en fonction de la couleur de sa peau et de son âme ? C'est ridicule ! Tu ne lui as donc pas fourni un texte ?

— À quoi bon ? Boyd n'est pas du genre à respecter son texte, répondit Nick.

— Il faut absolument que tu lui parles. Il ne peut pas continuer à raconter n'importe quoi. Il met en péril toute l'opération. Et c'est quoi cet accent bidon ? Il se croit dans une *telenovela* mexicaine mal doublée ? À la place de Burnside, je serais mort de rire.

— Tu disais aussi que Burnside ne se laisserait jamais berner par les mannequins du mirador.

— Et quand il lèvera la tête vers le mirador sans avoir le soleil dans les yeux ?

— On fera en sorte qu'il ait toujours le soleil dans les yeux quand on le laissera sortir. N'oublie pas que nous sommes les metteurs en scène.

— Et lui, il est au courant ? demanda la jeune femme en désignant Boyd Capwell.

— C'est un Vibora ? s'enquit Burnside à propos de Char.

— Char est un mercenaire. Le seul en qui j'aie confiance, répondit Diego. Parce qu'il n'est loyal qu'envers l'argent.

— Que se passera-t-il si quelqu'un lui propose davantage d'argent pour vous tuer que vous ne lui en versez pour vous protéger ?

— Alors, je serai mort.

Burnside se tourna vers Char :

— Vous gagnez combien ?

Char ne répondit pas.

Diego éclata de rire.

— Vous allez lui faire une meilleure offre ?

— Ça se pourrait…

— Même si vous le pouviez, reprit Diego, et si Char acceptait, et s'il tuait tous les autres hommes patrouillant dans cette propriété, nous sommes au cœur du désert de Chihuahua. Un homme ayant tué un chef vibora n'irait pas très loin.

Diego se leva et regagna lentement le salon. Burnside lui emboîta le pas, Char sur les talons.

— Avez-vous remarqué ce délicat parfum qui flotte dans la brise matinale ?

Un parfum délicat ? L'abondance de fleurs tropicales ne pouvait masquer cette odeur de décomposition qu'il avait perçue dès qu'il était sorti de sa prison.

— C'est atroce.

Diego inspira profondément.

— Je trouve ce parfum revigorant, affirma-t-il.

— D'où vient cette puanteur ?

Diego s'approcha d'une peinture à l'huile accrochée au-dessus de la cheminée. Elle représentait une grosse fleur dont l'inflorescence était enveloppée d'un énorme pétale strié de blanc et de vert vif, ourlé de violet foncé.

— Il s'agit de l'*Amorphophallus titanum*, ou phallus de titan qui ne pousse naturellement que dans la forêt tropicale de Sumatra. Elle ne fleurit que rarement, au cours de ses quarante ans de vie, et seulement pendant deux jours. Un spectacle d'une beauté sublime, comme vous le voyez. Hélas, le parfum qu'elle exhale rappelle celui des carcasses d'éléphants qui pourrissent dans un océan d'excréments, d'où son surnom de fleur-cadavre.

— C'est cela que l'on sent ? Une fleur-cadavre ?

— Non. Ce que vous sentez est l'odeur d'un charnier situé à moins de cent mètres, entre cette villa et le village voisin. C'est l'odeur de ceux qui ont osé nous résister. C'est l'odeur du pouvoir, monsieur Burnside. Ma fleur-cadavre personnelle. Et elle est éclose en permanence.

Face à l'écran, Kate afficha un air de dégoût. Boyd regardait droit dans l'objectif de la caméra cachée.

— J'étais certaine qu'il ne pourrait pas faire pire, mais il vient de réussir à surjouer la scène comme jamais. La fleur-cadavre existe vraiment, au moins ? Qui peut gober une chose pareille ?

— Il a un talent inné, ce type ! commenta Nick.

Ravi, il s'adossa plus confortablement dans son fauteuil et croisa les mains derrière sa tête, un sourire aux lèvres.

— C'est du génie, expliqua-t-il. Boyd a exploité la puanteur du lac pour enrichir son rôle. Regarde Burnside : il est pâle comme un linge.

— Et regarde Tom, répliqua Kate. Il est au bord du fou rire.

Par chance, l'avocat lui tournait le dos.

— Tom va se maîtriser, assura Nick.

C'était plus un vœu pieux qu'une certitude.

— Ce n'est pas Tom qui m'inquiète. Boyd devrait arrêter de faire son show et commencer à cuisiner Burnside pour obtenir des infos.

— Il a déjà commencé, assura Nick. Par petites touches subtiles.

— Subtiles ? Il vient de prétendre qu'il jette ses ennemis dans des fosses communes et qu'il aime l'odeur de leur cadavre en décomposition.

— C'était une façon de mettre la situation en place, de créer un environnement de terreur. À présent, il va passer à un niveau plus personnel.

Diego fit signe à Burnside de s'asseoir sur l'un des divans moelleux, puis il prit place en face lui. Char resta debout.

— Tous les survivants du village, que j'ai rebaptisé Boriga, travaillent pour moi d'une façon ou d'une autre. Je les paie généreusement, mais ce sont des gens simples. Ils sont incapables de gérer leur argent. Alors ils m'ont confié leurs économies pour que je les protège et que je les fasse fructifier. Je prends cette responsabilité très au sérieux. Il se trouve que j'ai investi leur argent et le mien chez un certain Derek Griffin, ce qui nous amène à la raison de votre présence ici.

— Je n'avais rien à voir avec les affaires de M. Griffin.

— Vous lui avez pourtant épargné une arrestation imminente. Ensuite, vous l'avez aidé à s'échapper avec cinq cents millions de dollars.

Burnside recula et croisa les jambes pour donner l'impression d'être détendu. En réalité, il se sentait oppressé au point de redouter la crise cardiaque.

— Vous vous méprenez, affirma-t-il. Je n'ai rien à voir avec sa disparition. Je n'ai pas la moindre idée de l'endroit où il se trouve, ni de l'argent qu'il a investi pour ses clients.

— C'est bien dommage, soupira Diego. Je suis désolé de vous avoir dérangé pour rien. Char, emmène-le dehors et exécute-le !

Char fit un pas en avant. Burnside se redressa d'un bond et leva les mains comme pour le repousser.

— Attendez, attendez… Vous n'avez pas à me tuer !

— Vous pensez que je vais vous ramener chez vous en jet privé ?

— Ce serait un atout en votre faveur, répondit l'avocat.

— Je ne vois pas en quoi.

— Je pourrais devenir votre juriste à Los Angeles.

— Je vous donne l'impression d'être quelqu'un qui se soucie de la loi ? J'ai déjà perdu deux hommes en vous faisant venir ici. Je vais devoir entretenir leurs familles. Enfin, j'aurai au moins la satisfaction d'avoir débarrassé le monde d'une saleté d'avocat. Char, plaque-le contre le mur et prends soin de tout nettoyer rapidement, ensuite.

Char franchit un pas de plus.

— Attendez ! s'exclama Burnside. Si je suis vivant, c'est parce que vous pensez que je détiens une information dont vous avez besoin. Si c'était le cas, si je vous révélais ce que je sais, plus rien ne vous empêcherait de me tuer.

— Rien ne m'en empêche maintenant.

— Quelle garantie ai-je que vous m'épargnerez si je vous dis ce que vous voulez savoir ?

— Aucune.

— Très bien, alors allez vous faire foutre, vous et votre argent !

Burnside se sentit soudain soulagé de toute sensation d'oppression. Il fit signe à Char.

— Allez, venez ! Tirez-moi dessus.

— Ça y est, c'est foutu, souffla Kate.

Nick lui lança un regard de biais.

— Je dois avouer qu'arnaquer les gens était bien plus amusant quand je n'étais pas obligé d'entendre tes commentaires incessants. Un peu d'optimisme, que diable ! Il faut y croire.

— Boyd en a fait un peu trop et Burnside l'a eu. Plus moyen de revenir en arrière.

— Tu as beaucoup à apprendre en matière d'escroquerie. Burnside a un coup de mou, voilà tout. Il n'a pas envie de mourir. Il sait qu'il va devoir se mettre à la merci de Boyd et cherche un moyen de le faire en conservant un semblant de dignité, même si c'est illusoire. Boyd vient de le lui accorder. C'est très habile de sa part.

— Tu accordes trop de mérite à Boyd. C'est un acteur, pas un escroc.

— Tous les acteurs sont des escrocs. Ils vous font croire qu'ils sont quelqu'un qu'ils ne sont pas et vous font accepter les pires invraisemblances.

Diego fit un signe de tête à Char qui se figea.

C'est bon signe, songea Burnside. Tant qu'ils discutaient, il ne se faisait pas exécuter ou torturer. C'était un progrès.

— Ne vous bercez pas d'illusions, monsieur Burnside. Vous parlerez, mais comme vous n'avez pas de proches que je puisse torturer et tuer sous vos yeux, votre sort dépend de votre capacité à supporter la douleur et du nombre de parties de votre corps que vous êtes disposé à sacrifier.

— Si je dois mourir quoi qu'il arrive, pourquoi vous donnerais-je la satisfaction de retrouver votre argent ?

— Pour savourer la douce délivrance que seule la mort peut apporter, en cas de souffrance atroce.

— Vous savez ce qui me permettra de supporter cette souffrance ? La certitude que, quand les habitants de Boriga apprendront que vous avez perdu tout leur argent, que le tout-puissant seigneur s'est fait avoir comme une fillette et que toutes leurs épreuves, leurs sacrifices et leurs flatteries n'auront servi à rien, ils se moqueront de vivre ou de mourir. Ils débouleront ici pour vous écarteler. Et en voyant surgir cette horde d'enragés, Char retournera sa veste sans scrupule. Il vous coupera la tête et la brandira sur une perche tel un drapeau blanc, en signe de reddition, dans l'espoir désespéré de sauver sa propre peau. Alors allons-y, Diego. Je suis prêt à mourir. Et vous ?

— On est foutus, décréta Kate.

— Arrête de répéter toujours la même chose ! répondit Nick. On dirait presque que ça te fait plaisir.

— Au cas où tu n'aurais pas écouté, Burnside vient de livrer sa plaidoirie, et elle m'a semblé très convaincante.

— On ne t'a jamais dit que tu étais pessimiste de nature ?

— Franchement, Boyd s'est fait surpasser. Il y a une grosse différence entre convaincre un public sur une estrade de restaurant-buffet dans *Mort d'un commis voyageur* et avoir le dessus sur un ténor du barreau.

— La seule différence, c'est qu'on n'a pas de buffet, déclara Nick. C'est dommage. J'ai une soudaine envie de poulet frit.

Burnside s'installa de nouveau sur son canapé et regarda Diego droit dans les yeux. Celui-ci ne semblait pas contrarié le moins du monde. Au contraire, il ne masquait pas son amusement.

— Vous me plaisez, monsieur Burnside. Vous avez des *cojones*, du moins pour l'instant. Je vous propose un marché. Vous me révélez où trouver Derek Griffin et j'enverrai mes hommes le chercher. En attendant, vous demeurerez mon invité. Si vous m'avez dit la vérité, vous aurez la vie sauve. Si vous m'avez trompé, je vous ferai couper le bras gauche et j'ordonnerai qu'on vous tabasse jusqu'à ce que vous crachiez le morceau. Si vous refusez ces conditions, je vous fais exécuter sur-le-champ.

Burnside réfléchit. N'ayant pas le choix, il n'hésita pas longtemps :

— Derek Griffin vit en Indonésie, à Dajmaboutu, son île privée, en pleine mer de Florès.

— Pourquoi l'Indonésie ?

— Pour ses dix-sept mille îles, son gouvernement corrompu facile à acheter et l'absence d'accord d'extradition avec les États-Unis.

— Comment sommes-nous censés trouver Dajmaboutu ?

— Je vous indiquerai la longitude et la latitude exactes. En prime, vous pourrez charger vos hommes de vous rapporter une vraie fleur-cadavre, puisqu'elles poussent dans cette région.

Chapitre 20

Tom ramena Burnside dans sa cellule et lui servit des haricots rouges, des tortillas et un verre de sangria. Il lui donna également un recueil de mots croisés. Ensuite, il regagna la villa et rejoignit Boyd, Chet, Nick et Kate dans la cuisine. Réunis autour de l'îlot central, ils savourèrent à leur tour de la sangria.

Plus exubérant que jamais, Boyd ne tenait pas en place, encore exalté par sa prestation.

— C'est l'une des plus belles expériences d'acteur de ma carrière !

— Tu as été génial, Boyd, déclara Nick. Totalement convaincant.

— Tu sais pourquoi ? Parce que j'ai eu la liberté de créer mon propre personnage, de l'habiter, de m'en imprégner. Je te remercie, Nick. Je dois avouer que Neal Burnside est un merveilleux partenaire. C'est la première fois qu'un acteur me donne la réplique avec autant de naturel et de vérité.

— C'est peut-être parce que Burnside ne jouait pas la comédie, lui, intervint Kate.

— Oh si ! rétorqua Boyd. Il incarnait l'homme qui n'a pas peur. J'ai adoré le passage sur la fleur-cadavre. J'ai travaillé ce soliloque pendant une semaine en espérant avoir l'occasion de le caser.

— J'ai cru que j'allais pisser dans mon froc quand tu lui as parlé de la fleur-cadavre, renchérit Tom. Où tu vas chercher tout ça ? Il faut vraiment avoir du cran pour tenter le coup !

— Absolument, confirma Nick.

— Je regrette de ne pas avoir entendu ça, avoua Chet.

— Tu n'auras qu'à regarder les enregistrements, lui dit Boyd. J'ai hâte de les voir.

— Quels enregistrements ? s'enquit Kate.

— Les images prises par toutes les caméras, répondit Boyd. Inutile de faire un montage. Je choisirai les meilleurs angles au fur et à mesure. J'ai pris soin de respecter mes marques.

— Tu avais des marques ? s'étonna la jeune femme.

— J'ai étudié l'emplacement de chaque caméra, puis j'ai dissimulé de petites marques quasiment invisibles pour m'indiquer l'endroit où je devrais m'asseoir ou me tenir pour obtenir une image nette, paraître sous mon meilleur profil, que ce soit dans la maison ou le jardin. J'ai appris ça en tournant des sitcoms.

— Tu as tourné dans des sitcoms ? demanda Chet.

— Oh, un petit feuilleton intitulé *Friends*... répondit Boyd avec une désinvolture feinte.

— J'adorais cette série ! lança Tom. Mais je ne me rappelle pas t'y avoir vu. Tu jouais quel rôle ?

— J'étais le barista qui servait du café à la bande d'amis dans quelques épisodes. Ils m'ont laissé partir à cause de nos divergences artistiques.

— Lesquelles ? insista Chet.

— J'estimais que mon personnage devait avoir un nom, expliqua Boyd. Ainsi que quelques lignes de texte. Et je ne voulais pas que Matt LeBlanc dissimule mon visage avec sa grosse tête chaque fois que je leur servais leur café.

— On n'a rien enregistré, lâcha Kate.

Incrédule, Boyd se tourna vers elle.

— Tu veux dire que la prestation de ma vie est perdue à jamais ?

— On n'avait pas l'intention de la conserver. On ne peut pas se permettre de laisser la moindre preuve de ce qui s'est passé ici, expliqua la jeune femme. N'oublie pas qu'on a enlevé Neal Burnside et qu'on le retient prisonnier. C'est un crime.

— Ce type est un escroc ! intervint Tom. Il a aidé Griffin à s'échapper avec de l'argent volé.

— C'est vrai, admit Kate. Mais même si nous agissons pour la bonne cause, ce que nous faisons demeure illégal et il ne faut surtout pas laisser de traces. S'il y a des caméras et des micros, c'est pour des questions de sécurité, et non pour la postérité.

Nick prit place à côté de Boyd.

— C'était comme quand tu es sur scène. Ta superbe prestation dans le rôle de Stanley, dans *Un tramway nommé désir*, au Starlite Lanes and Lounge, n'a pas été filmée non plus, mais cela ne la rend pas moins significative.

— Sauf que j'ai un public, quand je suis sur scène, objecta Boyd. Les spectateurs se rappellent ma prestation et en parlent autour d'eux. Qui va diffuser l'histoire de la fleur-cadavre de Diego de Boriga ?

— Ce que tu viens de faire ne tombera pas dans l'oubli. La scène ne se transmettra pas de bouche-à-oreille, certes, mais elle sera perpétuée dans les révélations étonnantes suscitées par ton jeu et les conséquences essentielles qui en découleront pour de nombreuses personnes. À bien des égards, cette prestation sera celle qui aura le plus d'impact.

— Je n'avais pas considéré les choses sous cet angle, admit Boyd.

Nick est très fort, songea Kate. Ce n'est que de la poudre aux yeux, mais il la vend si bien… Et il est beau à couper le souffle, dans ce jean.

— Et ce n'est pas tout, reprit Nick. Tu dois rester dans ton personnage jusqu'à ce qu'on revienne avec Derek Griffin.

— Les autres aussi, ajouta Kate. Par petites doses. À partir de maintenant, il faudra communiquer le moins possible avec Burnside.

— Elle a raison, confirma Nick. Plus vous passez de temps avec lui, plus vous risquez de baisser votre garde et de négliger un détail révélateur. Il en va de même pour ce décor. Burnside doit en voir le moins possible, il ne doit avoir qu'une idée d'ensemble de la villa. Il ne doit pas sortir de sa cellule plus de quelques minutes par jour et rester sous surveillance continue.

— Je m'occupe des mannequins du mirador, proposa Chet. J'effectuerai plusieurs rondes moi-même. J'ai préparé des effets sonores à l'intention de Burnside qui les entendra dans sa cellule. Croyez-moi, il sera persuadé que la propriété fourmille de Viboras.

— C'est le but du jeu, répondit Nick. Il est essentiel de maintenir l'illusion en notre absence.

— Vous serez partis combien de temps ? demanda Tom.

Kate se tourna vers son comparse. C'était une excellente question.

— Je l'ignore, admit Nick.

Kate quitta la maison pour se rendre à Indio, à quelques kilomètres de là, où Willie et elle avaient loué des chambres au Fantasy Springs Resort Casino. Willie avait passé la nuit au bowling ouvert vingt-quatre heures sur vingt-quatre et la journée à se prélasser au bord de la piscine, repoussant les avances de vieux messieurs désireux d'écouler leur stock de Viagra.

Kate fit un saut à la piscine pour prendre des nouvelles de Willie et lui annoncer que Burnside avait craché le morceau : Griffin était en Indonésie. Elle ne pouvait toutefois pas lui décrire ce qu'ils feraient, une fois arrivés là-bas.

— C'est cool, commenta Willie avec son détachement coutumier, comme si elle venait de lui proposer une soirée au cinéma.

— Tu trouves ?

Alanguie sur une chaise longue dans l'espoir de peaufiner son bronzage, elle ouvrit un œil pour observer la jeune femme.

— L'Indonésie, un pays exotique à l'autre bout du monde… Qu'est-ce que je pourrais trouver à redire ?

— Tu risques de ne jamais en revenir, précisa Kate.

— Ça fait partie de la grande aventure, ma belle.

Kate jugeait cette attitude déplorable. Pourvu que la grande aventure ne comprenne pas un séjour à la prison pour femmes de Sukun, à Malang.

— Bon, fit-elle. Ne t'éloigne pas de l'hôtel au cas où il faudrait partir précipitamment.

— C'est le paradis, ici, répondit Willie. Cocktail de crevettes, piña colada, bowling… Que demande le peuple ?

Dans l'ascenseur qui l'emmenait vers sa chambre, au dixième étage, Kate se demanda quelle serait leur prochaine étape, maintenant qu'ils savaient où Griffin se cachait. Si cela ne tenait qu'à elle, elle se contenterait d'envoyer un commando sur son île privée et de faire arrêter Griffin par la force. Hélas, Bolton n'autoriserait pas une telle opération, qui nécessitait un soutien aérien et maritime et risquait d'attirer l'attention de l'armée indonésienne. Pour capturer des terroristes, le gouvernement américain n'hésiterait peut-être pas à envoyer des hommes en armes dans un pays étranger, au risque de provoquer un différend politique en cas d'échec. Il n'en ferait pas autant pour un vulgaire escroc de Wall Street, même s'il avait dérobé un demi-milliard de dollars. Pour preuve, l'affaire Robert Vesco, dans les années soixante-dix, parti pour le Costa Rica avec deux cents millions de dollars détournés de sa société d'investissement. Pendant plusieurs décennies, il avait circulé dans certains pays n'ayant pas signé d'accord d'extradition avec les États-Unis, avant de mourir à Cuba, où il avait été incarcéré pour trafic de drogue.

Arrivée dans sa chambre, Kate appela Carl Jessup pour lui faire part des dernières nouvelles. Elle ne négligea aucun détail, y compris la latitude et la longitude de Dajmaboutu, un îlot de moins de cinq hectares au beau milieu des eaux indonésiennes, à l'autre bout du monde.

— Ce pourrait être pire, commenta Jessup. Il aurait pu opter pour la Corée du Nord, l'Iran, le Myanmar. L'Indonésie est un cas unique. C'est un archipel de plus de dix-sept mille îles et presque deux millions de kilomètres carrés. Les lois sont soit inexistantes, soit impossibles à appliquer. Voilà pourquoi Griffin a choisi de s'y réfugier. Toutefois, cet argument joue également en notre faveur. Il existe de nombreux moyens d'y entrer et d'en sortir sans franchir de frontière physique.

C'était la vérité. Griffin vivant sur une île minuscule et isolée, ils avaient une chance d'agir sans se faire repérer des militaires ni de la police indonésienne. Cependant, ils devraient se rendre au cœur du Sud-Est asiatique et naviguer dans un véritable labyrinthe, dans une région où sévissaient des pirates implacables et armés jusqu'aux dents.

— Où en sont nos relations avec l'Indonésie ? demanda-t-elle.

— Elles sont assez houleuses pour que, en cas d'échec, ce soit un véritable cataclysme. Si quelqu'un parvenait à prouver que vous travaillez pour nous, la crise diplomatique serait inévitable. Je vais devoir passer par Bolton. Je suis sûr qu'il a anticipé le pire et qu'il va te dire d'aller chercher Griffin et de le ramener ici par la peau des fesses, ou au moins de le faire entrer dans les eaux internationales. Si l'opération tourne mal, n'espère pas que ton pays vienne te sortir du pétrin.

— Je m'en doutais.

— Comment allez-vous procéder ?

— Cela fait à peine quelques heures que nous savons où se trouve Derek Griffin. Accorde-nous quelques minutes pour élaborer un plan.

— Vous avez très bien travaillé jusqu'à présent. Si Bolton et moi savions ce que vous fabriquez, ce qui n'est pas le cas, bien sûr, nous serions impressionnés.

— Merci, répondit-elle. Où en est la situation ?

— La police de Los Angeles enquête sur la disparition de Burnside, mais ils n'ont rien à se mettre sous la dent. On ne les a pas beaucoup aidés, les pauvres.

— Et la traque de Nick ?

— Ryerson exploite une piste d'Interpol. Fox se serait fait passer pour un comte italien pour quitter l'Europe vers Saint-Louis, où sa piste s'arrête. Je lui ai dit que c'était ridicule. Pourquoi reviendrait-il ici ? Et pourquoi Saint-Louis ? Que mijoterait Fox ? Chercherait-il à dérober la Gateway Arch ?

— Ça ne m'étonnerait pas de lui, répondit Kate, avant de raccrocher.

Elle régla son réveil pour trois quarts d'heure plus tard et glissa son arme sous son oreiller, avant de s'endormir sur les couvertures. Réveillée en sursaut par la sonnerie, elle frappa l'appareil d'un poing rageur, puis se rendormit.

Kate fut de nouveau tirée de son sommeil, non pas par son réveil, mais par un sentiment de malaise. Prise d'une sensation troublante, elle demeura immobile, les yeux fermés, les sens en alerte. En entendant un léger bruissement de vêtements, elle comprit qu'elle n'était pas seule. Doucement, elle glissa une main sous son oreiller et trouva son Glock, puis elle se redressa d'un bond et visa une ombre qui se dressait au pied du lit.

— Comme c'est mignon, railla Nick en désignant l'arme. On se croirait au bon vieux temps.

Assis dans un fauteuil, face à elle, il dégustait un Toblerone. Une bouteille de vin blanc et deux verres étaient posés sur la table.

— Estime-toi heureux que je n'aie pas tiré. Comment tu es entré ?

— À ta connaissance, combien de fois ai-je visité le musée du Louvre en dehors des heures d'ouverture ?

— Trois fois.

— Sept, en réalité.

Il déboucha la bouteille et remplit les deux verres.

— Dans ces conditions, tu crois vraiment que la porte de ta chambre constitue un défi pour moi ? reprit-il.

Quelle arrogance ! Kate regretta de ne pas avoir tiré. Mais c'était une chambre non fumeur et il fallait régler une amende de deux cent soixante-quinze dollars en cas de brûlure de cigarette. Elle n'osait imaginer le montant s'il fallait nettoyer des éclaboussures de sang et des débris de cervelle sur la moquette.

— Tu aurais pu frapper.

— Je ne voulais pas te réveiller, prétendit Nick.

La jeune femme se glissa au bas du lit et prit le verre qu'il lui tendait.

— Comment savais-tu que je dormais ?

— Il suffisait de passer devant la porte. Tu ronfles comme un sonneur.

— Je ne ronfle pas ! protesta-t-elle en buvant la moitié de son verre. Tu es entré par effraction pour vider mon minibar, comme d'habitude, et tu ne t'attendais pas à ma présence.

— Si cela peut te faire plaisir, je veux bien l'admettre.

— Sinon, pourquoi serais-tu entré dans ma chambre ?

— Je me disais que tu aimerais savoir comment nous allons enlever Derek Griffin, répondit-il en posant les yeux sur sa chemise. C'est une tache de sauce cocktail que je vois là ?

Kate baissa la tête et poussa un soupir.

— Willie était au bord de la piscine et j'ai chipé une crevette dans son assiette.

Pourquoi ce type n'avait jamais la moindre tache sur sa chemise ?

Chapitre 21

— Tu as déjà mis au point les détails de l'opération ? demanda Kate.

— Oui, on va lui faire le coup de l'appât. Ça marche chaque fois qu'un homme est vulnérable aux charmes d'une belle femme. Surtout s'il est en manque, sexuellement.

Kate fouilla son minibar et en sortit une autre barre chocolatée dans laquelle elle croqua.

— En gros, tous les hommes du monde, quelle que soit leur situation.

— Ce n'est pas faux, admit Nick. Tu seras une riche héritière blasée, une mangeuse d'hommes en croisière sur la mer de Florès, à bord d'un yacht de plusieurs millions avec un équipage réduit à deux personnes.

Kate en demeura bouche bée.

— Non ! Pas question ! Je refuse de servir d'appât !

Elle, une riche héritière ? Il ne l'avait donc pas vue ? Elle avait les cheveux en bataille, un peu trop longs pour une coupe courte mais pas assez pour les attacher. Elle ne possédait même pas de fer à repasser, un accessoire qu'elle jugeait superflu. Elle ne portait que des vêtements confortables sous lesquels elle pouvait dissimuler son arme. Certes, parfois, elle se sentait un peu seule… Quoi qu'il en soit, elle doutait fortement de ses capacités à attirer un homme dans le moindre piège.

— Tu n'as qu'à demander à Willie. Elle fait ça très bien.

— Elle sera le capitaine du yacht, répondit Nick.

— Comment ça ?

— Elle a une certaine expérience de la navigation.

— Sur des petits bateaux de plaisance, peut-être, mais il s'agit d'un yacht luxueux.

— Il est entièrement automatisé. Willie va vite prendre le coup. N'oublie pas qu'elle a déjà dérobé un train de marchandises. À son âge, elle ne peut plus jouer les minettes aguicheuses. Griffin la verra en plein jour. Tu veux connaître la suite du plan ou pas ?

— Non ! Je refuse de faire ça.

— Et pourtant, tu vas le faire. Où est passé ton esprit d'équipe ? On louera un yacht à Bali, dans le port de Benoa. Il subira une avarie de moteur et se retrouva immobilisé au large de l'île de Griffin. Il faudra donc rester sur place le temps de réparer. Ton boulot sera de rendre Griffin fou de désir pendant que je fouinerai un peu partout en quête du magot.

— Il n'a pas caché un demi-milliard dans son tiroir à chaussettes, ni même dans un coffre. Tu ne trouveras rien, sur cette île. Au mieux, il a peut-être cinq cents millions de roupies cachées dans une noix de coco.

— L'argent est placé sur un compte bancaire, déclara Nick. Il faut dénicher cette banque, ainsi que le mot de passe de Griffin. Quand ce sera fait, ou quand on aura au moins des informations, tu l'attireras sur le yacht. Il suffira de le neutraliser et de l'emmener dans les eaux internationales, où l'US Navy le repêchera dérivant à bord d'un canot.

— Tout ça ne me semble pas très au point.

— Ce ne sont que les grandes lignes. Je comblerai les lacunes au fur et à mesure.

Kate posa son verre sur la table, ainsi que l'emballage de sa barre chocolatée.

— J'ai une meilleure idée. On utilise le yacht et la croisière comme couverture. On jette l'ancre non loin de l'île de Griffin, en pleine nuit. Je débarque, je l'enlève et je le ramène à bord.

— Il est protégé.

— Je suis assez forte pour venir à bout de ses gardes.

— Pas nous.

— Willie et toi resterez à bord. Je n'ai pas besoin de vous.

— Tu auras peut-être besoin de nous, objecta Nick. Je suis capable de me débrouiller, mais je suis plus doué pour les belles paroles que pour les combats à mains nues.

— Personne ne te demande de cogner. Ça, c'est mon domaine. Je l'ai déjà fait, tu sais.

— Si Bolton avait voulu un commando militaire, il ne nous aurait pas réunis et n'aurait pas financé l'opération. Il sait aussi bien que moi que cette situation exige une grande finesse, insista Nick. Il faut que Griffin monte de son plein gré à bord du bateau. Alors, seulement, tu lui poses ton pistolet sur la tempe. Nous n'aurons fait aucun mal et personne ne sera alerté.

— Très bien, comme tu veux. Il vaut mieux que ce soit Willie qui serve d'appât. Certains hommes aiment les femmes mûres. Et elle a de plus gros seins que moi.

— En effet, mais ça ne se passera pas comme ça.

Kate leva les yeux au ciel avec emphase.

— J'ai servi dans la marine américaine au cas où tu l'aurais oublié. Je m'y connais pas mal en bateaux et en navigation en haute mer. De plus, tu m'as dit que ce yacht se pilotait presque tout seul.

— Il faut quand même avoir des notions de pilotage, ce qui n'est pas ton fort. En revanche, c'est la spécialité de Willie.

Kate se laissa tomber lourdement sur le lit et ferma les yeux.

— Je ne veux pas servir d'appât… Je déteste ce genre de truc.

— Il te suffit d'être à la fois spirituelle, sexy, séductrice… Fais en sorte que Griffin te désire suffisamment pour partir avec toi en croisière coquine à bord de ton yacht. C'est pas sorcier !

— Je préférerais lui donner un coup de boule.

— Et tu te demandes pourquoi tu es toujours célibataire…

— Je ne me le demande pas, rétorqua-t-elle. C'est un choix. Dans mon métier, on n'a pas le temps de s'engager dans une relation à long terme. Ça ne signifie pas que je mène une vie de nonne.

— Ah oui ? Il t'arrive de t'éclater ?

— Qu'est-ce que tu veux dire par là ?

— Si tu me poses cette question, c'est que la réponse est non, fit-il avec un sourire.

— Je suis très occupée. D'ailleurs, tu me prends pour qui ? Si tu crois que je vais coucher avec Griffin, tu te mets le doigt dans l'œil.

— Il n'en est pas question. Je te demande simplement de faire croire à Griffin que tu coucheras avec lui s'il monte à bord du yacht.

— Si tu crois que c'est facile !

— Bien sûr que oui. Laisse entrevoir tes seins et tes cuisses, regarde-le droit dans les yeux, passe la langue sur tes lèvres, envahis son espace personnel. En gros, tout ce que tu fais quand tu veux manipuler un homme ou détourner son attention.

— Ça ne m'arrive jamais !

Nick afficha un sourire radieux et se leva de son fauteuil.

— J'ai totalement confiance en toi. Retrouve-moi dans le hall à neuf heures pile. On a des courses à faire.

— Pour acheter quoi ?

— Des tenues sexy afin que Griffin ne puisse pas te résister.

— Pas de problème, assura-t-elle. Il y a un supermarché, dans le coin ?

— On va viser un peu plus haut, cette fois.

— Où ?

— Les boutiques que fréquente une riche héritière capricieuse, répondit Nick.

— Ces filles-là ne fournissent pas de notes de frais au FBI.

— Toi non plus.

El Paseo était le Rodeo Drive de Palm Desert : une large rue de plus d'un kilomètre bordée de boutiques de luxe, de restaurants haut de gamme, de galeries d'art, et jalonnée de massifs de fleurs incongrus dans cette région désertique. Autrefois, le général George Patton y avait entraîné ses troupes pour les préparer au combat au Sahara. Aujourd'hui, tanks et Jeeps avaient fait place à des bataillons de vacanciers, de Mercedes et de Jaguar en quête d'une place de stationnement. Si le cadre et les prix pratiqués rappelaient Beverly Hills, El Paseo se démarquait par des voiturettes jaunes à sept places qui transportaient gratuitement les retraités fatigués ou chargés de sacs, après leurs achats.

Nick et Kate ayant décidé de renoncer à cet avantage au profit de la marche à pied, la jeune femme traînait la patte.

— Accélère un peu ! ordonna Nick. On vient de se faire doubler par une grand-mère sous oxygène !

— Je déteste le shopping ! Quand j'étais militaire, au moins, je me contentais d'une tenue de camouflage.

— Le shopping peut être amusant, surtout quand il s'agit de préparer le coup du siècle. C'est la première étape pour créer son personnage. Il n'y a donc rien que tu aimes acheter ? De la lingerie ? Des chaussures ? Des bijoux ?

— Des chaussures, à la limite. Pas besoin de se déshabiller pour les essayer.

— Tu n'aimes pas te déshabiller ?

— L'éclairage des cabines d'essayage donne l'impression d'être énorme et pâlichonne. En plus, les essayages me décoiffent.

Nick lui ébouriffa les cheveux.

— Comme ça ?

— Arrête ! protesta-t-elle avec un mouvement de recul. J'ai déjà eu assez de mal à obtenir ce résultat sans que tu en rajoutes !

— Si tu les brossais de temps en temps…

— Si tu arrêtais de les décoiffer…

Nick lui sourit et l'attira vers lui.

— On forme une bonne équipe, non ? Si tu restes avec moi, je te ferai aimer te déshabiller, crois-moi.

— Tu me dragues ?

— Je me contente d'énoncer un fait.

Ils entrèrent d'abord dans une boutique de luxe où des vendeuses jeunes et extrêmement minces portaient les cheveux lissés en arrière et beaucoup d'ombre à paupières. Nick sélectionna un petit haut sans manches en soie, à dos nageur et le tendit à Kate :

— Tu devrais être canon avec ça.

Elle inspecta le débardeur : simple, élégant, pratique. Parfait pour un déjeuner décontracté, une promenade sur la plage, voire un combat à mains nues.

— J'aime bien, concéda-t-elle. Regarde ça, il coûte quatre cent soixante-quinze dollars ! On en trouve d'aussi beaux à vingt-cinq dollars chez T. J. Maxx.

— Ce n'est pas la même chose.

— En effet. L'un est à un prix raisonnable, l'autre est hors de prix.

Nick en prit trois et les remit à la vendeuse, qui pesait sans doute moins lourd que les trois articles réunis.

— Nous prendrons ceci !

— Oh non ! gémit Kate.

— Tu en as besoin.

— D'accord, mais je les achèterai chez T. J. Maxx.

Nick l'entraîna un peu à l'écart.

— Pas question. Il te faut des vêtements, des chaussures, des accessoires de grande marque pour être crédible dès le premier coup d'œil. Si tu débarques à Bali avec trois mille dollars de vêtements sur toi et une valise de luxe, tu auras vraiment l'air d'une riche héritière, surtout dans un pays où le revenu moyen est inférieur à cinquante dollars par mois.

— Ce n'est vraiment pas bien, protesta la jeune femme.

— J'ai l'impression que ton entraînement chez les Navy Seals t'a ôté toute envie de séduire les hommes.

— Le tailleur n'était pas compatible avec les clés de bras et autres prises de combat rapproché.

Nick choisit une robe sarong en soie rouge à neuf cents dollars et un haut en cachemire à huit cents dollars.

— On prend l'ensemble, déclara-t-il en tendant sa carte de crédit à la vendeuse.

Leur étape suivante fut la boutique d'une marque de prestige qui, selon Nick, mettrait parfaitement en valeur le corps svelte de Kate. D'autant plus qu'on y accueillait les clients avec du champagne servi dans une flûte en cristal de Baccarat.

Si elle apprécia le champagne, Kate se montra plus sceptique quant aux modèles exposés.

— Tiens, essaie ceci, suggéra Nick.

Il brandit une robe bustier bleu roi.

— Non, je ne me vois pas là-dedans, répondit-elle.

— Essaie quand même !

Kate finit son champagne et se dirigea vers la cabine d'essayage. Elle enfila la robe moulante sans manches, au décolleté plongeant avec, dans le dos, une fermeture à glissière qui soulignait à merveille ses courbes féminines. Elle tira sur le bas, mais le tissu remonta aussitôt à mi-cuisses. Oh non ! songea-t-elle. Comment allait-elle s'asseoir, voire respirer ? En baissant les yeux vers son décolleté, elle se demanda d'où venaient ses seins, qu'elle n'avait jamais trouvés très généreux. La coupe de ce bustier lui donnait l'impression que sa poitrine avait pris plusieurs tailles en quelques minutes.

— Impossible de porter ce truc ! lança-t-elle depuis la cabine. Cette robe est bien trop petite !

— Fais voir ! ordonna Nick. Allez, sors.

— Passe-moi la taille au-dessus. Ou plusieurs tailles au-dessus.

Nick écarta le rideau et toisa la jeune femme.

— Ouah ! s'exclama-t-il, le souffle coupé.

À en juger par son expression, la robe était bien plus flatteuse que Kate ne se l'était imaginé.

— Alors ? demanda-t-elle.

— Je crois que je suis amoureux, répondit-il. Il faut dire que mon cerveau ne fonctionne pas à plein régime, en cet instant précis. C'est une autre partie de moi qui prend le dessus.

— Tu parles trop, Nick. Il suffisait de me dire que cette robe me va bien.

— Cette robe te va plus que bien.

— Tu ne trouves pas qu'elle est un peu vulgaire ?
— Pas à ce prix-là, rétorqua Nick.

Dans la boutique d'un célèbre maroquinier, Kate fit l'acquisition d'une valise qui lui revint plus cher que sa première voiture. La jeune femme était en nage et avait avalé plusieurs pastilles contre les brûlures d'estomac, mais il leur restait une ultime étape pour choisir des lunettes de soleil et des accessoires.
— Tu as combien de bikinis ? s'enquit Nick.
— Aucun.
— Tu te baignes toute nue ? fit-il avec un large sourire.
— Je me baigne dans l'océan, en maillot de bain, donc un bikini ne m'est d'aucune utilité.
— Il t'en faudra un, à Bali.
— Je ne me sens pas la force de dépenser plus d'argent. Je sens venir la crise d'angoisse. J'ai des fourmis dans les doigts…
— Très bien. Laisse-moi faire.
— Tu connais mes mensurations ?
— Fais-moi confiance.
— Tu m'en demandes beaucoup, répliqua-t-elle.

De retour au Fantasy Springs Resort Casino, Nick raccompagna Kate à sa chambre en portant ses sacs.
— Je vais régler la note, annonça-t-il. Je vous retrouverai, Willie et toi, à l'aéroport Ngurah Rai de Denpasar, à Bali, dans trois jours. Ton passeport, qui est l'œuvre du meilleur faussaire des États-Unis, t'attendra à la réception demain matin, avec celui de Willie. Surtout, voyagez en première classe. Vous devez être crédibles dès que vous embarquerez. Et il

faut que tu fasses transférer deux cent mille dollars sur mon compte à la banque DBS à Singapour.

— Pourquoi Singapour ?

— C'est là que je me rends. Je m'envole de Los Angeles ce soir pour préparer le terrain avant votre arrivée. Je t'ai noté mes coordonnées bancaires et mon numéro de téléphone. Tu pourras me joindre une fois que tu auras réservé les billets.

Il sortit un morceau de papier plié en deux de sa poche. Au moment où il allait le lui remettre, elle le repoussa contre le mur, une main plaquée sur son torse.

— Tu espères que je vais te donner deux cent mille dollars et te laisser t'envoler pour le Sud-Est asiatique ? demanda Kate d'un ton accusateur. Tu ne comptes pas traquer Griffin et le demi-milliard de dollars en solo, n'est-ce pas ?

— Cette idée ne m'a même pas effleuré.

Ils étaient si proches que leurs lèvres se frôlaient. Kate sentait les battements de son cœur, sous sa paume. Loin d'être effrénés, comme elle l'aurait espéré, ils étaient réguliers, contrairement à ceux de son propre cœur. Nom de Dieu…

Elle lut néanmoins un certain intérêt dans son regard, comme dans la cabine d'essayage de la boutique, un peu plus tôt. Lorsqu'il se pencha imperceptiblement vers elle, elle faillit céder à la panique. À son corps défendant, elle ressentit quelque chose qui ressemblait à du désir. Oh non, songea-t-elle, il va m'embrasser…

— Rendez-vous à Denpasar, conclut-il en effleurant ses lèvres des siennes.

— Mmm, murmura-t-elle, prête à recevoir ce baiser. Denpasar…

Nick s'écarta d'elle et lui sourit, puis il lui ébouriffa les cheveux.

— Et surtout, sois sexy, ajouta-t-il.

Sur ces mots, il tourna les talons et s'éloigna d'un pas nonchalant.

Kate en demeura interdite. Cet escroc avait réussi à lui faire croire qu'il allait l'embrasser ! Elle le reconnaissait bien là… Ce type était si sournois, si… Elle chercha des yeux un objet à lui projeter à la tête. Ne trouvant rien, elle donna un coup de pied dans un sac.

— Je déteste que tu m'ébouriffes les cheveux ! cria-t-elle, mais il avait déjà disparu dans l'ascenseur.

Chapitre 22

Plus tard dans la journée, en se rendant à Encino Grande, elle téléphona à son père et l'invita à prendre le petit déjeuner au Fantasy Springs Resort Casino avec elle le lendemain matin.

— Volontiers, répondit-il. Je pourrai jouer au blackjack et profiter des réductions accordées aux seniors dans les magasins d'usines de Cabazon.

Si Kate l'imaginait sans peine à une table de blackjack, elle ne le voyait pas du tout en train de faire du shopping dans les magasins d'usines. Elle coupa la conversation. Dans la propriété d'Encino Grande, Boyd Capwell était allongé sur un matelas pneumatique dans la piscine et Chet regagnait la maison après avoir servi son dîner à Burnside, dans sa cellule. Tom était déjà rentré chez lui, auprès de sa famille, mais il devait revenir le lendemain matin pour relever Chet.

Abandonnant son radeau de fortune, Boyd rejoignit ses complices à la cuisine. Kate se préparait un sandwich tandis que Chet ouvrait un paquet de chips.

— On dirait que Nick, Willie et moi allons être absents pendant au moins deux semaines, déclara la jeune femme.

Chet intervint :

— C'est plus long que prévu. Tu crois vraiment qu'on va pouvoir jouer cette comédie aussi longtemps ?

— J'ai assuré deux cent douze représentations de *Love Letters* lors de ma tournée de dîners-spectacles, avec une actrice différente chaque soir, une pauvre fille du coin dénuée de talent. Gérer deux semaines ici sera un jeu d'enfant, affirma Boyd. Bien sûr, il m'a fallu beaucoup d'alcool pour *Love Letters*...

— Je ferai en sorte qu'un agent senior passe vous voir de temps en temps, reprit Kate. Il s'appelle Jake et c'est un vrai pro. Faites ce qu'il vous dira. Et en cas de problème, contactez-le à ce numéro.

Elle remit à Boyd le numéro de portable de son père.

— Et après, que se passera-t-il ? s'enquit Chet.

— Si on n'arrive pas à capturer Griffin en mer, il faudra peut-être le ramener ici pour l'acte III, dit Kate.

— J'aimerais bien participer à l'acte II, déclara Boyd. Le scénario laisse vraiment à désirer s'il écarte le personnage principal pendant si longtemps.

— Je croyais que c'était Derek Griffin, la vedette du spectacle, intervint Chet.

— Je suis le personnage qui constitue le lien entre toutes les intrigues, insista Boyd. Comme Hannibal Lecter dans *Le Silence des agneaux*, sans le jeu scandaleusement outré d'Anthony Hopkins, bien sûr.

Rappelez-vous comme le film était ennuyeux quand il n'était pas à l'écran.

— Je ne trouve pas. J'adorais Jodie Foster, répondit Chet. Elle était vraiment sexy en agent du FBI.

— Clarice Starling, précisa Kate.

— Oui. Pourtant, c'était une fille coincée et dure, mais les femmes autoritaires portant une arme et un insigne ont quelque chose d'attirant.

Kate dressa l'oreille : elle portait une arme, un insigne, et elle était autoritaire.

Le décor en fausses pierres du casino de Fantasy Springs était le même que dans le hall de la maison de retraite de Ventura où Kate avait rencontré l'enquêtrice de la MPAA, plusieurs semaines plus tôt. La clientèle était tout aussi similaire. À dix heures, lorsqu'elle sortit de l'ascenseur, des dizaines de personnes âgées inséraient déjà des jetons dans les fentes des machines à sous, un doigt sur le bouton rouge, prêt à appuyer dès que les cerises cesseraient de tourner.

Kate récupéra l'enveloppe contenant les passeports que Nick avait laissés à son intention et se dirigea vers le café. Elle trouva son père attablé devant une assiette garnie d'œufs au bacon, de pain complet grillé et de pancakes, ainsi qu'une tasse de café. En la voyant, il sourit.

— Tu as l'air en forme, déclara-t-il.

— Tu trouves ? fit-elle en s'asseyant en face de lui.

— Comme si tu étais sur le point de sauter d'un avion au-dessus du mont Athos.

— On a un air spécial, dans ces moments-là ?

— Ça s'appelle le bonheur, Kate. Tu es visiblement dans ton élément.

— C'est drôle que tu dises ça, parce que je n'en ai pas l'impression.

Elle fit signe à la serveuse et commanda la même chose que Jake.

— Merci d'être venu aussi loin et si vite, reprit-elle.

— Tu plaisantes ? Il y a un tournoi de machines à sous réservé aux seniors cet après-midi et ce vieux crooner d'Engelbert Humperdinck vient chanter, dans la soirée. J'ai toujours admiré ce chanteur.

— Pourquoi ?

— Il faut les avoir bien accrochées pour garder un nom pareil quand on veut avoir du succès dans le monde du spectacle.

— Ce n'est pas son vrai nom, répondit Kate. Il s'appelle en réalité Tommy Dorsey ou un truc dans ce goût-là.

— Il y a un musicien qui s'appelle ainsi.

— Tu sais maintenant pourquoi ce type est devenu Engelbert Humperdinck.

— Quand même, il faut du courage pour s'affubler d'un nom pareil. Il aurait pu choisir Bobby Darin comme pseudonyme.

— Il existe déjà un chanteur du nom de Bobby Darin.

— Je sais, mais son vrai nom, à lui, c'était Walden Cassotto. Tu comprends ce que j'essaie de te dire ?

— Pas vraiment, admit Kate.

— Sinon, comment se passe votre opération ? s'enquit Jake.

Elle lui narra tout par le détail, le temps de boire deux autres tasses de café. Quand elle eut terminé, son père la dévisagea d'un air incrédule.

— Vous avez confié la surveillance d'un prisonnier à un maquilleur, un constructeur de maisons de poupées et un acteur ?

— Voilà pourquoi je t'ai appelé. Ils auront besoin de renforts.

— Je resterai dans le coin jusqu'à ton retour et j'amènerai même un copain. Tu te souviens de José Rodarte ? On a effectué pas mal de missions ensemble. C'est un Mexicain imposant et méchant.

— Pas du tout, il est adorable ! Il faisait le Père Noël pour les enfants de la base militaire, chaque année. Au fait, il vient de se faire opérer d'une hanche, non ?

— C'est ce qui le rend si méchant. Il paraît qu'il souffre comme si on lui avait enfoncé une scie brûlante dans le derrière.

— Ça fait rêver ! commenta Kate, ravie d'avoir fini de manger.

— José vit à Palm Springs, désormais. Chaque jour, sa femme invite ses copines à jouer au mahjong à la maison. C'est pire que le goulag. Il saute sur la moindre occasion de quitter cet enfer.

— Si les choses tournent mal, papa, vous serez tous les deux complices d'un crime fédéral.

Jake chassa cette idée d'un geste désinvolte, ce qui lui arrivait souvent, ces derniers temps.

— José et moi avons fait le serment de servir Dieu et notre patrie. Je crois que la situation l'exige, même si un juge pourrait trouver ça illégal. Quand pars-tu pour Bali ?

— Demain matin.

— J'étais là-bas quand on a appuyé Suharto, en 1966, puis trente-deux ans plus tard quand on l'a fait tomber. J'ai passé du temps au Timor oriental, aussi. Il y avait plus de balles qui volaient que de moustiques.

— C'était il y a longtemps. L'Indonésie est plus calme, à présent. C'est une destination touristique où les jeunes couples passent leur lune de miel.

— L'Indonésie ressemble peut-être à un paradis tropical, avec ses plages de sable blanc, ses palmiers qui ondulent sous la brise, ses eaux turquoise et ses poissons multicolores, mais ce n'est qu'une illusion. Autant planter un massif de fleurs dans un champ de mines.

— Je connais des destinations moins agréables. Tu n'as pas encore vu Thermal et reniflé le Salton Sea.

— Tu te rends dans un pays où se mélangent des centaines de cultures différentes, où l'on parle des centaines de langues différentes, sur des milliers d'îles régulièrement ravagées par la malaria, la dengue, les éruptions volcaniques et autres tremblements de terre, tsunamis, invasions étrangères, guerres ethniques, la corruption rampante et la pauvreté extrême. Et ça, rien qu'au cours des cent dernières années. Ne te laisse pas berner par tous ces Australiens pleins de coups de soleil qui sirotent des cocktails sur la plage, servis par de superbes Indonésiennes tout sourires. C'est un endroit dangereux. Je vais donc faire en sorte qu'une petite trousse de secours t'attende à Benoa, à ton arrivée.

Kate sourit à son père.

— Une corbeille de fruits, des bouteilles d'eau, de la crème solaire et de la lotion antimoustique ?

— Quelque chose comme ça, répondit-il. À qui dois-je envoyer les fruits ?

Kate ouvrit l'enveloppe contenant son passeport.

— Ce n'est pas drôle, déclara-t-elle.

— La photo est mauvaise ? s'enquit Jake, intrigué.

— Nick Fox a un sens de l'humour très personnel. Fais livrer la corbeille de fruits à Eunice Huffnagle.

Jake éclata de rire.

— Quel nom horrible !

— C'est le cadet de mes soucis.

Kate lui indiqua l'itinéraire à emprunter pour gagner Encino Grande, puis elle partit en quête de Willie. Sa complice se prélassait toujours au bord de la piscine, plongée dans une revue spécialisée dans la navigation.

— Alors, on révise ?

— Comparé au pilotage d'un avion, celui d'un yacht est une partie de plaisir. On part quand ?

— On quitte l'hôtel aujourd'hui, on passe la nuit au Sheraton de l'aéroport de Los Angeles et on décolle demain matin.

— Génial ? Qu'est-ce que je pilote ?

— Un siège en classe économique, répondit Kate.

Pendant que Kate et Willie préparaient leurs bagages pour quitter Fantasy Springs, Nick Fox savourait une coupe du champagne au-dessus de l'océan Pacifique, confortablement installé sur un lit, dans un compartiment de première classe d'un Airbus A380 de Singapore Airlines. Il disposait d'une sorte de cabine lambrissée, avec un écran plat de vingt-trois pouces, une connexion Internet sans fil et un minibar. Une hôtesse venait de lui servir son repas : salade de homard, caviar, plateau de fromages et corbeille de fruits, le tout dans une élégante vaisselle en porcelaine.

En buvant son champagne, il pensait au FBI. Ce trajet en avion, l'opération en général étaient financés par un fonds secret du FBI alimenté avec de l'argent confisqué à des escrocs. Depuis combien de temps le FBI se servait-il de fonds saisis ? Comment cet argent était-il utilisé ? Et surtout, combien d'argent avait-il ainsi dérobé ? Où était caché le magot ? Il ne pouvait apparaître sur des documents officiels, consultables par le ministère de la Justice ou le Congrès. Si un jour cet argent disparaissait, les fédéraux ne pourraient pas accuser quelqu'un d'avoir volé ce qu'ils n'étaient pas censés posséder… Le FBI trompait son monde, ce que Nick trouvait particulièrement jubilatoire, surtout s'il parvenait à le tromper à son tour…

Chapitre 23

Vers midi, Kate et Willie quittèrent Indio pour se rendre au Sheraton de l'aéroport de Los Angeles, à un peu plus de deux heures de route. Kate avait réservé deux chambres en même temps que leurs billets d'avion. Dès qu'elles eurent posé leurs valises, elles traversèrent la rue pour déjeuner dans un fast-food. Tandis que Kate dévorait un cheeseburger avec bacon et des frites, le tout arrosé d'un milkshake au chocolat, Willie s'attaqua à un nacho burger suivi d'un banana split. Bref, plus de dix mille calories à elles deux.

— Alors, qu'est-ce qui se passe, entre toi et Fox ? demanda Willie en terminant sa glace.

— Rien. On travaille ensemble.

— Si j'étais à ta place, il se passerait quelque chose, crois-moi. Il est torride, ce mec. Il est capable d'emballer n'importe quelle fille en un rien de temps. Tu as remarqué comme ses yeux pétillent quand il sourit ?

Certes, il avait les yeux pétillants, admit Kate, mais ce n'était rien à côté du regard qu'il avait posé sur elle lorsqu'elle avait essayé sa robe bustier.

Quelques heures plus tard, dans sa chambre, Kate s'efforçait de chasser Nick de ses pensées lorsqu'il l'appela.

— Je viens d'arriver. Tout va bien ?

— Ça irait beaucoup mieux si tu arrêtais tes gamineries, protesta la jeune femme. Eunice Huffnagle ! C'est une blague ? Il fallait vraiment que tu fasses figurer le nom de Huffnagle sur mon passeport ?

— Je suis un sentimental, tu sais. Eunice Huffnagle occupera toujours une place particulière dans mon cœur.

— Où es-tu ?

— À Singapour. À l'hôtel Raffles, pour être plus précis, sur ma terrasse, à déguster un cocktail de crevettes et des sardines grillées.

— Qu'est-ce que tu fabriques à Singapour ?

— Je mets nos couvertures en place et j'organise votre arrivée à Bali. En vérité, j'apprécie beaucoup cette petite halte. Je ne pouvais parcourir tout ce chemin sans passer au moins une nuit au Raffles.

— Pourquoi ?

— Cet hôtel possède le charme colonial d'un autre temps, quand la vie était pleine d'aventure. Quand il a été construit en 1887, c'était un bastion de l'élégance et de la noblesse britanniques dans cette contrée exotique. Depuis ma terrasse, je vois presque Somerset Maugham assis dans un fauteuil en rotin, sous un frangipanier, dans le jardin de Palm Court, en train de rédiger une de ses nouvelles à la main. Je peux aussi me rendre au bar pour déguster un cocktail, un Singapore Sling, naturellement, sous les ventilateurs anciens qui brassaient déjà l'air humide, en 1902, quand le dernier tigre sauvage entra et fut abattu. Peut-être cherchait-il de la compagnie ou de quoi s'abreuver… Tu adorerais cet endroit.

— Un jour, peut-être… fit Kate.

Elle doutait d'apprécier un hôtel où l'on avait abattu un malheureux tigre qui, après tout, voulait seulement boire un cocktail.

— Quand arrivez-vous à Bali ? demanda Nick.

— Willie et moi quittons Los Angeles demain matin sur un vol Cathay Pacific à destination de Hong Kong. Le temps de prendre une correspondance, et on sera à Bali en milieu de journée.

— Parfait, dit-il. Sam, ton loyal majordome et cuisinier, sera là pour t'accueillir. Il faudra que tu sois à fond dans ton rôle.

Kate ne put s'empêcher de sourire. Elle était sûre qu'il finirait par utiliser le nom du barman dragueur dans la série *Cheers*, Sam Malone.

— J'ai intérêt à être crédible après tout l'argent dépensé pour ma garde-robe, répondit-elle.

— Qu'est-ce que tu portes en ce moment ?

C'était une question si provocante, si enjouée, qu'elle eut envie de lui répondre qu'elle était nue. Elle n'en eut cependant pas le courage, tout agent du FBI qu'elle était.

— Un peignoir et des mules à pompon.

— De chez Victoria's Secret ?

— Non, du supermarché du coin.

— Et ton arme ?

— Elle est chargée.

— Laisse tout à la maison, sauf les mules, dit-il.

— Tu crois que je pourrais appâter un homme avec des mules à pompon ?

— Bien sûr, si tu ne portes rien d'autre…

— Ce voyage à Hong Kong est une première pour moi, déclara Willie en quittant le Sheraton. Ma grande aventure ne m'a jamais emmenée hors des frontières des États-Unis. Je n'ai jamais eu les moyens de prendre l'avion légalement. Qu'est-ce qu'on fait, pendant un vol long courrier ?

— C'est facile, répondit Kate, tu passes ton temps assise à ta place, à regarder par le hublot, lire un magazine, écouter de la musique, manger ou dormir.

Kate était coutumière des longs trajets, généralement à bord d'un Lockheed C-130, un avion de transport militaire dénué de hublots, sur un siège dur, ceinture attachée. Un simple accoudoir aurait été un grand luxe. Elle avait souvent pris des vols réguliers sur des lignes commerciales ou à bord d'un austère jet gouvernemental. En revanche, c'était la première fois qu'elle voyagerait vêtue d'un petit haut en cachemire, d'un pantalon moulant, de sandales en cuir, avec une valise de grand couturier. Elle découvrirait aussi la première classe, où on lui servirait un cocktail et où elle pourrait « manger épicé » avant même le décollage. Une perspective particulièrement exaltante.

Plus tard, après avoir effectué la moitié du tour du monde, Willie foula enfin le sol de l'aéroport de Hong Kong perchée sur des talons de douze centimètres.

— On se croirait dans *The Amazing Race,* déclara-t-elle en prenant Kate par le bras. J'entends presque le générique dans ma tête. J'ai l'impression que je devrais me mettre à courir pour remporter l'étape du jour.

— C'est inutile, répondit Kate. La porte d'embarquement n'est pas très loin. On a largement le temps.

— Oui, mais ce serait sympa de faire comme à la télé. Les candidats de ce jeu passent leur temps à cavaler avec leur sac à dos.

— C'est parce qu'ils sont en retard.

— Non, c'est parce que c'est de la télé ! J'adore. Qu'est-ce que tu fais, toi, quand tu veux te détendre ? Je ne t'ai jamais vue t'amuser. À Indio, tu n'as pas profité de la piscine, du bowling…

— Je travaillais.

— D'après ce que je vois, tu es toujours en train de travailler. Je comprends qu'on puisse aimer son boulot, parce que rien ne m'éclate davantage que de conduire une pelleteuse. Une fois, j'ai eu l'occasion de conduire un C15. J'étais comme une folle. Une fille a besoin d'un peu de variété dans ses plaisirs, non ? C'est quoi, ton truc, à part tirer sur les gens avec des balles à blanc ?

Kate fouilla sa mémoire en quête de souvenirs.

— Il m'arrive de boire une bière avec mon père, dit-elle.

— C'est déjà un début, admit Willie. Dans l'avion, en venant de Los Angeles, j'ai regardé des films, je me suis bien marrée. J'étais assise à côté d'un type qui avait piloté un Boeing 777. Et toi, tu as fait quoi, en première classe ?

— J'ai mangé épicé.

— Pas possible !

— Si ! J'avais lu ça sur le site de la compagnie aérienne et c'était vrai.

— Manger épicé… fit Willie, amusée par cette expression équivoque. Pas évident de faire les deux en même temps… Enfin, l'important c'est de s'envoyer en l'air.

— Oui, c'était sympa, acquiesça Kate, persuadée que Willie était en train de se payer sa tête.

— Tu te rends, compte ? On est en Chine ! J'ai lu qu'il avait fallu raser et réunir deux îles naturelles pour construire cet aéroport. Le terminal 1 est immense, tout en fibre de verre. Il mesure plus d'un kilomètre. On y trouve les mêmes boutiques de luxe que sur Rodeo Drive. Oh, il y a même mon fastfood préféré !

En cinq heures, l'avion qui les emmenait à Denpasar survola le détroit de Malacca et la mer de Java, parsemée d'îles et de récifs de corail. Puis l'appareil entama sa descente vers Bali. D'épais nuages masquaient le soleil, projetant des ombres sur l'aéroport international Ngurah Rai. Kate se dit que le spectacle était à l'image de sa vie, qui avait pris une tournure exotique, pleine de nouvelles expériences, avec toutefois un avenir incertain. En vérité, cette nouvelle mission l'effrayait. Sous la protection du FBI, elle s'était toujours sentie en sécurité. Or elle travaillait désormais sans filet, en binôme avec un homme à la fois exaltant et intelligent, mais en qui elle n'avait pas totalement confiance.

Kate O'Hare débarqua en compagnie des autres passagers de première classe, puis elle se rendit au comptoir des visas pour acheter le sien moyennent deux cent trente-huit mille cinq cents roupies, soit vingt-cinq dollars. Elle fit tamponner son faux passeport à l'immigration avant de récupérer ses bagages. Malgré l'exotisme du lieu, les touches d'architecture balinaise de l'aéroport lui semblaient factices. Il lui rappela un établissement spécialisé dans les pancakes, à Northridge, que la direction avait voulu transformer en restaurant chinois en gravant un dragon dans la façade et en arrondissant la toiture pour évoquer une pagode. Rien n'y fit : les habitués continuèrent à y entrer pour commander des pancakes.

Willie surgit d'un pas incertain au moment où les valises apparurent sur le tapis roulant. Les deux femmes traînèrent leurs bagages vers la douane et tendirent leurs formulaires à deux fonctionnaires indonésiens impassibles. Bientôt, elles parvinrent enfin dans le hall des arrivées. Les chauffeurs de taxi javanais criaient leurs tarifs à des touristes désorientés, en quête d'un moyen de transport. Au milieu de cette marée humaine et de tant de moiteur, Kate n'eut aucun mal à repérer Nick. Sur son polo blanc près du corps, elle vit le logo d'une entreprise, une planète bleue transpercée d'un éclair portant l'inscription « Huffnagle Global » en grosses lettres italiques pleines d'énergie et de détermination. Nick affichait un large sourire digne d'un réceptionniste de palace ou d'un steward chevronné, un sourire qui semblait dire : ma vie n'avait aucun sens jusqu'à ce que j'aie l'honneur de poser les yeux sur vous afin de satisfaire le moindre de vos besoins.

Il se précipita vers la jeune femme pour prendre ses valises.

— *Selamat siang*, bienvenue à Bali, mademoiselle Huffnagle. J'espère que vous avez fait bon voyage.

Kate et Willie suivirent Nick dans l'air lourd et humide de l'après-midi. Une Mercedes étincelante mais pas très récente, mise à disposition par le Benoa

Bali Regal Resort Hotel, les attendait. Un chauffeur en uniforme était au volant. Kate s'installa à l'arrière, Willie prit place à côté d'elle et Nick monta à l'avant. Les rues étroites, bondées de taxis, de motos, de mobylettes et de vélos, étaient bordées de palmiers et de bâtiments blanchis à la chaux hérissés d'enseignes cherchant à attirer les touristes fortunés. La voiture s'engagea dans une rue jalonnée de restaurants de plein air. Assis en tailleur, les convives mangeaient avec les doigts. Dans l'air lourd flottait le parfum des épices de centaines de marmites fumantes.

Sur les trottoirs, entre les deux-roues, des vendeurs ambulants allaient et venaient, tirant leurs marchandises soit sur une charrette, soit sur une perche qu'ils portaient sur les épaules. D'un côté de la perche, un wok, et de l'autre, un plateau chargé d'ingrédients. Les plats étaient préparés à la demande pour chaque client. Ils marchaient si près de la voiture que Kate fut tentée de passer un bras par la vitre pour chiper de quoi grignoter.

Chapitre 24

Le Benoa Bali Regal était un hôtel cinq étoiles construit au bord d'une plage de sable doré de Tanjung Benoa. Autrefois parsemée de villages de pêcheurs, la péninsule était désormais une destination touristique prisée, bordée d'établissements haut de gamme dont les clients jouissaient des palmiers, des plages de rêve, de la mer turquoise et de paysages à couper le souffle.

Nick considérait les stations balnéaires de luxe du sud de Bali comme une superbe arnaque de plusieurs milliards de dollars. Les professionnels du tourisme avaient convaincu les clients de parcourir des milliers de kilomètres pour séjourner dans des résidences d'inspiration balinaise au lieu de vivre l'expérience authentique des villages, des rizières, des temples et de la forêt tropicale de Bali. Bien plus beau que ces reconstitutions, le vrai Bali s'étendait un peu plus au nord. Heureusement, le tourisme bénéficiait à tous : les régions authentiques n'étaient pas envahies de hordes de vacanciers exigeant des toilettes occidentales et le Bali touristique rapportait de l'argent en proposant un paradis tropical doté de la dernière technologie japonaise en matière de sanitaires.

Kate suivit Nick dans le vaste hall, puis vers un luxueux bungalow de quatre pièces, sur la plage, avec des boiseries, un salon ouvert et une piscine privée à débordement, le tout au cœur d'un jardin verdoyant. Au bord de la piscine, elle se dit que la vie de hors-la-loi procurait certains avantages. Ce cadre était bien plus enchanteur que son modeste deux-pièces de Ventura, au-dessus d'une pizzeria.

Nick remit un pourboire au bagagiste et la rejoignit.

— Qu'est-ce que tu en dis ?

— C'est bien.

— Il y a un spa avec trois jets différents et un éclairage tamisé, le soir. Parfait pour se mettre dans l'ambiance…

Le cœur de la jeune femme s'emballa.

— Si tu veux que j'actionne les jets, il suffit de me demander, reprit-il.

— Je n'y manquerai pas, répondit-elle. Merci de ton offre.

Cet homme était diabolique… Il la provoquait avec sa piscine à débordement et une valise de grand couturier, et voilà qu'il la torturait avec ce spa et la perspective de son corps à côté du sien…

— Je vais défaire mes bagages, annonça-t-elle, désireuse de prendre ses distances. J'irai peut-être me promener sur la plage et nager un peu.

— Tu veux que je t'aide à défaire tes valises ? proposa-t-il.

— Non. Ça va.

— Tu auras peut-être besoin de moi pour enfiler ton maillot de bain, alors.

— Non ! s'exclama-t-elle, furibonde. Tu me cherches ?

— Peut-être. Ou pas.

Kate se dirigea vers la chambre principale et déballa ses bikinis.

Jusqu'alors, elle ne leur avait guère accordé d'importance. Elle comprenait à présent qu'elle n'aurait pas dû laisser Nick les choisir. Dans le sac de la boutique, il y avait plus de papier de soie que de tissu.

Elle essaya d'abord un modèle blanc fermé par des nœuds sur la nuque et les hanches. Devant le miroir, elle se regarda de dos et grimaça en découvrant la quantité de chair exposée. De face, l'ensemble était plutôt pudique, plein de féminité. Lorsqu'elle se pencha en avant, ses seins ne débordèrent pas. Elle poussa un soupir et prit une serviette de bain. Elle était prête à tout pour son travail, mais elle n'avait encore jamais rien fait d'aussi effrayant.

Nick manqua la sortie spectaculaire de Kate car il était en train d'expliquer à Willie pourquoi elle devait porter un short en toile et une chemise blanche ornée du logo Huffnagle Global.

— Mes faux seins m'ont coûté bonbon, je te signale, répondit Willie. Et tu voudrais que je les cache sous cette affreuse chemise ?

— Ce n'est pas n'importe quelle chemise, insista Nick. Toutes celles qui sont dans ta penderie sont en coton d'Égypte et viennent de chez Chiang Yick Ching, le plus ancien tailleur de Singapour, qui me fabrique des chemises et des costumes parfaitement coupés depuis des années.

— Mon chou, l'habit ne fait pas le moine, comme on dit. Cette chemise ne proclame pas : Regarde-moi parce que j'ai de gros seins.

— Tu es censée être le capitaine d'un yacht de multimillionnaire, et non vendre des seins.

— Je n'ai jamais dit que je les vendais ! Je veux juste que les gens les remarquent. C'est comme toi et tes dents. Elles sont trop blanches. C'est des facettes, je parie !

— Pas du tout, se défendit-il. Ce sont mes vraies dents. Je les brosse deux fois par jour, voilà tout.

— Et si je portais ton affreux short avec un débardeur à la place de la chemise ?

— Marché conclu, concéda Nick.

Willie l'embrassa avec fougue.

— Génial ! Ce sera parfait. Je suis impatiente de voir mon yacht. Je crois que c'est le plus beau jour de ma vie. C'est plus que la grande aventure, c'est la très grande aventure.

— Je suis ravi que tu sois heureuse, déclara Nick.

Willie le toisa avec intérêt.

— Ça te dirait de me rendre encore plus heureuse, beau gosse ?

— Je n'irai peut-être pas jusque-là, dit-il, mais merci quand même.

Kate se baignait dans l'océan et Willie était partie se promener, en short et en débardeur, quand leur cuisinier personnel se présenta pour préparer leur repas. Nick régla les détails du menu avec lui, puis il longea leur ponton privé vers une hutte au toit en chaume pour contempler le paysage. Soudain, Kate émergea des eaux limpides, la peau étincelante au soleil.

Elle semblait tout droit surgie d'un film de James Bond. Il ne lui manquait qu'un couteau, dans un étui attaché à une ceinture de plongée. Hélas, cette fille à la fois agaçante, amusante, merveilleuse, belle et presque nue n'était pas pour lui… Quel dommage ! Il avait pourtant la certitude que, avec un peu de détermination, il aurait réussi à l'attirer dans son lit, ce soir. Il était tout aussi certain qu'elle lui en voudrait et que, le matin venu, il serait un homme mort. Et s'il survivait pour poursuivre leur opération en binôme, elle ferait de sa vie un enfer.

Lorsque la jeune femme arriva à sa hauteur, il lui tendit une serviette.

— Le chef est en cuisine, mademoiselle Huffnagle.

— Merci, Sam, répondit-elle en passant devant lui sans prendre la serviette, jouant le jeu à fond. Je voudrais boire quelque chose de frais, de fruité et de très corsé, histoire d'ôter tout ce sel de mes lèvres.

— Bien, mademoiselle, dit Nick.

Il la regarda s'installer sur une chaise longue, puis fermer les yeux au soleil. Cela valait peut-être la peine de risquer de se faire tuer pour passer une nuit torride avec elle…

— Autre chose ? s'enquit-il. Un massage, peut-être ?

— L'hôtel propose les services d'une masseuse à cette heure-ci ?

— Non, mais je suis là. Je me ferai un plaisir de vous aider à vous détendre, de dénouer vos muscles fourbus, de dénouer tout ce que vous voudrez, d'ailleurs…

— Mon cocktail s'en chargera. Dépêchez-vous donc, Sam ! J'ai les lèvres gercées.

— Bien, mademoiselle. Il serait dommage que vos lèvres soient trop gercées.

— Est-ce de l'insolence ?

— Jamais ! assura Nick. Je suis votre dévoué serviteur. Vos désirs sont des ordres.

Assis en tailleur sur une natte devant une table basse, Nick, Kate et Willie faisaient face à un brasero en pierre de lave. Plus loin, sur la plage, la lune venait caresser l'écume des vagues. Derrière eux, le cuisinier s'affairait dans la cuisine extérieure, leur concoctant un assortiment de plats indonésiens : légumes sautés avec une sauce aux cacahuètes, porc mariné dans le vinaigre et le sang, *nasi campur*, spécialité à base de riz, de légumes et de noix grillées, tranches de thon au lait de coco, tofu, sans oublier le poulet au curry agrémenté d'herbes fraîches et de noix de coco râpée. L'ensemble serait servi avec une généreuse portion de *sambal*, une sauce au piment dont raffolaient les Indonésiens.

— Ici, on mange avec les doigts, expliqua Nick aux deux femmes. On prend un peu de riz gluant, puis des morceaux de viande ou de poisson et des légumes.

Kate se dit que ce ne serait pas un problème pour lui et Willie, car ils portaient un uniforme Huffnagle Global. Elle, en revanche, redoutait de tacher ses vêtements hors de prix. Se comporter en riche héritière gâtée n'était pas aussi aisé que l'on pouvait le croire.

Après le repas et le départ du cuisinier, Nick étala des cartes de navigation sur la table.

— Demain matin, départ à neuf heures pour le port de Benoa, annonça-t-il. Le yacht que j'ai loué aura fait le plein de carburant et de provisions. Il sera prêt à lever l'ancre. Dajmaboutu, l'île de Griffin, se trouve à environ quatre cents miles, dans la mer de Florès, entre un chapelet d'îles appelées Petites Îles de la Sonde occidentales et le sud de Sulawesi. On franchira le détroit très fréquenté de Lombok, avant de mettre le cap à l'ouest, vers le large, où il faudra serpenter parmi les îles et récifs jusqu'à Dajmaboutu. Le navire est équipé d'un GPS dernier cri, d'un radar et d'un pilote automatique, sans oublier un système d'amarrage informatisé qui prend en charge les moteurs, le pilotage et les propulseurs de poupe et de proue pour négocier les manœuvres les plus délicates en toute sécurité.

Kate étudia les cartes et constata :

— Pour ramener Griffin dans les eaux internationales, il faudra revenir sur nos pas par le détroit de Lombok, puis vers le sud-ouest, dans l'océan Indien, où un vaisseau de l'US Navy le récupérera. Cela représente six cents miles supplémentaires, environ.

— Pas de problème, assura Nick. J'ai opté pour un *Phelan Seven Seas* de cinquante-cinq pieds pour lequel j'ai négocié le prix intéressant de dix mille dollars la journée parce que Eunice Huffnagle tenait à avoir son propre équipage.

Il posa le manuel sur la table et montra une photo du *Phelan*, un navire superbe, avec une coque bleue et un pont blanc. Les hublots de la cabine principale faisaient penser à des lunettes de soleil enveloppantes. Sa caractéristique était son flybridge en porte-à-faux sur le pont arrière, doté d'une ailette verticale de chaque côté, évoquant une Cadillac de 1959.

— Un vrai chalutier ! commenta Kate. Il va se traîner comme un escargot. On aura de la chance si on atteint les dix-huit nœuds !

— Tu appréhendes tout ça comme une opération militaire, répliqua Nick. Tu cherches à entrer et sortir au plus vite. Ce n'est pas ainsi qu'on va procéder.

— On va kidnapper un homme et le faire sortir du pays, insista-t-elle. Pas question de s'attarder, histoire de peaufiner notre bronzage. Il faudra se tirer vite fait.

— Tu adoptes la mauvaise attitude. Ce qu'on va faire, c'est un véritable casse, sauf qu'il s'agit d'une personne et non d'un butin. Un casse réussi est un casse que l'on ne découvre que lorsqu'il est terminé et que les truands sont déjà loin. Pourtant, je comprends tes préoccupations. C'est pourquoi j'ai choisi ce yacht, qui n'a rien d'un chalutier, je te le garantis. Il peut filer à vingt-deux nœuds en vitesse de pointe, et seize en vitesse de croisière. Il ponce et il laboure, ajouta-t-il, reprenant l'image de la brochure publicitaire, dont il ne saisissait pas complètement le sens.

— On verra, dit Kate. Je suis toujours d'avis qu'il vaudrait mieux assommer notre homme et l'emmener en jet-ski.

— Et moi, je préférerais piloter un jet-ski, mais je m'y ferai, renchérit Willie en réunissant la documentation disponible. Je vais dans ma chambre potasser tout ça, histoire de ne pas vous faire un remake de *Titanic*.

Chapitre 25

En dépit de la présence de dizaines de yachts somptueux parmi les bateaux de pêche, les chaloupes, les pétroliers rouillés, les jonques, les ferries, les canots à moteur, les immenses navires de croisière et les superbes schooners à deux mâts à la longue proue élancée, le port de Benoa avait une allure un peu industrielle et délabrée. Des vendeurs de fruits naviguaient parmi les nombreuses embarcations pour proposer bananes et oranges. Les clients tendaient le bras par les hublots ou se penchaient par-dessus bord pour régler leurs achats.

Sur le quai, Kate, Nick et Willie trouvèrent deux Javanais assis sur une caisse en bois, devant un *Phelan Seven Seas* 550LR étincelant. Kate s'approcha pour examiner la caisse. Comme elle s'y attendait, il s'agissait du colis de son père.

— Vous pouvez la porter dans la cabine principale, dit-elle.

Nick répéta ses propos en indonésien. Aussitôt, les deux hommes emprutèrent la passerelle avec leur fardeau. Willie leur emboîta le pas. Dès qu'elle eut jeté ses bagages dans sa cabine, elle grimpa les marches vers la barre, sur le flybridge.

— N'oublie pas de jouer ton rôle, souffla Nick. On nous regarde.

Kate n'avait guère de références, à part les gestes qu'elle avait vus dans les films. Elle se mit donc à arpenter le pont, perchée sur ses sandales dorées, vêtue de son petit haut noir et un pantalon blanc moulant en lin qu'elle portait sur les hanches. Elle examina le yacht en fronçant les sourcils, fit une moue boudeuse, consciente du regard appuyé des Indonésiens présents sur les bateaux de pêche et de quelques touristes faisant la queue pour prendre le ferry.

— Il est minuscule, ce yacht ! gémit-elle. Il n'y a même pas de quoi faire atterrir un hélicoptère !

— Désolé, mademoiselle Huffnagle, répondit Nick. On n'a pas pu trouver mieux en si peu de temps.

— Je préfère ne pas imaginer les autres.

Atterrée, elle monta à bord, Nick sur les talons. Les deux Javanais émergèrent de la cabine principale et attendirent d'être payés.

— Donnez-leur cinquante mille roupies pour leur peine, ordonna Kate à Nick. Et quittons au plus vite cet endroit sordide.

Elle n'était pas peu fière de sa prestation.

— Tout de suite, mademoiselle.

Kate passa sans un regard devant les deux hommes et se dirigea vers sa cabine. Parquet et boiseries en chêne blanchi, canapés en cuir fauve, éclairage halogène encastré, finitions métallisées, lignes épurées et douces dans un style contemporain, l'ensemble évoquait à la fois le luxe et le mouvement.

Elle gravit deux marches et, à bâbord, découvrit la cuisine et son équipement en inox haut de gamme, avec des surfaces de travail en granite. À tribord, le poste de pilotage inférieur aux lignes arrondies, avec une série d'écrans, de manettes, de claviers, le tout sur un tableau de bord en cuir, chêne et aluminium brossé, constituait un équipement à la fois élégant et performant.

Kate mourait d'envie de prendre les commandes, mais elle savait que Willie ne lui céderait sa place pour rien au monde. Il faudrait qu'elle l'assomme. De toute façon, une riche héritière ne prendrait jamais la barre. Patience, se dit-elle. Ils mettraient sans doute vingt-quatre heures à atteindre l'île de Griffin, à condition de garder une vitesse de croisière régulière. Une fois qu'ils auraient pris le large, elle pourrait se permettre de prendre la barre de temps en temps.

Elle descendit un escalier en colimaçon vers le pont inférieur où se trouvaient trois cabines et deux cabinets de toilette. La cabine principale, de loin la plus vaste et la plus confortable, se trouvait à l'endroit où la coque était large et profonde. Grâce à un grand hublot de chaque côté, elle était baignée de lumière naturelle. Il restait de la place pour circuler autour du lit king size, même avec la caisse en bois. Sous le hublot de tribord, elle découvrit un canapé arrondi et une tablette rabattable, ainsi qu'un téléviseur à écran plat de trente-deux pouces face au lit. À tribord, il y avait un placard recelant un minibar, un coffre-fort et une penderie, sans oublier un cabinet de toilette avec douche.

Nick la rejoignit à l'intérieur.

— Qui t'a envoyé cette caisse ?

— C'est moi. Je n'arrivais pas à caser toutes mes affaires dans ma valise.

— Quoi, par exemple ?

— Mes menottes, répondit-elle.

— Ça me plaît… dit Nick.

Sur ces mots, il esquissa un salut militaire et prit congé.

Kate enfila son bikini. N'était-ce pas ce que ferait une riche héritière en croisière ? Tandis qu'elle étalait de la crème solaire sur son corps, le yacht s'ébranla si brutalement que la jeune femme faillit tomber à la renverse.

Willie prenait ses marques, sans doute. Pourvu qu'elle les trouve vite. Prenant un chapeau et ses lunettes de soleil, Eunice Huffnagle monta sur le pont supérieur.

La sortie du port et le trajet vers le détroit de Lombok se déroulèrent sans encombre. Sur le flybridge, Willie était à la barre, se frayant un chemin parmi les embarcations les plus diverses, des ferries aux pétroliers, sans oublier les bateaux de plaisance. Une épave rouillée trônait au milieu de la baie, témoignant du danger que présentaient les manœuvres dans le port.

Une fois au large, Willie mit les gaz, désireuse de voir ce que ce yacht avait sous le capot. Lorsqu'il rua, Kate dut s'accrocher au bastingage. Elle se tourna vers Willie, qui lui adressa un signe de victoire. Au bout de quelques minutes, elle ralentit. Kate se dirigea vers la poupe et gravit les marches menant au flybridge.

Nick faisait griller des crevettes et du poulet sur un barbecue, près d'un minibar bien garni et d'un évier installés dans un espace repas situé à l'arrière. Willie se tenait du côté tribord de la cabine de pilotage, à scruter le chapelet d'îles, à l'horizon. Ses cheveux volaient au vent dans un enchevêtrement de mèches peroxydées et ses seins débordaient presque de son décolleté.

Antenne et radar se trouvaient au sommet du mât, au pied duquel était installée une douche extérieure. Kate dut passer dessous pour rejoindre Willie.

— Comment ça se passe ?

— Ça irait mieux avec une bière bien fraîche, répondit-elle. Sinon, c'est génial.

Nick apporta à Willie une assiette garnie de riz, de poulet et de crevettes.

— Je peux prendre la barre si tu as envie d'une pause.

— Pas question. Je ne prendrai jamais de pause. Je pourrais piloter ce yacht éternellement. C'est bien mieux qu'une surfaceuse de patinoire.

— C'est vrai, d'autant qu'il n'y a pas de glace, railla Nick.

Il entraîna Kate vers le coin repas où il avait dressé le couvert.

— J'ignorais que la cuisine faisait partie de tes talents, déclara-t-elle en s'asseyant sur la banquette.

Affamée, elle piqua sa fourchette dans une crevette.

— J'ai de nombreux talents que tu ignores.

— Lequel, par exemple ?

— Je joue très bien aux échecs.

Kate n'en fut guère étonnée.

— C'est tout ?

— Je sais repasser une chemise, mais je préfère m'en dispenser. Je suis un pianiste honorable, je parviens à toucher mon nez avec ma langue…

Kate lâcha sa fourchette qui tomba bruyamment sur son assiette.

— Je savais bien que ça te plairait… commenta Nick avec un sourire espiègle.

Après le repas, Kate regagna sa cabine pour ouvrir la caisse envoyée par son père. Elle fut à la fois amusée par ses attentions et impressionnée par ses ressources. De toute évidence, Jake s'était constitué un immense réseau de contacts au cours de ses activités militaires secrètes et, à son tour, elle bénéficiait de ces renvois d'ascenseur. Après avoir rangé quelques articles dans le coffre-fort, elle enfila sa fine robe rouge par-dessus son bikini et remonta sur le pont. Willie pilotait désormais à l'aide la console de pilotage.

— Quelle sera notre heure d'arrivée, selon toi ? s'enquit Kate.

— À cette vitesse, on devrait atteindre Dajmaboutu au petit matin.

De son côté, Nick étudiait les cartes.

— Ou alors on pourrait jeter l'ancre au large de n'importe quelle île du parcours pour la nuit, et repartir demain matin à la première heure et arriver en milieu d'après-midi.

— On n'est pas en vacances, rétorqua Kate. On a une mission à accomplir.

— Difficile de se rappeler la mission quand je te vois dans cette robe en soie rouge, dit Nick.

— Je n'ai rien d'autre à me mettre ! protesta la jeune femme en levant les bras au ciel. Tu ne m'as acheté que des tenues affriolantes. En fait, elle est très confortable, cette robe. L'air circule à merveille.

— Alors, qu'est-ce qu'on fait ? demanda Willie.

— On avance, répondit Kate. Il vaut mieux qu'on prenne la barre à tour de rôle. J'assure le quart suivant.

Kate choisit de piloter depuis le flybridge, d'où elle sentirait l'air nocturne tout en admirant le ciel étoilé. Le GPS, c'était bien joli, mais elle préférait garder le système solaire en renfort ainsi que le précieux sextant que son père avait pensé à lui envoyer. Nick la laissa tranquille, ne troublant sa solitude que pour lui apporter des sandwichs et du café. Peu après minuit, il lui tapota l'épaule et lui annonça que c'était à son tour de prendre la barre.

— Tu sais piloter un yacht ?

— Non, railla-t-il, mais je me disais qu'il serait amusant d'essayer de nuit, dans le noir, en pleine mer de Florès… Les îles s'éclairent toutes seules, non ?

— Tu es vraiment un petit malin, toi !

— Je sais… un petit malin charmant.

« Ce n'est pas faux, songea-t-elle, Nick est un petit malin très charmant. »

À l'aube, Kate fut réveillée par une accélération soudaine du yacht. En se levant, elle faillit perdre l'équilibre. Soudain, le navire se mit à tanguer. Elle ouvrit la porte et vit aussitôt Nick surgir de sa cabine.

— Qu'est-ce qui se passe ? lui demanda-t-elle.

— Aucune idée, admit Nick. Willie a pris la barre il y a une heure.

Ils se précipitèrent vers le flybridge. Willie filait au large de ce qui semblait être un îlot désert, couvert de forêt et ourlé de côtes déchiquetées. Deux vieux hors-bords délabrés les suivaient à quelques dizaines de mètres et allaient bientôt les rattraper. Cinq ou six hommes se trouvaient à bord de chacun d'eux.

— Ils ont surgi de nulle part au moment où je croisais cet îlot, expliqua Willie. En voyant des armes, j'ai mis les gaz.

— Des armes ? répéta Nick. Quel genre d'armes ?

— Du genre qui tire des balles, répondit Willie. J'ai fait des zigzags pour créer un sillage plus important, mais ils gagnent du terrain.

Kate saisit les jumelles rangées sous le tableau de bord et observa leurs poursuivants. Les passagers étaient munis de grappins et armés d'automatiques. Lorsqu'un hors-bord accéléra pour aborder le yacht à tribord, Kate baissa ses jumelles.

— Ce sont des pirates, déclara-t-elle. On ne pourra jamais leur fausser compagnie. Ils vont deux fois plus vite que nous.

— Tu suggères de laisser tomber ? demanda Willie en se tournant vers elle.

— Non. Continue comme ça.

— Pas de problème, fit Willie. J'ai l'habitude de foncer.

C'est au moment où Kate et Nick descendaient du flybridge que les premiers coups de feu retentirent.

Kate se laissa tomber sur le pont, entraînant Nick dans sa chute. Des tirs en rafale touchèrent le yacht à bâbord, brisant les vitres et grêlant la paroi de la cabine d'impacts.

Dans ce qui n'était une mise en garde, Willie vit un défi. Elle vira en direction des pirates comme si elle jouait aux autotamponneuses dans une fête foraine. Les hors-bords durent dévier de leur trajectoire pour éviter la collision.

— Elle est douée, commenta Kate en se relevant.

— Oui, mais ça ne sert pas à grand-chose, répondit Nick. Il va falloir s'arrêter. À ce moment-là, joue les héritières affolées. Je me charge de leur parler.

Willie vira de nouveau et fonça droit sur l'embarcation qui la suivait. L'autre pilote esquiva aisément, non sans tirer une rafale sur le flybridge en passant. Le trio se coucha à terre tandis que le coin repas volait en éclats, de même que le minibar. Dans un fracas de verre brisé, l'alcool se mit à couler à flots sur les marches de la poupe, telle une cascade.

— Encore un avertissement, commenta Nick. La prochaine fois, ils pourraient bien abattre l'un d'entre nous.

— Heureusement que nous n'avons pas un bateau plus rapide, railla Kate. Fais ce que tu as à faire, je me contenterai de hurler de terreur.

— Surtout, fais-en des tonnes, insista-t-il.

Kate se mit à crier, levant les bras pour faire bonne mesure, et descendit vivement les marches.

— Coupe les gaz ! lança Nick à Willie.

— Tu plaisantes ? Ils vont nous aborder !

— Fais ce que je te dis !

Il prit une serviette blanche dans un réduit de la poupe et l'agita au-dessus de sa tête en signe de reddition. Les deux hors-bords étaient derrière eux, presque côte à côte. L'un ralentit pour laisser l'autre s'approcher du yacht. Nick vit deux hommes s'avancer, grappin en main, dans l'intention de les harponner.

Ils se trouvaient par tribord, à quelques mètres, quand les deux pirates sautèrent soudain à l'eau. Derrière lui, Nick vit Kate, un peu en retrait, un lance-roquettes sur l'épaule. Il n'avait jamais vu de spectacle aussi sexy.

— Baisse-toi, lui dit-elle simplement, avant de faire feu.

La grenade fila droit sur le hors-bord abandonné et embrasa le carburant, provoquant une explosion de flammes et de débris de fibre de verre, dans un nuage de fumée.

Willie n'attendit pas qu'on lui donne l'ordre de remettre les gaz. Elle profita de la diversion et de la fumée pour redémarrer en trombe. Sans sourciller, Kate regarda l'autre hors-bord faire demi-tour pour aller repêcher les pirates en perdition.

Nick se releva, un sourire satisfait aux lèvres.

— Voilà donc ce que contenait cette mystérieuse caisse ! Un lance-roquettes !

— C'est comme un sac à main. Une fille devrait toujours en avoir un sur elle, répondit Kate en jetant son arme sur le divan.

Chapitre 26

Le trio se réunit dans la cabine de pilotage pour faire le point. Willie reprit la barre tandis que Kate ôtait les bris de verre de la table à l'aide d'une carte enroulée sur elle-même.

— Je veux voir à quelle distance nous sommes de l'île de Griffin, déclara-t-elle en déployant la carte devant elle. Il faut partir vers la haute mer puis entrer dans une crique protégée. Ces deux hors-bords pirates n'étaient pas les seuls à rôder dans le secteur. Il y a certainement un bateau principal qui les dirige.

— Et plus moyen d'appeler au secours, précisa Willie. Ils ont brisé le sommet du mât. On n'a plus ni antenne, ni système de navigation et de communication.

— On n'en aura pas besoin, assura Nick. Notre affaire se présente au mieux.

Kate rechignait à lui poser la question, de peur de passer pour une imbécile, mais il fallait bien que l'une d'elles se dévoue :

— Comment peux-tu dire une chose pareille ?

— Regarde autour de toi, répondit Nick en désignant les vitres brisées, les impacts de balles, les débris qui jonchaient la poupe. Cette attaque de pirates est une aubaine ! À présent, Griffin ne se demandera pas pourquoi Eunice Huffnagle cherche à se réfugier sur son île. La réponse est évidente : elle est terrorisée, elle a grand besoin de réconfort, d'être rassurée après avoir été la cible d'une horde de pirates sanguinaires. Si j'avais leur adresse, je leur enverrais bien une corbeille de fruits pour les remercier. Ces malfrats nous ont rendu un fier service.

— Tu oublies que, sans mon lance-roquettes, les choses auraient pu mal tourner, intervint Kate.

— Tu l'avais, ton lance-roquettes, insista Nick. Parce que tu es comme ça. Parfois, quand un plan est bon, tous les éléments incontrôlables se mettent en place d'eux-mêmes. Cette opération, je la sens très bien.

— Tu es la seule personne que je connaisse qui considère une attaque de pirates comme un signe encourageant, gronda Kate. (Elle désigna un point sur la carte.) L'île de Griffin ne se trouve qu'à trente ou quarante minutes d'ici. Avec un peu de chance, on y sera avant que le vaisseau-mère des pirates ne se lance à notre poursuite.

— Dans le cas contraire, quelles surprises nous réserve ta caisse ? s'enquit Nick.

— Oh, l'attirail habituel du touriste…

— Quoi, par exemple ?

— Des menottes.

— Bizarre, commenta Nick.

— Un Glock, continua Kate.

— Naturellement.

— Un garrot.

— Ça peut toujours servir.

— Des lunettes de vision nocturne, un couteau à cran d'arrêt, un gilet en Kevlar, des munitions à foison, un lance-roquettes de rechange.

— Le trousseau de base, quoi, conclut Nick.

— J'en crois pas mes oreilles, fit Willie. Tu pars où en vacances toi, en général ?

— Dans des endroits comme celui-ci, répondit Kate.

***

Quelques années plus tôt, Derek Griffin avait pris conscience qu'il lui serait bientôt impossible de dissimuler l'ampleur monumentale de son escroquerie envers ses clients et les autorités régissant le marché boursier. Plutôt que d'attendre d'être arrêté par le FBI, il avait préparé sa fuite inévitable face à la justice. Avec l'aide de Neal Burnside, son avocat, Griffin avait corrompu le gouvernement indonésien afin qu'il lui accorde un bail de cinquante ans sur une superbe île tropicale qui ne comptait plus que quelques habitants issus d'un peuple en voie d'extinction. Il paya la plupart de ces derniers afin qu'ils quittent leur île et s'installent dans ses appartements modernes à Sulawesi. Cependant, il garda quelques-uns d'entre eux à son service. Dans le cadre de cet accord, il avait promis, de mauvaise grâce, de conserver leurs sépultures intactes.

Sous le prétexte de transformer l'île en un paradis touristique – une condition spécifiée dans le bail –, il avait rasé le village et bâti une propriété dans le style du *tongkonan* traditionnel, avec son toit incurvé à deux pointes, en bambou, qui n'était pas sans évoquer la coque d'un navire, un bicorne ou la tête de Batman, c'était selon.

À l'entrée de sa maison, Griffin exhibait une pile de cinquante cornes de buffles, symboles de richesse et de statut social chez les Torajas, pour montrer qu'il était plein aux as. C'était un peu comme s'il avait une voiture de course italienne garée devant chez lui. Dans la région, ces cornes étaient un must, de même que la possession d'un troupeau de buffles, histoire de rappeler aux autres qui était le chef et d'inspirer l'envie. Comme lorsque Griffin paradait dans Beverly Hills avec une épouse décorative de vingt-deux ans ou une petite amie mannequin, voire les deux.

Il avait presque fini de faire acheminer – en toute discrétion – ses biens les plus précieux de Los Angeles, dont sa bibliothèque constituée d'éditions originales et sa collection d'art contemporain, quand Neal Burnside l'avait prévenu de son arrestation imminente. Griffin avait filé dans l'heure. Il se retrouvait ainsi à l'autre bout du monde, tel un roi régnant sur son île tropicale, avec un magot d'un demi-milliard de dollars bien à l'abri sur un compte bancaire secret.

Hélas, il manquait un élément clé dans ce paradis terrestre : des femmes. Il n'y en avait pas une seule, à part l'épouse de son cuisinier et les autochtones dénuées de charme qui travaillaient pour lui, mais elles ne comptaient pas. Ce matin-là, sur sa terrasse, Griffin déplorait particulièrement cette pénurie désolante, tandis qu'il dégustait ses galettes de riz accompagnées de fruits, de sucre roux et de lait de coco. Son regard se porta vers les statues en bois sculpté représentant les défunts. Nichées dans la roche, à flanc de colline, elles semblaient le fixer de leurs yeux écarquillés. Griffin était tellement en manque qu'il commençait à ressentir des pulsions pour les femmes autochtones qui cultivaient ses terres, vêtues d'un caftan et coiffées d'un chapeau de paille, les lèvres rougies par les noix de bétel, le visage blanchi à la poudre de riz.

C'est alors qu'apparut Dumah, un robuste Toraja à la mine patibulaire, son régisseur qui faisait également office de chef de la sécurité. Naguère, les hommes de son peuple avaient la réputation d'être des chasseurs de tête et des esclavagistes.

— Un yacht est en train de jeter l'ancre dans la crique, monsieur, annonça-t-il en tendant une paire de jumelles à son patron.

Intrigué, Griffin scruta la crique. Le yacht était neuf, bien conçu… et criblé de balles. Son mât brisé avait perdu son antenne. Sans doute des touristes aussi inconscients que fortunés en proie à une avarie, songea-t-il. Au moment de charger Dumah de les refouler, il remarqua la présence d'une femme sur le flybridge. Ses cheveux teints en blond platine étaient noués en une queue-de-cheval frisottée. Elle avait une paire de seins à réveiller un mort et des fesses rondes à souhait. Son corps était moulé dans un genre d'uniforme d'équipage. Il sentit monter une vague de désir, mais pas au point de laisser les passagers du yacht poser le pied sur son île.

Griffin allait ordonner à Dumah de les congédier quand Kate apparut à son tour dans son champ de vision. Ce fut comme s'il recevait une décharge électrique. Son cœur faillit exploser. Elle portait une fine robe de soie rouge qui laissait passer la lumière, soulignant tout ce dont Griffin rêvait et davantage encore. Et cette créature de rêve lui était livrée devant chez lui, comme une pizza ! Il baissa ses jumelles et s'humecta les lèvres. Dieu avait exaucé ses prières !

— Ces plaisanciers ont des ennuis, dit-il à son régisseur. Nous allons leur porter secours.

Nick mit le canot à moteur à l'eau et aida Kate et Willie à monter à bord, puis il mit le cap sur la plage. Quelques Indonésiens se groupèrent sur le sable blanc à leur approche. Coiffés de chapeaux de paille, ils arboraient des polos de grande marque contrefaits, à en juger par le logo bien trop grand qui évoquait soit un singe, soit un chameau, c'était difficile à dire.

Kate vit Griffin arriver à bord d'une voiturette de golf et mettre pied à terre. Tout de blanc vêtu, la peau bronzée, les cheveux poivre et sel, il avait le corps musclé d'un homme qui fréquente les salles de sport, ou les cours de prison pour soulever de la fonte ou courir le long des barbelés parce qu'il n'y a rien d'autre à faire. Cette île paradisiaque n'était-elle pas la prison dorée de Griffin ?

— À toi de jouer, tigresse, lui dit Nick. Tu vas lui tourner la tête !

— Je ne suis pas sûre d'y arriver, avoua-t-elle.

— Tu as réussi avec moi, reprit Nick. Alors pourquoi pas avec lui ?

Avant de débarquer, Kate réfléchit à certaines techniques d'acteur de Boyd. Elle s'imagina juste après l'extase, encore frémissante, le cœur battant à tout rompre, les joues roses.

— Tout va bien ? s'enquit Nick. On dirait que tu es en hyperventilation. Tu veux un sac en papier ?

— Non, ça va. Ta cuisine m'a donné des brûlures d'estomac.

Mieux valait oublier la méthode Boyd…

***

Griffin vit la créature de rêve en robe rouge le toiser et afficher un sourire approbateur face à sa plastique. Parfait, songea-t-il. L'affaire se présentait bien, et ils n'avaient pas encore fait connaissance… Il fit signe à ses hommes d'aider les naufragés à accoster. Trois d'entre eux tirèrent l'embarcation sur la plage.

— Ça ne me plaît pas, déclara Dumah à Griffin. On ne sait pas qui sont ces gens.

— C'est une jeune femme visiblement fortunée qui a décidé de faire une croisière dans une mer infestée de pirates, à bord d'un yacht luxueux. Autant hisser un pavillon sur lequel serait inscrit : « Par ici, les gars ! »

— Et pourtant, ils sont indemnes, insista Dumah. Comment ont-ils fait pour s'en tirer à bon compte ?

— Je suis certain qu'ils ont une bonne explication, assura Griffin. Garde un œil sur l'équipage. Je surveille la fille.

Griffin pataugea dans les eaux tièdes et tendit la main à la jeune femme.

— Enfin, un visage sympathique ! s'exclama Eunice. J'ai bien cru que nous allions de mal en pis et que cette île était infestée de pirates, elle aussi.

— Par chance, ce n'est pas le cas, répondit Griffin en l'entraînant vers la plage, laissant les deux autres naufragés se débrouiller seuls. Je m'appelle Daniel Dravot et vous vous trouvez sur mon île privée. N'ayez crainte, vous êtes en sécurité.

— C'est un soulagement après ce que nous venons de subir. Eunice Huffnagle. (Elle désigna ses deux membres d'équipage, restés en retrait avec Dumah et les autochtones.) Voici Willie, mon capitaine, et Sam, mon second.

— Eunice Huffnagle… Ce n'est pas un nom très courant, commenta Griffin.

— Mes parents m'ont donné le prénom d'une grand-tante. Un soir, la malheureuse a perdu la raison et a tué son compagnon de sang-froid, raconta Kate avec un regard de biais vers Nick.

— On dirait que votre yacht a subi de gros dégâts. Votre grand-tante n'était pas à bord, par hasard ?

— Certainement pas ! Nous avons été attaqués par des pirates. Ils ont surgi de nulle part avec leurs hors-bord et nous ont tiré dessus à coups de mitraillettes. Heureusement, personne n'a été blessé. Il faut prévenir les garde-côtes immédiatement !

— C'est inutile. Les autorités ne peuvent rien faire.

— Ces pirates sont encore dans la nature, prêts à s'en prendre à d'autres plaisanciers !

— La mer est vaste et compte des milliers d'îles infestées de pirates. Vous avez eu beaucoup de chance d'en réchapper, vous savez.

— Vous êtes en train de me dire que la chasse aux touristes est ouverte ?

— Uniquement ceux qui s'éloignent de toute civilisation et qui exhibent leurs richesses et leur vulnérabilité.

Il regretta aussitôt cette remarque. Insulter une femme n'était sans doute pas le meilleur moyen de l'attirer dans son lit. Dieu merci, Eunice ne s'offusqua pas et se contenta de hausser les épaules.

— Je voulais découvrir l'Indonésie authentique au lieu de lézarder dans les hôtels de papa, alors j'ai loué ce petit bateau. À quoi bon avoir de l'argent si on ne le dépense pas ?

— C'est tellement vrai, répondit Griffin en s'efforçant de ne pas reluquer son décolleté. Comment avez-vous réussi à échapper à ces pirates ? Vous n'avez pas pu les prendre de vitesse…

— Sam a fait sauter un de leurs bateaux à l'aide d'un lance-roquettes.

Eunice s'était exprimée d'un ton désinvolte, comme si elle parlait d'un accessoire courant.

— Vraiment ? fit Griffin en se tournant vers Sam, qui hocha la tête.

— Son père est très protecteur, expliqua Sam. Si vous saviez ce qu'elle emporte pour faire du camping !

— Je suis peut-être riche, exubérante et irresponsable, mais je ne suis jamais vulnérable, expliqua Eunice.

Griffin éclata de rire pour la première fois depuis très longtemps. Eunice était son genre de femme : sexy, intelligente et effrontée. Depuis son départ des États-Unis, il n'avait croisé personne de sa trempe et il comptait exploiter au mieux cette occasion tombée du ciel.

— Vous devez être encore secouée par une expérience aussi terrifiante, dit-il.

— Pour être honnête, je tremblais comme une feuille jusqu'à ce que vous me preniez la main pour m'aider à descendre du canot.

Bon sang, songea Griffin. Son affaire se présentait de mieux en mieux. Il tenait le bon bout ! Pour couronner le tout, cette fille était jolie. D'accord, ses cheveux étaient mal coupés, mais il était sans doute difficile d'obtenir une bonne coupe en Indonésie.

— J'espère que vous me permettrez de vous réconforter. Vous êtes mon invitée pour quelques jours. J'y tiens. Votre équipage aura ainsi le temps de nettoyer le yacht et de vérifier qu'il n'y a pas d'avarie sérieuse. Ici, vous découvrirez l'Indonésie authentique, un petit coin de paradis doté de tout le confort, avec un cuisinier hors pair et la meilleure cave à vin de la région.

Eunice Huffnagle observa le yacht, puis son équipage, comme si elle réfléchissait à cette proposition alléchante. Griffin en profita pour regarder une goutte de sueur couler sur sa peau et disparaître entre ses seins. D'ordinaire, il se targuait de garder son sang-froid en toutes circonstances, mais il vivait seul sur cette île depuis si longtemps qu'il craignait de trahir son désir.

— Merci, monsieur Dravot, déclara Eunice. J'en serais ravie. Je n'ai jamais passé la nuit sur une île perdue qui ne figure même pas sur les cartes.

— Nous figurons sur toutes les cartes de navigation.

— Chut…

Elle lui prit le bras et plaqua ses seins contre lui.

— Je vous en prie, ne brisez pas mon fantasme, monsieur Dravot…

— Appelez-moi Daniel, répondit-il en l'emmenant.

Chapitre 27

Griffin fit monter Kate dans sa voiturette de golf et s'engagea sur une piste sablonneuse en direction de sa villa, à moins de cinquante mètres de la plage.

— En plus des générateurs à essence, notre électricité est produite par des panneaux solaires, expliqua-t-il. L'eau douce est stockée dans des citernes et nous avons un système de désalinisation. La ferme fournit du riz, des fruits et légumes. Mes employés labourent la terre grâce à des buffles. Nous élevons également des porcs pour leur viande.

— Sinon, vous recevez la chaîne HBO ? s'enquit la jeune femme.

— Nous disposons du même confort et des mêmes installations que votre yacht, assura Griffin.

Il désigna la montagne qui culminait au centre de l'île.

— J'ai fait installer des paraboles satellite et des antennes radio. Et je possède un téléphone par satellite, au cas où vous aimeriez commander une pizza.

Kate observa avec intérêt les statues en bois sculpté nichées dans la pierre.

— Qu'est-ce que c'est ?

— Ce sont des défunts. Une tradition toraja. Quand quelqu'un meurt, on sculpte son portrait dans le bois, on ajoute des fibres d'ananas pour les cheveux et on lui met les vêtements et les bijoux du défunt. La statue participe aux funérailles comme un invité, puis elle accompagne la dépouille jusqu'à cette grotte, un genre de mausolée, dans la montagne. Quand le cadavre est réduit à l'état de squelette, les os sont exposés à flanc de montagne avec la statue. Les Torajas croient que leurs ancêtres sont arrivés sur Terre en descendant une échelle géante en bambou depuis le cosmos. Peut-être espèrent-ils y retourner… Toutefois, je préfère que ces statues ne m'observent pas pendant que je prends mes repas.

La vaste bâtisse de deux étages était construite sur pilotis, avec de grandes baies vitrées et plusieurs terrasses, sous un immense toit en bambou qui rappelait à Kate la proue des schooners qu'elle avait vus dans le port de Benoa.

— Alors pourquoi avez-vous souhaité que la plupart des fenêtres donnent sur la montagne et non sur la mer ?

— Le gouvernement exige le respect de certaines coutumes tribales qui veulent que les habitations soient orientées vers le nord, en direction de Puang Matu, le créateur suprême, qui a bâti le premier *tongkonan*, ou maison de maître, au paradis.

— Vous croyez en ces trucs-là ?

— Non, admit-il. Je ne crois qu'en une seule chose : l'argent.

— Cela nous fait un point commun, déclara Eunice. Cette île compte combien d'habitants ?

Elle voulait savoir combien d'adversaires elle affronterait si elle devait enlever Griffin par la force.

— Une dizaine avec moi, répondit son hôte. Huit membres de la tribu, le cuisinier et sa femme, qui se charge du ménage, et Dumah, qui est une sorte de régisseur.

Et de chef de la sécurité, devina Kate. Sa façon de les observer tandis qu'ils s'approchaient de la plage, et le renflement qu'elle décelait sous sa chemise, où il rangeait certainement son arme, ne laissaient planer aucun doute. Pour l'heure, Dumah constituait le seul véritable obstacle. Néanmoins, elle était persuadée de pouvoir le neutraliser.

— Puis-je visiter le reste de l'île ? s'enquit-elle.

— Naturellement.

Ils parcoururent les rizières en espaliers en direction du fleuve, au bord duquel un troupeau de buffles domestiques se roulait dans la boue, puis ils redescendirent vers la crique. Un yacht de cinquante-trois pieds et un hydravion monomoteur étaient amarrés à un long ponton étroit. L'hydravion ressemblait à l'appareil qu'elle avait pris pour se rendre au mont Athos, sauf qu'il était équipé de flotteurs… et ne servait pas de poulailler.

Deux solutions de repli supplémentaires, se dit la jeune femme. Si Willie pouvait piloter un yacht, elle parviendrait sans doute à faire décoller un hydravion.

— Un yacht et un avion, souffla-t-elle. Vous vous déplacez avec style et rapidité.

— Nous sommes un peu isolés, mais grâce à ces petits joujoux, je ne suis jamais très loin de l'action du monde extérieur.

— Je suis sûre qu'un homme tel que vous ne manque pas d'action. Que faites-vous, dans la vie ?

— Absolument rien, répondit-il en rebroussant chemin vers la maison.

— Moi non plus. Des parents fortunés, peut-être ?

— Mieux que ça. Des parents fortunés et disparus. J'ai investi leur argent habilement et, depuis, je vis de mes rentes.

— Vous pourriez peut-être me donner quelques conseils de placements.

— Je pourrais vous enseigner pas mal de choses… assura-t-il d'un ton plein de sous-entendus.

Son sourire lubrique ne laissait planer aucun doute sur ses intentions.

— Je brûle d'impatience, affirma Kate.

« Beurk, songea-t-elle. Quel sale type ! »

Griffin gara la voiturette devant la villa. Ils passèrent devant le totem de cornes de buffles et se dirigèrent vers l'entrée encadrée de morceaux bois rappelant de la vigne vierge. Au-dessus de la porte, un panneau proclamait : « Ni Dieu, ni démon, simplement humain. » Griffin lui expliqua la présence des cornes et l'importance de posséder un troupeau de buffles, gages de richesse et de pouvoir chez les Torajas. De plus, ils apportaient prospérité à tous les êtres présents sous son toit.

— Et ça ? demanda Kate en désignant la mystérieuse citation.

— C'est pour me rappeler de rester humble.

— Et ce bois ?

— Ce sont des plantes aquatiques à croissance rapide, symboles de fertilité chez les Torajas.

— Cela fait beaucoup de plantes et de cornes pour quelqu'un qui vise l'humilité, commenta Kate.

— Il y a une différence entre rester humble et énoncer un fait indiscutable.

— Ce fait étant que vous êtes un homme plein de ressources… à tous les points de vue.

— Et vous une femme très perspicace, répondit Griffin avec un sourire suggestif.

Kate aurait préféré qu'il lui crève un œil. Cela aurait été moins pénible que cette expression lubrique.

L'intérieur de la maison était sobre, empreint d'une certaine élégance coloniale. C'était presque ainsi qu'elle imaginait l'hôtel Raffles à Singapour, d'après la description de Nick : meubles en rotin, boiseries blanches contrastant avec le parquet foncé… Il faisait bon grâce à des ventilateurs dont les lames façonnées en forme de frondes de palmier brassaient l'air chaud et humide.

Griffin lui fit les honneurs de sa bibliothèque. Dénuée de fenêtres, la pièce était tapissée d'éditions originales sur deux étages. Un escalier en colimaçon menait à une galerie et des échelles permettaient d'atteindre les rayonnages supérieurs. Quelques fauteuils en cuir et des consoles anciennes constituaient le mobilier, ainsi qu'un bureau ouvragé en acajou dans un coin… Deux objets étaient posés dessus : un téléphone, sans doute le téléphone satellite de Griffin, et une sacoche d'ordinateur qui semblait être blindée et assez robuste pour supporter le poids d'un camion ou une chute depuis le sommet d'une falaise. Kate en conclut que l'ordinateur était verrouillé à l'intérieur.

— Je possède des éditions originales des œuvres complètes de Rudyard Kipling, ainsi que de romans d'Ernest Hemingway, Somerset Maugham et John Steinbeck, pour n'en citer que quelques-uns. Cette pièce est équipée d'un système régulateur qui protège les ouvrages de l'humidité ambiante, expliqua Griffin.

Kate n'avait que faire de ces vieux bouquins. Ce qui l'intéressait, c'était l'ordinateur portable rangé dans sa mallette blindée. C'était sans doute par ce biais que son hôte communiquait avec sa banque. Peut-être parviendrait-elle à identifier les mots de passe enfouis dans le disque dur.

— Vous ne me donnez pas l'impression d'être un rat de bibliothèque, Daniel…

— Quand j'étais petit, j'ai eu une leucémie et j'ai fait de longs séjours à l'hôpital. Je n'avais rien d'autre à faire que lire, et il n'y avait que des classiques. Ces romans m'ont permis de m'évader vers des contrées exotiques pleines d'aventures et d'intrigues. Je me suis juré que, si je sortais vainqueur de ce combat, je deviendrais propriétaire d'un tel paradis. J'ai gagné et je l'ai fait.

Si Kate ignorait pourquoi Griffin collectionnait les livres anciens, ce dont elle se moquait éperdument, d'ailleurs, elle savait qu'il n'avait jamais eu de cancer. Son père était commercial chez Kirby Homes, une entreprise qui bâtissait des maisons dans tout l'Ouest des États-Unis. Sa mère était femme au foyer et alcoolique. Bien des années plus tard, le couple avait investi ses maigres économies en les confiant à leur fils, qui les avait plumés, de même que tous ceux qui lui avaient fait confiance.

— J'ai gagné et je l'ai fait, répéta Kate. Voilà ce que vous auriez dû inscrire au-dessus de la porte d'entrée. Je pourrais bien adopter cette devise et la faire graver à l'entrée de chez moi. Encore faudrait-il que je reste assez longtemps quelque part pour m'y sentir chez moi.

— Vous n'avez donc pas de chez vous ?

— Je suis allée en pension dans le Massachusetts. C'était comme si on m'avait exilée en Sibérie. Je ne lisais pas à l'époque et je ne lis toujours pas. Je me suis juré que, dès ma majorité, je profiterais à fond de mon patrimoine, je ferais le tour du monde et je dépenserais l'argent de mon père sans compter.

Bien joué, songea-t-elle. Son baratin était aussi efficace que celui de Griffin.

— C'est la plus belle des revanches, commenta-t-il.

C'était peut-être la première parole honnête qu'il lui adressait, compte tenu de ce qu'il avait infligé à ses propres parents, qui végétaient désormais à Tampa avec le minimum vieillesse.

Il lui fit visiter sa salle de jeux, son cinéma privé, sa salle de bains de style western et sa cuisine de gastronome. Elle fit ainsi la connaissance de son cuisinier, un Balinais qui avait étudié auprès des plus grands chefs français.

Toutefois, une pièce ne faisait pas partie de la visite. Sa porte était close et il était manifeste que Griffin n'avait aucune intention de lui montrer ce qu'il y avait à l'intérieur. Quand tout le monde serait endormi, Kate avait la ferme intention de revisiter les lieux à sa façon, et cette pièce mystérieuse serait sa première étape.

Ils passèrent devant la chambre à coucher de Griffin, qui prit soin de lui préciser son emplacement, pour se rendre dans la chambre d'amis. La jeune femme découvrit un lit à baldaquin équipé d'une moustiquaire. Une fenêtre donnait sur la montagne et les rangées de défunts en bois.

Ses bagages l'attendaient sur un petit banc en rotin.

— Vous avez eu une matinée difficile, déclara son hôte. Prenez le temps de vous détendre. Mon cuisinier vous préparera un repas dès que vous le souhaiterez.

— La plage m'attire irrésistiblement, répondit-elle. Cela vous ennuie que je profite un peu du soleil et de la mer ?

— Faites comme bon vous semblera, Eunice. Vous êtes ici chez vous, conclut-il avant de prendre congé en fermant la porte derrière lui.

Kate poussa un soupir de soulagement. Ses appréhensions sur sa capacité à séduire Griffin, à l'attirer vers le yacht et à le ramener aux États-Unis s'étaient envolées. Ce serait l'aspect le plus facile de l'opération. Son véritable défi serait de trouver l'argent. Et de le lui reprendre…

Au rez-de-chaussée, Dumah guettait le retour de Griffin.

— J'ai vérifié son yacht quand j'ai déposé son équipage. Il est endommagé, mais en mesure de naviguer. Elle n'a pas menti, à propos du lance-roquettes. C'est un RPG-7V2 russe.

— Tu vois ? Il n'y a aucune raison de s'inquiéter.

— Comment pouvez-vous affirmer une chose pareille ? Quel genre de femme se promène avec un bazooka ?

— Mon genre de femme, répliqua Griffin. Tu as fouillé sa valise ?

— Rien que des vêtements et des affaires de toilette.

— Des vêtements pour combien de temps ?

— Deux ou trois jours, répondit Dumah.

Si l'équipage d'Eunice la connaissait bien et était capable de préjuger de son comportement, le peu de vêtements qu'ils avaient prévu pour elle était un très bon signe. Griffin ne voulait pas d'une femme susceptible de s'incruster. Dès qu'ils auraient conclu, il lui dirait au revoir et merci.

— Demande au cuisinier de tuer un cochon, reprit Griffin. Ce soir, je veux un festin de roi !

Chapitre 28

Nick et Willie nettoyèrent le yacht et remplacèrent les vitres brisées par des draps tendus, puis ils se concoctèrent des cocktails aux fruits tropicaux qu'ils savourèrent sur le flybridge.

— Je pourrais m'habituer à cette vie, commenta Willie en sirotant sa boisson.

— Tout est bidon, objecta Nick.

— Pour moi, c'est très réel.

— Tu te laisses prendre à ta propre arnaque.

— Ce n'est pas la mienne. Je ne fais qu'y participer. Et j'en redemande ! Il doit bien y avoir d'autres fugitifs fortunés à capturer, de par le monde.

— Derek Griffin est hors compétition.

Nick songea à leur entrevue, sur la plage.

Le nom d'emprunt que Griffin avait choisi le turlupinait. Où diable avait-il entendu parler d'un Daniel Dravot par le passé ?

Nick saisit ses jumelles et scruta l'île. Sur la plage, Kate était allongée sur le ventre, sur une serviette. Griffin dénouait les attaches de son haut de bikini pour lui enduire les épaules de crème solaire.

— Elle joue le jeu à fond, fit remarquer Willie. Pas besoin d'avoir des jumelles pour voir ce qui se passe.

— Elle ne fait que son boulot.

— Ouais… On dirait qu'elle passe un bon moment. Tu ne vas pas nous faire une crise de jalousie, quand même ?

— Pas dans un avenir proche, en tout cas.

— Tu aurais dû me confier le rôle de l'appât. Puisque tu as repoussé mes avances, tu aurais pu me laisser une chance avec le truand.

— Kate a une plus grande expérience des criminels que toi.

— D'accord, mais je suis des leurs, moi ! Et j'ai une longue expérience des hommes, ce qui n'est pas forcément son cas.

Nick reporta son attention sur la plage. Kate avait renoué son haut de maillot de bain et se baignait, de l'eau jusqu'à la taille, sous le regard de Griffin, qui la surveillait depuis la plage. Elle se retourna pour lui faire signe, puis plongea et nagea jusqu'au yacht, fendant les eaux avec un style qui n'avait rien à envier au crawl d'une championne olympique.

— Une chose est sûre, elle sait nager, admit Willie.

Nick descendit sur le pont et prit une serviette, tel l'employé modèle qu'il était censé être. Puis il attendit qu'Eunice Huffnagle émerge.

— Comment ça se passe ? s'enquit-il en lui posant la serviette sur les épaules.

— Le séduire sera un jeu d'enfant, répondit Kate.

— J'avais remarqué…

— Le dénommé Dumah est son seul agent de sécurité et je ne le considère pas vraiment comme une menace.

— Tu n'aurais pas vu un demi-milliard de dollars traîner dans un coin, par hasard ?

— Non, mais l'ordinateur portable de Griffin se trouve dans la bibliothèque. Du moins sa mallette conçue pour résister à une attaque nucléaire. J'en conclus que les informations que nous cherchons se trouvent sur le disque dur de cet ordinateur. Tu crois qu'on pourrait les extraire ?

— Impossible sans mot de passe. Dis-moi ce que tu as vu, notamment ce qui semblait compter à ses yeux.

Kate lui décrivit les sépultures, le totem en cornes de buffles, l'inscription de la porte d'entrée, la bibliothèque équipée d'un système anti-humidité et l'anecdote ridicule relative à l'intérêt de Griffin pour les livres anciens.

— Eurêka ! s'exclama Nick.

— Quoi ? Tu en déduis quelque chose ?

— Quelque chose d'énorme, oui !

Sur la plage, Griffin semblait s'impatienter. Pour un type qui avait volé un demi-milliard de dollars, il avait tout du pigeon facile à plumer.

— Tu lui as fourni quelle excuse pour nager jusqu'ici ?

— Je tenais à te faire savoir que tu étais invité à dîner avec le personnel de la maison à dix-huit heures.

— Et toi, tu dîneras où ?

— En tête à tête avec Griffin, bien sûr. Ensuite, je passerai la nuit dans la villa. Willie et toi dormirez sur le yacht. Tout se déroule au mieux, pour l'instant. Plus tard, je me faufilerai dans sa chambre pour lui proposer un bain de minuit. C'est alors que je l'amènerai vers le yacht, qu'il le veuille ou non, et qu'on lèvera discrètement l'ancre. Mission accomplie, vite fait, bien fait.

— Et l'ordinateur portable ? s'enquit Nick.

— Je retournerai le chercher quand Griffin sera à bord, même s'il ne sert pas à grand-chose sans mot de passe, et il ne nous le donnera jamais.

— C'est « Sikander » ou « Sikandergul », d'après ce que j'ai compris.

— Comment le sais-tu ?

— Je t'expliquerai plus tard, répondit Nick.

— Non ! Je veux savoir tout de suite !

— Il faut que tu retournes auprès de lui. Tu m'as déjà parlé trop longtemps et je ne suis que ton employé. Il ne faudrait pas éveiller les soupçons de M. Dravot.

Il ôta la serviette de ses épaules, hocha la tête comme si elle venait de lui donner un ordre et remonta sur le flybridge.

— Crétin, maugréa Kate.

Nick lui sourit. Sans un mot de plus, elle plongea dans les eaux bleues et regagna la plage.

Sur la terrasse de la villa, Kate et Griffin étaient seuls, assis en tailleur sur un tapis de bambou, de part et d'autre d'une table basse, à la lueur des torches, sous un croissant de lune. Devant chacun d'eux étaient posés un verre de vin, un bol de riz et l'incontournable *sambal*, mais pas de couverts. Une fois de plus, Kate devrait manger avec les doigts, comme les Balinais. « Génial, songea-t-elle, un peu inquiète, la sauce va encore me dégouliner le long des bras et sur les genoux… »

— Vous dites avoir quitté Bali pour vivre l'expérience de l'Indonésie authentique, déclara Griffin. Vous allez être servie ! Tout ce que nous dégustons ce soir provient de cette île, y compris le sel et les condiments. J'ai demandé au cuisinier de nous préparer un *babi guling*.

Kate but une gorgée de vin.

— J'espère que ce n'est pas un de ces plats un peu barbares, comme une tête coupée, par exemple.

— Les Torajas étaient des chasseurs de têtes, or mon cuisinier est balinais. Ce sont deux peuples très différents.

— Tant mieux ! s'exclama-t-elle. Je dormirai mieux cette nuit en sachant que je ne vous servirai pas de petit déjeuner, demain matin.

— De petit déjeuner, peut-être pas, mais de dessert… enfin, si j'ai cette chance.

« Quel abruti arrogant ! songea la jeune femme. Ce type est mielleux, répugnant, gluant… »

— La chance n'a rien à voir là-dedans, répliqua-t-elle en se léchant les doigts pleins de sauce. Parlez-moi encore de notre dîner.

— Le *babi guling* est un cochon de lait entier farci d'herbes et d'épices, rôti pendant six heures à la broche, badigeonné de lait de coco afin que sa peau caramélise et devienne délicieusement croustillante et sucrée.

— Mmm… Vous avez préparé ce repas spécial rien que pour moi ?

— Il est rare que je reçoive une invitée aussi captivante…

— Vous me flattez !

— Je fais de mon mieux, minauda Griffin.

Kate afficha un sourire qui se voulait charmeur et mystérieux.

— Votre régisseur est un être… intéressant, reprit-elle. Il fait tellement couleur locale… De quelle tribu est-il issu ?

— Les Bugis, un peuple de marins qui faisait régner la terreur sur les îles ennemies en débarquant en pleine nuit. Voilà d'où vient la peur du croque-mitaine, du moins dans la région.

— Devrais-je regarder sous mon lit, avant de me coucher ?

— Le croque-mitaine ne viendra pas vous dévorer ce soir, n'ayez crainte.

— Je l'espère. Sans mon lance-roquettes, je me sens toute nue.

C'était la vérité. En cet instant, elle aurait donné son royaume pour un Glock.

— Je tâcherai de vous rassurer au mieux, promit Griffin.

Tandis qu'ils dégustaient des morceaux de cochon de lait, Griffin lui parla de l'histoire de l'Indonésie, des guerres pour le contrôle du commerce des épices, des difficultés provoquées par l'occupation hollandaise. Au dessert, le cuisinier leur servit une version personnelle des *dodol*, confiseries très prisées en Indonésie à base de farine de riz et de sucre de canne. Elles ressemblaient à des caramels mais Kate leur trouva un arrière-goût de gomme.

— Mmm, fit-elle en avalant une bouchée. C'est très spécial…

Après le repas, ils firent une promenade au bord de l'eau. La jeune femme contempla les palmiers, le clapotis des vagues, tout en gardant un œil sur le yacht. Apparemment, Nick et Willie avaient décliné l'invitation de Griffin à dîner sur l'île et étaient attablés sur le pont.

— Quel dommage que votre yacht soit endommagé ! déclara Griffin. Vous pouvez dire adieu à votre caution.

— Pour qu'ils réparent les dégâts et louent le bateau à quelqu'un d'autre ? Jamais de la vie !

— Vous n'avez pas le choix.

— Je vais racheter ce yacht et laisser les impacts de balle en souvenir de mon aventure indonésienne.

— Qui n'est pas terminée…

Elle serra le bras de Griffin contre elle et plongea dans son regard en affichant un sourire qu'elle espérait mutin.

— J'ai l'impression que vous avez vu juste.

Une demi-heure plus tard, de retour dans la maison, Kate s'arrêta devant la porte de sa chambre et étouffa un bâillement.

— Je sais qu'il est encore tôt. Malheureusement, les émotions de la journée m'ont éreintée, dit-elle. Je tombe de sommeil.

Sur ces mots, elle se lova contre lui et l'embrassa langoureusement.

— Je dors debout…

— Voulez-vous que je regarde sous votre lit pour vérifier qu'il n'y a pas de croque-mitaine ?

— Non merci, mais si je me réveille au beau milieu de la nuit, vous ne m'en voudrez pas si je me précipite vers vous ?

— Absolument pas.

Elle entra lentement dans sa chambre et referma la porte. Aussitôt, elle se rua vers la salle de bains pour se brosser les dents et faire un bain de bouche.

Kate n'avait pas totalement joué la comédie. Elle était vraiment fatiguée. Être une bombe sexuelle était aussi épuisant que l'acte lui-même. Elle avait grand besoin de repos avant de séduire Griffin, de le kidnapper et de l'emmener vers les eaux internationales à bord d'un yacht criblé de balles. Elle s'aspergea de lotion antimoustique, rabattit la moustiquaire sur le lit et se glissa entre les draps. Attraper la malaria ou la dengue à cause d'une piqûre de moustique ne faisait pas partie de l'opération.

Sur sa table de chevet, le réveil, un de ceux que l'on remonte chaque jour, indiquait vingt-deux heures. Elle décida de se lever à trois heures du matin. En regardant par la fenêtre, elle vit les gros yeux blancs des statues funéraires qui, au clair de lune, semblaient étinceler, une impression renforcée par le flou de la moustiquaire.

Réveillée à deux heures quarante-cinq, Kate était prête à passer à l'action. Elle sauta du lit, enfila un short sur son bikini et glissa une pince à épiler et un fin crochet de métal dans sa poche. N'existait-il pas seize façons de tuer un homme à l'aide d'une pince à épiler, d'après son père ? Quant au crochet, il lui servirait à forcer n'importe quelle serrure. Ainsi armée, elle chaussa ses baskets et quitta sa chambre à pas de loup dans l'intention de se rendre directement dans celle de Griffin. L'unique pièce qu'il avait omis de lui montrer lors de son tour du propriétaire attirait la jeune femme comme un aimant.

Kate longea le couloir vers la porte située face à la bibliothèque. Comme elle s'y attendait, elle était fermée à clé. Elle entreprit donc de crocheter la serrure, qui ne lui posa guère de problème. Ce n'était pas Fort Knox, mais elle était fière de son coup de main. Avec précaution, elle entrouvrit la porte et passa la tête à l'intérieur.

Il s'agissait d'un bloc opératoire dernier cri dont elle ne connaissait pas tous les appareils électroniques. La table d'opération, l'éclairage, le défibrillateur, les perfusions, l'oxygène et, sur les étagères, les désinfectants et autres fournitures ne laissaient planer aucun doute.

Cette étrange découverte lui rappela les vieux films de James Bond, avec ces personnages mégalomanes vivant sur une île déserte, comme *James Bond contre Dr No* et *L'Homme au pistolet d'or*, ou encore le début des *Diamants sont éternels*, lorsque James Bond se rend compte que le chef du SPECTRE a subi une opération de chirurgie esthétique dans un bloc opératoire sophistiqué installé dans une grotte.

Quoique peu crédibles à l'écran, ces films n'étaient pas si éloignés de la réalité, finalement. Il ne manquait plus que les projets de Griffin pour dominer le monde et des dents en acier pour Dumah.

Soudain, une main se referma sur son épaule. Son instinct lui dicta de plaquer son agresseur à terre, de lui fracturer un pied, de lui écraser le larynx avant de l'abandonner avec des débris de cloison nasale dans le lobe frontal du cerveau. Mais, dans un souci de crédibilité, elle poussa un cri strident d'effarouchée et fit volte-face en agitant les bras. Dumah la fixait avec une froideur digne des statues funéraires de ses ancêtres.

— Qu'est-ce que vous faites là ? lui demanda-t-il.

En regardant derrière lui, Kate vit Nick Fox dans l'embrasure de la porte de la bibliothèque. Un sourire au coin des lèvres, il brandit la mallette contenant l'ordinateur portable de Griffin. Elle hésita une fraction de seconde, puis reprit son rôle d'héritière capricieuse :

— C'est… C'est un peu gênant, bredouilla-t-elle. Je… Je cherche la chambre de Daniel.

— Elle est à l'autre bout du couloir.

— Je me suis trompée de porte… Je n'ai aucun sens de l'orientation ! À quoi sert donc cette pièce ? On dirait un cabinet médical.

— C'est au cas où quelqu'un se blesserait sérieusement.

— Vous êtes médecin ?

— Non, répondit Dumah.

Nick disparut dans le couloir, sans doute pour se diriger vers la fenêtre par laquelle il était entré. À moins qu'il n'ait eu l'audace d'emprunter la porte d'entrée. Tel qu'elle le connaissait, il en était bien capable.

— À quoi sert un hôpital sans docteur ? insista Eunice.

— Vous posez beaucoup de questions.

Trop, apparemment, songea-t-elle, mais il fallait qu'elle accorde à Nick le temps de filer avec l'ordinateur.

— Je suis curieuse de nature. Vous dites que la chambre de Daniel se trouve par là ?

Griffin apparut à son tour, vêtu d'un simple pantalon de pyjama.

— Qu'est-ce qui se passe ?

— Elle fouine un peu partout, expliqua Dumah.

— Je plaide coupable, intervint Kate. Je n'arrivais pas à dormir et… et je vous cherchais, Daniel. J'ai l'impression que je me suis égarée…

Elle se pencha vers Griffin et ajouta dans un murmure :

— J'ai chaud… Je me sens moite. Je me disais qu'un petit bain de minuit… sans maillot, bien sûr. Ensuite, vous pourriez me sécher…

— Va te coucher ! ordonna Griffin à Dumah. Je prends les choses en main.

Kate et Griffin longèrent l'étroit chemin de sable bordé d'une luxuriante végétation. Dans la pénombre, le bruit des insectes et autres reptiles dominait celui des vagues. La jeune femme était en alerte maximale. Nick n'avait probablement pas encore eu le temps de regagner le yacht et elle ne voulait surtout pas qu'il les croise, en cet instant. Il avait certainement caché le canot dans les fourrés avant de se tapir dans l'ombre pour guetter les deux baigneurs.

Griffin entraîna Kate vers la plage et, sans crier gare, ôta son bas de pyjama.

— À ton tour, lui dit-il, entièrement nu.

Oh, là, là… songea Kate. Quel genre d'homme baissait aussi facilement son pantalon ? Un goujat de la pire espèce. Que faire ? Fallait-il détourner les yeux ou l'observer sans vergogne et le complimenter sur ses attributs ? Pas question. Elle avait une décision à prendre. Devait-elle s'en tenir au plan initial ou gifler ce malotru avant de partir à la recherche de Nick et du canot ? En réalité, elle rechignait à frapper Griffin, vu son trouble manifeste. C'était un cas de figure que les instructeurs du FBI n'avaient pas envisagé lors de sa formation à Quantico.

— Eunice, tu es avec moi ? insista-t-il. Tu te déshabilles ou non ?

Kate réfléchit aux possibilités qui s'offraient à elle, les yeux baissés pour ne pas affronter ce spectacle viril. Le dilemme n'avait rien de cornélien : se mettre nue ou cogner.

— Allez, tant pis, maugréa-t-elle avant d'assener un coup de poing en pleine face à Griffin.

Griffin s'écroula dans le sable. Soudain, Kate perçut un éclair dans les arbres, derrière lui. Une roquette jaillit, frôlant la jeune femme qui sentit un souffle chaud sur sa joue. Le projectile fila sur les eaux et toucha le yacht, qui explosa avec une telle violence que la jeune femme fut projetée à terre.

Des débris enflammés se mirent à pleuvoir sur la mer et la plage. Saisie d'effroi, Kate observa la scène, folle d'angoisse pour Willie. Non, se reprit-elle. Tu n'as aucune certitude. N'y va pas. Tu n'as pas le temps d'avoir des états d'âme. Trouve le type qui a tiré et descends-le. Ensuite, tu t'occuperas de Willie.

Elle se releva, imitée par Griffin, un peu sonné et le nez en sang.

— Qui a fait ça ? demanda-t-il. Qu'est-ce qui se passe ?

Cinq hommes surgirent des arbres pour braquer Kate et Griffin de leurs armes. L'un d'eux portait un lance-roquettes à l'épaule. Ils étaient débraillés, chaussés de sandales, vêtus en haillons, couteau à la ceinture, la peau tannée, les cheveux en bataille. L'homme armé arborait des tatouages tribaux sur les bras et le visage. Il avait les traits asiatiques et le teint foncé. Une balafre lui barrait une joue.

— Maintenant, on est quittes ! déclara-t-il.

Oh non, songea Kate, les pirates…

Griffin protégea sa virilité de ses mains, comme si ses attributs avaient la moindre valeur aux yeux des pirates. Qu'ils en fassent ce que bon leur semblerait, pensa Kate, les yeux rivés sur le balafré. C'était lui qui avait fait sauter le yacht et qui avait peut-être tué Willie. C'était lui qu'elle éliminerait à la première occasion…

Chapitre 29

— Vous pensiez vraiment vous en tirer comme ça ? demanda le chef des pirates à la jeune femme. Vous nous prenez pour qui ?

Pour tout moyen de défense, Kate disposait de sa pince à épiler. Elle se retrouvait seule, en bikini et en short, face à cinq criminels armés jusqu'aux dents. Cependant, ils ne s'imaginaient certainement pas qu'elle passerait à l'offensive. Elle avait donc un avantage… le temps de quelques secondes. Elle élabora plusieurs scénarios. Elle pouvait attendre que le pirate s'approche, lui enfoncer sa pince à épiler dans la carotide, puis se servir de son corps comme bouclier pendant qu'elle lui prendrait son arme et tirerait sur les autres pirates.

— Qui êtes-vous ? s'enquit Griffin.

— Des consultants financiers, répondit le balafré en posant son lance-roquettes sur le sable. Mais vous pouvez m'appeler Bob.

Kate faillit éclater d'un rire moqueur. Bob ? C'était une plaisanterie ! Très bien, il se nommait Bob, ce qui n'empêcherait pas la jeune femme de le tuer. Il fallait simplement qu'elle décide d'une stratégie. Et si elle empoignait Bob pour lui briser la nuque d'un mouvement sec ? Elle pouvait aussi enfoncer sa pince à épiler entre deux vertèbres pour l'éteindre comme une lampe-torche. Ou alors lui dérober son couteau et le poignarder. Soyons réaliste, se dit-elle, tout ça ne fonctionne qu'au cinéma. Son père faisait sans doute des merveilles avec une pince à épiler, mais il lui faudrait au moins un tournevis pour neutraliser ce type.

Griffin se pinça le nez pour endiguer le saignement.

— Je vais me pencher et enfiler mon pantalon, annonça-t-il.

— Oh non ! répliqua Bob. Vous allez rester nu comme un ver pour que les autres puissent se moquer de vous !

— Je préfère encore être abattu sur place, insista Griffin.

Sur ces mots, il se pencha et remonta son pyjama. Bob posa le canon d'un pistolet sur sa tempe.

— Qu'est-ce qui vous porte à croire que je ne vais pas accéder à votre demande ?

— Un cadavre ne vous rapportera pas de rançon.

Bob sourit.

— Je vois que vous comprenez mes méthodes de gestion financière.

Un sixième pirate apparut, traînant Willie dans son sillage. Kate retint son souffle, tiraillée entre les larmes de soulagement et son envie de frapper Bob pour défouler sa rage. Elle se ressaisit et parvint à ne faire ni l'un ni l'autre.

— On l'a trouvée en abordant votre yacht. Quelle déception, soit dit en passant ! déclara Bob à Kate.

Pas de bijoux, pas d'argent, pas de caisses de champagne, pas de caviar. Pour une riche héritière en goguette, vous ne connaissez pas grand-chose à la vie.

— Je sais au moins une chose : vous êtes une ordure ! rétorqua-t-elle, jouant son rôle avec conviction. Et Sam ? Il n'était pas à bord ? Avez-vous la moindre idée de la difficulté à trouver un second qui sache cuisiner ?

— C'est vrai, je suis une ordure, concéda Bob. En revanche, je tue rarement les domestiques, alors que je n'hésite pas à descendre leurs patrons. Votre second est en vie. Il n'était pas présent à bord, mais il se trouve quelque part sur l'île, c'est une certitude. On ne lui fera aucun mal à moins qu'il ne cherche la bagarre.

Pas de problème, songea Kate. Nick ne chercherait pas la bagarre. Nick embobinerait Bob qui finirait par lui donner jusqu'à ses dents en or.

— Je ne les ai pas entendus aborder, souffla Willie à Kate. Je n'ai compris qu'il y avait quelqu'un que lorsque l'un d'entre eux a surgi dans mon dos et m'a posé un couteau sous la gorge.

Quatre complices de Bob arrivèrent sur la plage, menaçant de leurs armes Dumah, le cuisinier et sa femme, ainsi que le personnel de maison, des Torajas visiblement abasourdis. Bob s'adressa à eux en indonésien, sur le ton d'un vendeur de voitures voulant conclure une vente, et non celui d'un pirate hostile. Dumah hocha la tête, dit quelques mots aux employés. Tous tournèrent les talons et s'éloignèrent comme s'il n'y avait plus rien à voir.

— Qu'est-ce qui se passe ? s'enquit Griffin, intrigué. Où vont-ils ?

— Je viens de dire aux villageois que je ne leur voulais aucun mal et qu'ils étaient libres de vaquer à leurs occupations. S'ils n'essaient pas d'intervenir dans notre transaction financière, ils ne remarqueront même pas notre présence.

Kate n'en fut guère étonnée. Ces gens aimaient leur île et ne se sentaient pas redevables envers le riche étranger qui l'occupait. Griffin le comprit également. Il accepta ces explications avec un hochement de tête.

— Qu'avez-vous dit à Dumah ?

— Je lui ai demandé jusqu'où allait sa loyauté envers son patron. Il m'a répondu qu'il n'en avait aucune. Alors je lui ai donné votre yacht en lui souhaitant d'être heureux. C'est un Bugis, un mercenaire, comme moi. Il sait qu'il ne faut pas nous trahir, car nous le retrouverions pour l'exécuter, ainsi que tous les membres de sa famille.

— Mais moi, il veut bien me trahir ? demanda Griffin. Cela ne lui pose aucun problème ?

— Non, pas vraiment, répondit Bob.

— Il n'a pas peur que je m'en prenne à lui pour m'avoir volé mon yacht ?

Bob éclata de rire. Il adressa quelques mots en indonésien aux autres, qui s'esclaffèrent à leur tour.

— Vous ne connaissez vraiment rien de notre peuple ou de ce pays, dit Bob à Griffin. Et vous nous prenez pour des imbéciles. Vous croyez vraiment que nous n'avons pas deviné que vous vous cachez de quelqu'un ou de quelque chose ?

Griffin évita le regard de Kate.

— Allez, Bob, on ne va pas rester sur la plage toute la nuit ! Et si on rentrait pour commencer les négociations ?

Bob ordonna à deux de ses hommes d'emmener Willie dans la grotte qui servait de tombeau aux Torajas, là où ils allaient se recueillir, et de veiller à ce qu'elle ne puisse pas s'en échapper. Les Torajas étaient rentrés chez eux pour dormir. Le cuisinier balinais et sa femme furent envoyés dans la cuisine pour préparer un petit déjeuner pour Bob et ses hommes. Plusieurs d'entre eux furent chargés de surveiller le couple pour les empêcher d'empoisonner les plats. Quant à Kate et Griffin, ils furent escortés *manu militari* vers la maison.

— C'était joli, chez vous, commenta Bob, dans le hall d'entrée, en insistant sur le passé. Où est votre téléphone satellite ?

Griffin désigna le couloir.

— Dans la bibliothèque.

Bob entra le premier, suivi de Kate et Griffin, puis des pirates. Kate répétait son rôle en pensée, prête à affirmer qu'elle ne savait rien de l'ordinateur portable disparu. C'est alors qu'elle se rendit compte que la mallette était de retour sur la table, à côté du téléphone. Nick avait dû se faufiler dans la pièce pour remettre l'ordinateur en place… du moins la mallette.

Bob lança le téléphone à la jeune femme.

— Tu as droit à un appel, princesse. Choisis bien. Il vaut mieux que ce soit quelqu'un pour qui ta vie a de la valeur, quelqu'un de très riche. Dis à cette personne que je veux trois millions de dollars dans trois jours, sinon tu mourras.

Kate composa le numéro et tomba sur la boîte vocale de son père, qui se contentait de confirmer le numéro, sans préciser son nom.

— Papa, c'est moi… Eunice. J'ai été enlevée par des pirates et c'est bien moins rigolo qu'on pourrait le croire. Ils veulent de l'argent. Trois millions de dollars dans trois jours, sinon ils me tueront.

Bob lui prit l'appareil :

— Vous livrerez la rançon en dollars dans une mallette étanche et qui flotte, que vous larguerez dans la mer, depuis un avion, à un endroit bien précis, dont voici la longitude et la latitude. (Bob énonça les coordonnées.) Vous y verrez un bateau. Si jamais je trouve un système de pistage ou bien si vous êtes suivi, je donnerai votre fille aux requins. (Il coupa l'appel.) J'espère que ton père consulte régulièrement ses messages.

— Ce n'est pas ton problème, répondit-elle. Demande-toi plutôt quel genre d'homme confie un lance-roquettes à sa fille et ce qu'il risque de faire à quiconque s'en prend à elle.

— Oh, là, là, je tremble de peur ! railla Bob. Vous deux, emmenez-la dans la grotte !

Kate fut extraite sans ménagement de la bibliothèque. Sous la menace d'une arme, elle longea le couloir puis sortit de la maison. Elle foula la pelouse, passant devant les huttes des autochtones, avant d'emprunter un chemin qui serpentait vers l'entrée de la grotte. L'un des gardes poussa Kate à l'intérieur et lui fit signe d'avancer.

— Vas-y, dit-il.

La jeune femme s'engagea dans un passage étroit et sinueux creusé dans la roche et se dirigea vers une lueur vacillante. Au détour d'un virage, elle émergea dans une grotte spacieuse, haute d'environ sept mètres au maximum, et illuminée par des chandelles. Les parois étaient alvéolées tel un nid d'abeilles pour accueillir les sépultures. Les cercueils étaient grossiers, décomposés pour certains, et les ossements se déversaient sur des autels. Devant ceux-ci étaient déposées des offrandes : vêtements, bijoux, cannes, corbeilles contenant billets et pièces de monnaie. Le tout sous la surveillance d'effigies en bois figurant les défunts.

En entrant, Kate trouva Nick et Willie assis sur une saillie rocheuse, dans la pénombre. Dans cette atmosphère humide et oppressante, ils étaient en nage. Ils étaient en train de déguster des toasts et du caviar disposés dans un plat en argent, sur une caisse en bois.

En la voyant, Nick sourit.

— Assieds-toi et viens manger un peu de caviar, lui proposa-t-il. Je l'ai confisqué dans la maison quand j'ai rapporté l'ordinateur. J'ai aussi pris ceci, histoire de fêter l'événement.

Il désigna trois timbales en inox et une carafe contenant un liquide ambré qu'il posa sur la caisse.

— C'est du Balvenie Fifty, un whisky single malt écossais de cinquante ans d'âge. Il a vieilli dans un fût de chêne scellé pendant un demi-siècle. Seules quatre-vingt-huit bouteilles ont été produites, et elles valent chacune environ trente-cinq mille dollars.

Il remplit trois gobelets.

— Comment es-tu entré ici ? lui demanda Kate.

— Par la porte de service. S'il est facile d'entrer, il est impossible de sortir sans échelle.

Kate s'assit à côté de lui.

— Qu'est-ce qu'on arrose ?

— Notre formidable coup de chance, répondit Nick. Tout se déroule au mieux pour nous.

— Ton yacht vient d'exploser, on n'a ni Derek Griffin, ni son magot, et on est prisonniers dans un mausolée toraja sur une île perdue, sous le contrôle d'une dizaine de pirates armés.

Nick but une gorgée de whisky et hocha la tête d'un air approbateur.

— Quand on s'échappera, Griffin va nous supplier de l'emmener avec nous.

— Ravie d'apprendre que, selon toi, on va s'échapper, intervint Willie. C'est une partie de la grande aventure que je n'avais pas prévue.

Elle avala son whisky d'une traite et retint son souffle en sentant l'alcool lui brûler la gorge.

— Ouah !

Kate goûta à son tour le précieux breuvage et savoura les notes de chêne, de tourbe et de miel façonnées dans un fût depuis la présidence de John Fitzgerald Kennedy. Jamais elle n'avait bu de meilleur whisky et cette expérience ne se renouvellerait sans doute pas de sitôt. Elle espérait seulement que ce ne serait pas son ultime verre de whisky.

— Que s'est-il passé dans la maison de Griffin ? s'enquit Nick.

— Bob m'a posé un pistolet sur la tempe et m'a tendu le téléphone satellite. J'ai appelé mon père et je lui ai laissé un message sur son répondeur, une demande de rançon de trois millions, à larguer dans la mer en échange de ma vie. Je ne sais pas quel sort vous est réservé, le cas échéant, mais je crains le pire.

— En réalité, tu as appelé l'entreprise internationale pour laquelle vous travaillez tous les deux, c'est ça ? intervint Willie. Et ils vont envoyer une équipe de choc pour nous sauver, non ?

— Non, j'ai vraiment appelé mon père, répondit Kate.

— Il a trois millions de dollars ?

Kate secoua négativement la tête.

— On est seuls, sur ce coup-là.

Willie se servit une nouvelle rasade de whisky.

— J'espère que tu sais ce que tu fais, dit-elle à Nick. Pas question que je me présente au paradis avec cet affreux short que tu m'as obligée à mettre.

— Et Griffin ? demanda Nick à Kate.

— Je suppose qu'il négocie sa propre rançon puisqu'il n'a personne à appeler à l'aide, répondit la jeune femme.

— C'est parfait pour nos affaires, ça, reprit Nick. Il va devoir accéder à son compte sur son ordinateur pour effectuer un virement sur le compte de Bob ou bien demander un retrait en espèces et se le faire livrer. Il restera des traces numériques de l'opération sur le disque dur que l'on récupérera ensuite.

— À condition de remettre la main sur l'ordinateur.

— On y arrivera, assura-t-il.

— Et à condition que tu aies raison, pour le mot de passe.

— C'est le cas.

— Pourquoi es-tu certain que c'est « Sikander » ou « Sikandergul » ?

— Parce que Daniel Dravot est le nom d'un personnage de *L'homme qui voulut être roi*, de Rudyard Kipling. Et à cause de l'extrait du roman que Griffin a inscrit au-dessus de ces cornes de buffles, à l'entrée de sa maison.

— J'ignorais que tu étais un lecteur fervent, commenta Kate.

— Je n'ai pas lu le livre, mais j'ai adoré le film, avoua Nick. Sean Connery et Michael Caine en sont les vedettes. Ils incarnent deux escrocs du XIXe siècle, deux mercenaires, Daniel Dravot et Peachy Carnehan, qui complotent pour devenir les rois d'une province inexplorée d'Afghanistan en enseignant à son peuple les stratégies modernes de guerre. Leur projet est de les mener à la victoire sur leurs adversaires. Une fois la tribu en position dominante, les deux hommes comptent renverser le roi, lui prendre son trône et régner sur la dynastie qu'ils ont créée.

— Je ne comprends pas, dit Willie. Quel est le rapport avec Derek Griffin ?

— Dès les premiers affrontements, Daniel Dravot reçoit une flèche dans la poitrine mais ne saigne pas car il a sous sa chemise une cartouchière qui fait office de bouclier. Les membres de la tribu le prennent pour un dieu et font de lui leur souverain. Ils lui remettent de l'or et des bijoux qu'Alexandre le Grand, qu'ils appellent Sikander, a laissés dans une ville sacrée du nom de Sikandergul, des siècles plus tôt. Le problème, c'est que Daniel se prend au jeu. Son complice Peachy veut filer avec le trésor, mais Dravot préfère rester, profiter de sa vie de dieu et faire de la fille d'un des chefs de tribu sa maîtresse. Au moment où il veut la fille, elle s'affole et lui mord la lèvre jusqu'au sang, révélant à tous qu'il n'a rien d'un dieu.

— Ni Dieu, ni démon, simplement humain, déclama Kate, citant les mots inscrits à l'entrée de la maison de Griffin.

— Pour Dravot, c'est la tuile, reprit Nick. Les habitants se sentent floués. Ils poussent l'escroc sur un pont de cordes, au-dessus d'un ravin, puis coupent les cordes. Dravot tombe dans le vide et meurt. Peachy est torturé, puis il parvient à regagner la civilisation, portant la tête tranchée de Dravot dans un sac.

— Cette histoire est pleine d'enseignements, commenta Kate.

— Elle m'a au moins appris le mot de passe de Griffin, répondit Nick.

— Moi, je suis paumée, avoua Willie.

— Griffin se reconnaît en Daniel Dravot et son destin tragique, expliqua Kate. Il est lui aussi un roi à la tête d'une immense fortune, coincé au milieu de nulle part avec des autochtones.

— Ah ! fit Willie, et comme Dravot, son désir pour une femme l'aura entraîné à sa perte. Il me fait presque pitié, le pauvre.

— Tu ne devrais pas t'apitoyer sur lui, dit Kate. C'est un escroc et il dort dans son lit douillet pendant que, nous, on est entourés de cadavres.

— Cela ne va pas durer, assura Nick. D'ici vingt-quatre heures, nous serons à bord d'un avion, au-dessus de l'océan Indien, avec Derek Griffin et son argent. Il ne nous reste qu'à trouver un moyen de nous échapper.

Ce devrait être chose facile pour un homme ayant réussi à sortir de prison en persuadant le directeur adjoint du FBI, non seulement de le laisser partir, mais également de lui permettre de continuer ses malversations, avec son aide, de surcroît. En comparaison, quitter une île infestée de pirates au cœur de l'Indonésie était un jeu d'enfant.

— Pas de problème, assura Kate. Passe-moi le caviar.

Chapitre 30

Au cours de son entraînement au sein des équipes d'intervention de la marine américaine, Kate avait appris à s'adapter aux situations délicates, à récupérer dans à peu près n'importe quel environnement, dans les conditions les plus extrêmes, que ce soit sur la banquise ou en plein désert. Passer la nuit dans une grotte humide ne lui faisait donc pas peur.

Willie vivait pleinement sa grande aventure avec un grand A et était prête à tout. Après six semaines de prison, elle tiendrait sans doute le coup. Prise d'une frénésie destructrice, elle arrachait des morceaux de tissu des autels pour se façonner un oreiller.

Kate soupçonnait qu'il n'en serait pas de même pour Nick Fox, qui appréciait son confort et séjournait toujours dans les établissements les plus raffinés. À sa grande surprise, il s'allongea à même la pierre, les mains derrière la tête, et s'endormit comme s'il se prélassait sur une chaise longue, dans leur villa de Bali. Il faut rendre à César ce qui appartient à César, songea Kate : ce type a une capacité d'adaptation hors norme.

Au contraire de ses complices, Kate n'était pas prête à sombrer dans le sommeil. Elle avait envie d'explorer la grotte et de jauger les gardes qui surveillaient les lieux. Elle revint donc sur ses pas et vit deux Javanais, arme en bandoulière, qui tournaient le dos à l'entrée. Ils admiraient la vue en fumant un kretek, cigarette indonésienne au clou de girofle qui crépitait chaque fois que ces hommes inhalaient la fumée.

— Coucou ! fit la jeune femme. Je peux en fumer une, moi aussi ?

Les deux hommes se redressèrent comme s'ils avaient reçu une décharge électrique. Le premier jura en indonésien et repoussa Kate à l'intérieur en brandissant un index accusateur.

— Ne va pas là ! C'est très mal !

Kate sourit intérieurement. Ces types étaient paresseux et mal formés. De plus, ils étaient persuadés qu'un fusil et un couteau leur suffisaient pour maîtriser leurs prisonniers. Quel amateurisme ! C'était une bonne chose pour elle et une mauvaise nouvelle pour eux.

Au petit matin, Kate et Willie furent emmenées à la villa. Assises sur la pelouse, elles mangèrent des galettes de riz et des fruits que leur servirent le cuisinier et sa femme, qui semblaient épuisés. Bob apparut, affublé de vêtements appartenant à Griffin et coiffé d'un panama. Manifestement, il cherchait à ridiculiser le maître des lieux, qui se tenait sur la terrasse, la mine renfrognée. Les pirates affluèrent, amusés par cette caricature, mais moins que Bob lui-même, qui était tout sourires.

— Tu es bien installé, dit-il à Griffin. Cependant, il te manque une chose pour que cet endroit soit vraiment un paradis. Tu sais ce que c'est ?

— Ton absence ? railla Griffin.

— Des femmes ! Tu n'es certainement pas venu ici pour construire un monastère. Peut-être attendais-tu qu'une créature de rêve vienne miraculeusement s'échouer sur la plage… (Il s'approcha de Kate.) C'est elle ?

— Laisse-la tranquille ! ordonna Griffin.

Bob l'ignora et se tourna vers la jeune femme :

— Supposons que ton père ne verse pas la rançon… Resterais-tu dans ce paradis si cet imbécile payait pour t'avoir ? (Il se tourna vers Griffin.) Qu'est-ce que tu en dis, Daniel ? Tu serais disposé à me l'acheter ?

— Je ne suis pas à vendre ! protesta Kate.

— Bien sûr que si, insista Bob. Tu n'accepterais de te marier qu'avec un homme riche qui soit en mesure de te procurer tout ce que tu veux. Or notre cher Daniel est plein aux as ! Enfin, pas autant qu'il l'était avant mon arrivée.

— Ça suffit, Bob ! s'exclama Griffin.

— De quel droit tu me donnes des ordres ? rétorqua Bob.

— J'ai signé un bail de cinquante ans pour habiter cette île privée. Je ne suis pas un touriste de passage. Si son père paie, Eunice s'en ira. Moi, quand j'aurai payé, je serai toujours là et tu auras affaire à moi.

— Sauf si je te tue.

— Au risque de contrarier les autorités indonésiennes qui seront privées de généreux pots-de-vin ? Et eux ?

Griffin désigna les villageois qui assistaient à la scène devant leurs huttes.

— Avant mon arrivée, reprit-il, leur peuple dépérissait. D'après toi, qui paie le loyer des appartements où vivent leurs familles, à Sulawesi ? Si tu me tues, ces gens devront revenir ici, ce qui ne leur fera pas plaisir.

— Tu crois me faire peur ?

— Tu devrais avoir peur, pourtant, rétorqua Griffin.

Ce type était un redoutable homme d'affaires, songea Kate. Implacable et intelligent.

Les Torajas récoltaient le sel selon une méthode ancestrale très simple. D'abord, ils versaient des seaux d'eau de mer sur des étendues de sable, en plein soleil. Plus tard, la fine couche de sable sèche et chargée de sel était placée dans des paniers que les femmes transportaient sur leur tête vers des huttes contenant des tamis en bois. Elles versaient ensuite de l'eau de mer pour dissoudre le sel qui tombait dans des conduits en bois menant à des récipients. Une fois l'eau évaporée, le sel restant était prélevé à l'aide de noix de coco évidées et stocké dans des paniers.

Si la tribu conservait une petite quantité de sel pour son usage, elle vendait la majeure partie de sa production à des grossistes. Le sel ne rapportait pas beaucoup d'argent, mais c'était un apport régulier qui complétait le salaire que Griffin leur versait. Et surtout, c'était une tradition à laquelle ils refusaient de renoncer pour faire le ménage chez leur patron.

— Je ne voudrais pas que vous vous ennuyiez au point de tenter de vous évader, dit Bob à Griffin, Willie et Kate. Je vais donc vous laisser travailler au salant.

Griffin passa donc le reste de la journée à porter des seaux d'eau de mer vers la parcelle qu'on lui avait attribuée, tandis que Kate et Willie raclaient des couches de sable sec et salé qu'elles déversaient ensuite sur un tamis, dans une hutte. Naturellement, Kate joua les enfants gâtées. Elle ne cessa de se plaindre et abandonna même son poste à plusieurs reprises pour se reposer à l'ombre. En réalité, elle essayait de dénombrer les pirates et de déterminer s'ils étaient bien armés. Ils semblaient être une bonne dizaine, en dehors de ceux qui se trouvaient à bord du navire de Bob, ancré au large, de l'autre côté de l'île. Pas moyen d'en savoir davantage sur eux. Tous ces hommes disposaient d'armes automatiques et de couteaux et aucun n'avait l'air particulièrement futé.

En fin d'après-midi, Griffin, Willie et Kate se virent offrir du riz, du poisson séché et des fruits, qu'ils mangèrent dehors, en silence. Ensuite, les deux femmes durent regagner la grotte tandis que Derek demeurait dans sa villa.

Nick les attendait dans la vaste salle funéraire. Il avait disposé à leur intention du whisky et des fruits sur une pierre plate, à la lueur d'une chandelle.

— Bienvenue à la maison, railla-t-il.

Kate se servit un whisky.

— Les pirates sont à ta recherche dans les moindres recoins de l'île, annonça-t-elle.

— Ils ne se donnent pas beaucoup de mal, et je les comprends. Il n'existe que deux moyens de quitter cette île : le bateau qu'ils utilisent pour regagner leur schooner ou l'hydravion. Ils partent du principe qu'aucun d'entre nous ne sait le piloter. Pendant que vous vous prélassiez à la plage, toutes les deux, j'ai exploré le terrain.

— Combien d'hommes surveillent le ponton ?

— Aucun. Et je n'en ai vu que deux sur le schooner. Sur terre, ils sont une dizaine.

— C'est aussi mon avis.

— J'ai un plan, reprit Nick.

— Le mien est meilleur, objecta Kate en buvant une gorgée de whisky.

— Tu ignores encore ce que je compte faire.

— Je n'ai pas besoin de le savoir. Tu es un escroc et moi un soldat aguerri. Cette évasion est une véritable opération militaire, et ça, c'est ma spécialité. Il faut agir à deux heures du matin en neutralisant les deux gardes. Willie se dirigera vers l'hydravion et le préparera au décollage pendant que j'irai chercher Griffin et que tu déroberas l'ordinateur. À moins qu'il ne soit trop risqué de prendre l'ordinateur. C'est un bonus, pas une obligation. On aura Griffin et ses mots de passe. Et si on n'arrive pas à trouver dans quelle banque il a placé son magot, Diego de Boriga obtiendra l'information de Burnside. Il nous suffit de faire monter Griffin dans l'hydravion. (Elle se tourna vers Willie.) Tu peux le piloter ?

— Bien sûr, répondit-elle. Un avion, c'est un avion.

— Celui-ci décolle et amerrit sur l'eau.

— Je ferai comme si c'était une piste, fit Willie en haussant les épaules.

— Ça ne me rassure pas vraiment, avoua Kate.

Ils burent tous une dose de whisky.

— Bon, reprit Kate, je me sens mieux, maintenant.

— En fait, ton plan est semblable au mien, à une différence près, une différence de taille, déclara Nick. C'est moi qui irai chercher Griffin pendant que tu subtiliseras l'ordinateur. Le spectacle n'est pas terminé. Il faut voir à long terme. Si tu veux que Griffin nous suive de son plein gré, nous devons continuer à jouer nos personnages. Eunice Huffnagle ne dirigerait jamais une évasion, contrairement au type que son père a engagé pour la protéger.

— Tu as raison, admit Kate. D'accord, on échange.

— Il faudra aussi détourner l'attention des pirates pendant ce temps.

— J'ai tout prévu, dit-elle.

— Dans ce cas, conclut Nick avec un sourire, c'est parti !

Chapitre 31

À deux heures du matin, lorsque Kate les réveilla, la première chose que virent Nick et Willie fut deux pirates inconscients, en sous-vêtements, allongés côte à côte à même le sol, ligotés et bâillonnés à l'aide de lambeaux de tissu arrachés à des sépultures. Une Kalachnikov AK-47 à l'épaule, une autre posée à côté d'elle, Kate montait la garde.

— Tu les as assommés toute seule ? s'enquit Willie.

— Je ne voulais pas vous réveiller, répondit-elle en lui tendant une arme. Tiens, tu risques d'en avoir besoin.

Willie observa l'objet avec attention.

— Je suis plutôt fusil de chasse et chevrotine. Montre-moi un peu comment ça marche.

— C'est facile. Voici le cran de sûreté et le sélecteur de tir, pour le semi-automatique. Comme tu le vois, elle a une crosse de pistolet. Il suffit de viser et de tirer. Tu as trente cartouches.

— Oublie ce qu'elle vient de te dire, intervint Nick. Tu n'as pas besoin de ces détails.

— Bien sûr que si, si elle porte une arme ! protesta Kate.

— Prends-la, mais ne t'en sers pas, poursuivit Nick. Quand on tire sur les gens, ils ripostent, en général.

— Et si les pirates me tirent dessus ? demanda Willie.

— Tu te baisses et tu files, répondit Nick.

— Et si je suis acculée ?

— Rends-toi. Porter une arme est le meilleur moyen de se faire tirer dessus, c'est pourquoi je ne suis généralement pas armé.

Lorsqu'il voulut prendre l'arme de Kate, elle repoussa sa main.

— Eunice Huffnagle ne porterait pas un fusil d'assaut, insista-t-il.

— Génial ! fit Kate en levant les yeux au ciel. Prends-le. Je n'en ai pas besoin, de toute façon.

Ils longèrent l'étroit passage menant à l'entrée de la grotte. Nick sourit en voyant deux statues affublées des vêtements des deux pirates. De loin, et dans la pénombre, on pouvait les prendre aisément pour les gardes.

— Joli, dit-il à Kate. Je suppose que c'est ton œuvre ?

— J'ai essayé de faire fumer l'une d'elles, en vain. La cigarette s'éteignait sans cesse.

Kate observa la propriété, en contrebas. Deux pirates armés patrouillaient autour de la maison, mais ils semblaient être seuls.

— Tout le monde dort. Personne ne s'attend à ce qu'il y ait un problème, fit Kate à Willie. Tu devrais atteindre l'hydravion sans difficulté. Sois prudente !

Willie disparut dans l'obscurité tandis que Nick et Kate se dirigeaient vers la villa à pas de loup. Derrière la bâtisse, les deux gardes bavardaient et riaient. Nick désigna la terrasse de la chambre d'amis. Sans hésiter, ils s'y rendirent en traversant vivement la pelouse. Kate parvint à ouvrir une fenêtre. Dès qu'ils se furent glissés à l'intérieur, Nick referma la fenêtre. Ils gagnèrent furtivement le couloir.

— Bon, souffla Kate, tu prends Griffin et je m'occupe de l'ordinateur.

Elle le suivit des yeux jusqu'à ce qu'il disparaisse, puis elle longea le couloir vers la bibliothèque. Par la porte ouverte, elle vit l'ordinateur, sur la table. Hélas, Bob le balafré était assoupi dans un fauteuil, juste à côté, et il n'était pas seul. Trois autres pirates dormaient dans la pièce, deux sur une chaise et un par terre. Tous ronflaient comme des sonneurs.

Ça ne va pas être possible, songea-t-elle en renonçant à prendre l'ordinateur. C'était toujours une tâche de moins à accomplir. Elle se rendit donc dans le bloc opératoire, situé juste en face. En refermant la porte, elle se retrouva dans le noir complet, mais elle avait pris ses précautions. Elle frotta une allumette et alluma la bougie qu'elle avait apportée, puis elle la posa sur la table d'opération. Grâce à la lueur vacillante de la flamme, elle détacha le réservoir d'oxygène. Elle l'emporta à l'extrémité de la pièce et l'enveloppa de plusieurs serviettes qu'elle imbiba de teinture d'iode et d'alcool. Enfin, elle ouvrit légèrement la valve afin qu'un peu d'oxygène s'échappe et forma une traînée de teinture d'iode et d'alcool entre le réservoir et la table d'opération. Elle allait mettre le feu à sa bombe artisanale quand elle entendit une certaine agitation dans le couloir.

Elle reconnut la voix de Bob, qui paraissait furieux. D'autres voix s'élevèrent, ainsi que des bruits de pas, des cris en indonésien. Kate souffla sa bougie et dressa l'oreille. Les pirates poussaient d'autres personnes dans sa direction. Enfin, elle perçut la voix de Nick.

— Comment pouvais-je savoir que vous vouliez rester ? demanda-t-il.

— Je vis ici, imbécile ! rétorqua Griffin. J'ai déjà payé ma rançon. J'attends simplement que vous partiez.

— Si vous n'aviez pas donné l'alerte, on serait déjà en route, reprit Nick. C'est Eunice qui tenait à ce que je vienne vous chercher.

— Mon nouveau meilleur ami la joue finement, intervint Bob. Sa rançon était un acompte pour que je le protège à l'avenir contre des gens comme moi.

— Votre évasion aurait pu mettre cet arrangement en péril, dit Griffin.

Kate secoua la tête. C'était bien sa veine… Elle avait sous-estimé la possibilité que Griffin retourne sa veste, qu'il conclue un accord selon lequel il aurait plus intérêt à rester qu'à fuir avec eux.

Bob donna un ordre à ses hommes, qui se dispersèrent. Ce n'était sans doute pas bon signe. Et s'ils voulaient éviter d'éclabousser les murs de sang lorsqu'ils abattraient Nick ? C'était le moment de créer une diversion en faisant sauter le bloc opératoire.

Elle cassa la bougie en deux afin qu'il n'en reste que quelques centimètres et l'alluma, puis elle la posa par terre, à l'extrémité de la traînée de liquide.

Elle avait environ cinq minutes pour agir avant l'explosion.

Sur le chemin, Willie émergea de la forêt pour se retrouver sur la plage. Cachée dans les fourrés, elle s'arrêta pour voir s'il y avait quelqu'un sur le sable ou le ponton. Elle scruta également le schooner qui avait jeté l'ancre dans la crique. L'hydravion et le hors-bord se balançaient doucement sur les eaux, heurtant de temps à autre le bois du ponton qui grinçait.

Willie se redressa, serra son AK-47 contre elle et courut sur le sable en direction de son objectif. Elle bondit dans le hors-bord, posa son arme sur le sol et arracha une poignée de câbles, sous le tableau de bord. Ainsi, ils ne pourront pas nous poursuivre, songea-t-elle. En se retournant, elle étouffa un cri d'effroi. Un homme tout en noir se tenait à la poupe du bateau. La peinture sombre dont il avait badigeonné son visage ridé lui faisait des yeux immenses et terrifiants, d'un blanc surnaturel. Et il pointait un fusil d'assaut sur elle.

En quittant la chambre d'amis, Kate fit le plus de bruit possible. D'abord, elle jeta sa valise au-dehors, puis sauta à terre. Elle s'affaira quelques instants, se disant que ces pirates étaient les pires ravisseurs du monde. Quand ils surgirent enfin, arme au poing, elle portait sa valise. Elle fit mine d'être surprise et fut vite escortée vers l'avant de la maison. Elle espérait être bien placée au moment de l'explosion du bloc opératoire.

Sur la pelouse où ils avaient pris le petit déjeuner, Nick était debout dos à la mer. À côté de lui, Bob tenait son arme avec une certaine nonchalance, comme s'il assistait à une attraction dans un parc. Les Torajas semblaient intrigués, mais détachés de ce remue-ménage. Ils savaient que cette histoire ne les concernait pas, qu'ils n'étaient que des observateurs, comme les statues en bois de leurs ancêtres, sur la montagne. Elles étaient déjà là avant les événements qui se déroulaient et seraient toujours présentes après, et pour longtemps.

Nick secoua la tête d'un air incrédule :

— Vous êtes retournée chercher vos bagages ?

— C'est une valise de grande marque. Et je ne pouvais pas porter les mêmes vêtements pendant trois jours, quand même !

Griffin espérait qu'elle ne porterait rien du tout. Il voulait à présent qu'elle meure. Si le père d'Eunice payait la rançon et si elle était libérée, son père et le gouvernement américain exerceraient des pressions énormes sur les autorités indonésiennes afin qu'elles enquêtent sur l'enlèvement. Et les Indonésiens obéiraient, car ce genre de scandale était très mauvais pour le tourisme. Les touristes fortunés emporteraient leurs dollars et leurs investissements dans ses stations balnéaires vers d'autres îles tropicales. Les choses pouvaient donc prendre une mauvaise tournure pour Griffin. Si les États-Unis n'avaient pas d'accord d'extradition avec l'Indonésie, les autorités locales pouvaient cependant l'arrêter, lui imposer un simulacre de procès, puis le jeter dans une de leurs prisons impitoyables alors qu'il n'avait rien à voir avec ce crime. Il serait sacrifié sur l'autel du tourisme.

Il n'existait qu'une seule issue : payer la rançon lui-même et faire en sorte que Bob élimine Eunice et son équipage. Bob serait très riche et Griffin pourrait conserver son île tout en se garantissant une protection à long terme.

— Il faut qu'on parle, dit Griffin à Bob.

— On parlera quand j'aurai descendu ce type, répondit le pirate en désignant Nick de son arme.

— Pointer une arme sur quelqu'un est très impoli, protesta ce dernier.

Sans crier gare, il saisit le canon de l'AK-47, pivota et frappa Bob dans le ventre en l'entraînant dans son élan. Il lui assena ensuite un coup de coude dans la gorge et s'empara enfin de la Kalachnikov. Pour faire bonne mesure, il enfonça la crosse dans le ventre de Bob, qui s'écroula. Nick le mit en joue. La manœuvre n'avait duré que quelques secondes.

Kate était sans doute la plus étonnée de tous. Elle qui croyait tout savoir de Nick Fox… Elle l'ignorait capable d'un tel geste.

Les deux gardes qui se trouvaient derrière elle posèrent leurs canons sur sa tête, tandis que les autres pirates mettaient la jeune femme et Nick en joue.

— Il doit y avoir un malentendu, gémit Bob, plié en deux de douleur, le souffle coupé. Je te donne cinq secondes pour lâcher mon arme ou la fille mourra.

— Si elle meurt, tu mourras aussi.

— Tu crois qu'ils s'en soucient ? rétorqua Bob. Ce qui compte, pour eux, c'est la rançon. Tu peux la sauver, mais tu es un homme mort quoi qu'il arrive.

C'est à cet instant que la maison explosa en un véritable feu d'artifice de débris enflammés qui volèrent de toutes parts, provoquant la panique chez les Torajas et les pirates. Kate profita de la diversion pour assommer les deux gardes qui la menaçaient. Elle s'empara d'une de leurs armes et la pointa sur Griffin.

— Prenez ma valise et filez vers l'hydravion ! lui ordonna-t-elle.

— On n'y arrivera jamais, répliqua-t-il.

— Vous avez le choix : crever ici ou courir. À vous de voir. Vous avez une seconde.

— Il a moins que ça, intervint Nick en prenant la valise, avant de coller l'arme de Bob dans le dos de Griffin. Courez !

Ils se précipitèrent vers la crique sous le feu nourri des pirates qui tiraient à l'aveugle, dans le noir. Les balles détruisirent les feuillages, criblèrent le sol autour du trio. Griffin trébucha, mais Nick le prit par le bras pour l'empêcher de s'arrêter.

— Il faut se mettre à l'abri ! cria-t-il.

— On va se faire descendre ! répondit Kate. Partez en avant, en espérant que Willie soit prête à décoller. Moi, je reste en retrait pour les retenir le plus longtemps possible.

— L'ordinateur est bien dans ta valise ? demanda Nick à la jeune femme.

— Oui. Allez, vas-y !

Il lui remit la valise :

— Non, vas-y, toi !

— Pas question.

— Vous êtes complètement cinglés, tous les deux, lança Griffin. Je prends la valise et vous assurez tous les deux mes arrières.

— C'est une idée, admit Kate en lui tendant son précieux chargement. Courez jusqu'à l'hydravion sans regarder en arrière.

Griffin fila sans demander son reste. Nick attira Kate vers lui et l'embrassa à pleine bouche tandis que ses mains erraient sur ses seins et ses hanches.

— Je ne voulais pas mourir sans avoir fait ça, au cas où on ne s'en tirerait pas… souffla-t-il, hors d'haleine. Et pour maintenir la paix dans le monde, je suggère qu'on oublie tout de ce baiser et de ces caresses si on s'en sort.

Kate doutait fortement de pouvoir oublier ce baiser étourdissant. Dès qu'elle serait descendue de son petit nuage, elle devrait réfléchir sérieusement à la question, car elle ressentait des émotions qu'elle n'était pas censée ressentir… du moins pas dans les bras de Nick Fox.

Elle se posta de l'autre côté de la piste pour que Nick et elle puissent effectuer des tirs croisés sur les pirates. Soudain, Griffin réapparut. En proie à la panique, il courut vers Kate.

— Au secours !

— Tirez ! hurla une voix derrière Griffin.

Une grenade vola au-dessus de sa tête.

Nick, Kate et Griffin se couchèrent à terre. Très vite, une explosion mit fin au feu des pirates. En levant la tête, Nick vit un homme en noir boitiller dans leur direction, venant de la crique. L'homme en noir portait un fusil sur l'épaule et une grenade à la main. À ses côtés, une dizaine de silhouettes sombres, surgissant des fourrés, se déployèrent vers la propriété en feu.

— Je vois que vous avez commencé les festivités sans moi, dit l'homme.

Il dégoupilla sa grenade et la lança dans la même direction que la précédente.

— Papa ! s'exclama Kate en se relevant pour courir vers Jake. Je savais bien que tu viendrais ! Tu es vraiment le meilleur !

Elle se jeta à son cou et l'embrassa.

— J'ai des années d'absence à rattraper, répondit-il. Tu vas bien ?

— Ça va. Je me demandais si tu arriverais à temps.

— J'ai pas mal d'amis dans la région.

Il fit signe aux hommes autour de lui. Ils ouvrirent le feu sur les pirates qui battaient en retraite.

— Ils se sont fait un plaisir de m'aider, d'autant que ça leur donnait l'occasion de faire un carton sur des pirates.

Kate désigna Griffin et demanda :

— Tu peux l'emmener au Mexique, avec la valise ?

— Au Mexique ? répéta Griffin en se relevant. Qu'est-ce qui se passe ici, au juste ?

— Diego de Boriga vous salue bien, déclara Jake, avant de lui assener une bonne droite qui le fit basculer en arrière.

— C'est de famille, cette tendance à frapper, fit remarquer Nick.

— Et pour le Mexique ? insista la jeune femme.

— Pas de problème, chérie, assura Jake. J'y ai réalisé des « extractions » à l'époque où on parlait encore d'enlèvements secrets de prisonniers. Tu ne viens pas avec nous ?

— Ce sera moins risqué s'il n'y a que vous deux, répondit-elle. On rentrera de notre côté.

— Willie a démarré l'hydravion et est prête à décoller, annonça Jake, avant de se tourner vers Nick : vous m'avez étonné, Fox. Au lieu de sauver votre peau, vous êtes resté pour vous battre au côté de ma fille. Pour ça, je vous respecterai toujours.

— Je ne suis pas homme à abandonner mon équipe, fit Nick.

— Dans ce cas, nous avons un point commun, reprit Jake. Tu es sûre que tu vas bien, Kate ?

— Je ne me suis jamais portée aussi bien. C'était génial.

Elle l'embrassa, puis s'éloigna en compagnie de Nick.

— Bien joué, ma fille, souffla Jake en la suivant des yeux.

Chapitre 32

Trente-six heures plus tard, Derek Griffin se réveilla sur le sol en béton d'une cellule de prison. Ébloui par les rayons du soleil qui filtraient par la petite fenêtre à barreaux, il plissa les yeux. C'était une véritable fournaise et il flottait une odeur de charogne. Il se dressa sur son séant puis s'approcha du lavabo en inox pour fuir la lumière et tenter de jauger la situation.

La dernière chose dont il se souvenait était la cale d'un bateau. Il avait aperçu le visage peint en noir de l'homme qui l'avait frappé, sur son île. Ensuite, on lui avait fait une injection dans le cou et il avait de nouveau perdu connaissance.

Une douleur lancinante lui tenaillait le crâne tel un étau, au point qu'il voyait trouble. Il avait la gorge et les lèvres sèches, le corps fourbu, comme si un camion lui avait roulé dessus. Ses vêtements, ceux qu'il portait la veille, étaient trempés de sueur. En se frottant le visage, il sentit sa barbe de trois jours.

Sa première pensée fut qu'il se trouvait dans une prison indonésienne, mais l'air était trop sec, la lueur différente, sans parler de la cuvette de toilette en inox, détail qui ne collait pas. Soudain, il se rappela ce qu'Eunice, ou quel que soit le véritable nom de cette garce, avait dit à l'homme au visage peint en noir.

Elle voulait qu'il le ramène au Mexique…

Griffin agrippa le bord du lavabo et se leva péniblement. Pris d'un vertige, il faillit s'écrouler à terre. Ouvrant le robinet, il se passa la tête sous l'eau tiède pendant un long moment, puis il but avidement quelques gorgées, la tête penchée sur le côté. Ce n'est que lorsqu'il parvint à se redresser qu'il remarqua un gobelet posé sur le rebord.

Face à lui, un matelas était posé sur un socle en béton. Il alla s'y asseoir.

— Hé, Derek, tu es réveillé ?

Il reconnut sans peine la voix qui provenait de derrière la cloison. Neal Burnside.

— Ouais… Tu es en cellule, toi aussi ?

— C'est le grand luxe, non ?

— Où sommes-nous ?

— Quelque part au Mexique. Invités par le señor Diego de Boriga, expliqua Burnside.

Griffin se rappelait ce nom. C'était même le dernier mot qu'il avait entendu avant de se réveiller en ce lieu.

— Qui est cet homme et qu'est-ce qu'il nous veut ?

— Ce n'est plus la peine de me mentir, répondit Burnside.

— Pourquoi ? Parce que tu es mon avocat et que tu es tenu au secret professionnel ? railla-t-il.

Il savait pertinemment que Burnside était responsable de sa présence dans cette cellule, car c'était la seule personne au monde à savoir où il vivait.

— Parce qu'on est prisonniers d'un narcotrafiquant, un Vibora implacable qui ne se présenterait sans doute pas comme tel au premier venu. Pas plus qu'il ne révélerait à un expert en investissement qu'il juge de bonne foi que son argent est sale.

— J'ignorais que je blanchissais l'argent de la drogue.

Quelle importance désormais ? Griffin s'était toujours moqué de savoir d'où provenait cet argent, que ce soit celui des vieilles dames modestes ou des parrains de la pègre, du moment qu'il en amassait.

— C'est toi qui leur as dit où me trouver, reprit Griffin. Tu m'as vendu.

— Bien sûr que c'est moi ! rétorqua Burnside sans le moindre scrupule.

— Je ne t'aurais jamais demandé ton aide pour me planquer si j'avais su que tu cracherais le morceau au premier venu.

— Ce n'est pas n'importe qui… seulement un baron de la drogue mexicain prêt à me torturer à mort pour obtenir ton adresse.

— Je croyais que tu avais des principes.

— C'est le cas, et mon principe numéro un est l'instinct de survie.

— Qu'est-ce qui te porte à croire qu'il ne va pas nous liquider tous les deux ?

— Mon instinct est très fiable quand il s'agit de jauger un homme. Par exemple, j'ai compris que tu étais un escroc à la seconde même où tu as franchi le seuil de mon bureau.

— C'est parce que tous ceux qui franchissent le seuil de ton bureau sont des escrocs, à commencer par toi.

— Je sais que tu me détestes, en cet instant, mais je me considère toujours comme ton avocat. Je ne cherche qu'à défendre tes intérêts. Ce qui nous attend, c'est un procès où Diego de Boriga sera à la fois juge, jury et bourreau. Il faut que tu me laisses parler en notre nom à tous les deux.

— Tu m'as déjà vendu une fois, qu'est-ce qui me garantit que tu ne recommenceras pas ?

— Rien, admit Burnside. Hélas, tu n'as pas le choix, il me semble…

Sur les ordres de Nick, Willie les emmena de Dajmaboutu vers une baie isolée proche de Djakarta où Nick avait des contacts. En échange de l'hydravion de Griffin, ils procurèrent à Nick, Willie et Kate de nouveaux papiers portant le visa d'entrée des autorités indonésiennes correspondant à leur date d'arrivée. Grâce à son compte bancaire de Shanghai, Nick eut accès à des fonds pour acheter trois billets de première classe sur des vols de compagnies différentes vers les États-Unis.

Trois jours après les événements de Dajmaboutu, Kate O'Hare, bronzée mais fatiguée, rejoignit Carl Jessup, son responsable, dans un fastfood d'Indio, en Californie, au bord de l'autoroute. Elle lui remit l'ordinateur portable de Derek Griffin. Si l'épaisse paroi de la mallette était percée de deux impacts de balle, elle n'avait pas subi d'autres dégâts.

Pendant qu'ils se gavaient de hamburgers et de frites arrosés de soda, Jessup alluma l'ordinateur et entra le mot de passe « sikandergul », puis il profita de l'accès Wi-Fi gratuit pour effectuer un virement de cinq cents millions de dollars du compte bancaire de Griffin, aux îles Caïman, au profit du Trésor public américain.

Pour célébrer le succès de cette récupération secrète d'argent mal acquis, Kate et Jessup s'offrirent une maxi crème glacée.

***

Plus tard dans la journée, Griffin et Burnside furent passés au tuyau d'arrosage et se virent remettre des vêtements propres par leurs geôliers. Était-ce bon signe ou bien très inquiétant, au contraire ? L'avocat n'aurait su le dire.

Quand ils furent habillés, Char les mena dans la maison, sous la menace d'une arme, pour une entrevue avec Diego de Boriga. Confortablement installé sur une chaise longue, celui-ci sirotait une sangria. Pour l'occasion, il portait un tee-shirt Kyuzo à paillettes orné d'une panthère, un jean noir moulant et des chaussures de sport de grande marque. Naturellement, il s'était aspergé d'eau de toilette de luxe pour couvrir la puanteur du lac.

— Asseyez-vous, proposa-t-il en désignant deux sièges en face de lui. Désolé de ne pas avoir pu vous rencontrer plus tôt. J'avais d'autres affaires à régler. J'espère que vous en avez profité pour vous remettre de votre long voyage. Je m'appelle Diego de Boriga. Ce nom vous dit-il quelque chose ?

— Il ignorait qui vous étiez et l'ampleur de votre fortune jusqu'à ce que je l'informe du malheur qui le frappait, déclara Burnside.

— Ce n'est pas à vous que je m'adressais, je crois. Si vous parlez une fois de plus à la place de M. Griffin, Char vous tranchera la gorge. Hochez la tête si vous avez compris.

Burnside obtempéra. Diego reporta son attention sur Griffin.

— Savez-vous qui je suis ? lui demanda-t-il.

Si Griffin ne voulait pas heurter l'ego de cet homme en admettant qu'il n'en avait aucune idée, il ne voulait pas non plus démarrer cet entretien en contredisant Burnside, au risque de fâcher le narcotrafiquant.

— Je le sais maintenant, répondit-il, mais j'ignorais qui vous étiez avant d'arriver ici et je ne savais pas non plus que vous m'aviez confié de l'argent à investir.

— Connaissez-vous le Fonds d'éducation des enfants d'agriculteurs de Californie centrale ?

Bien sûr qu'il le connaissait. C'était l'une des associations à but non lucratif dont il gérait les finances et qu'il avait totalement plumées. Il jugea plus raisonnable de fournir une réponse succincte :

— Oui.

— Elle était à moi. Je veux dire par là qu'elle réunissait les bénéfices des Viboras et les économies de tous les habitants du village de Boriga. On vous a remis ces sommes pour que vous les fassiez fructifier, mais vous avez empoché le magot.

— Si j'avais su qu'il vous appartenait, je ne l'aurais jamais pris.

— C'est votre premier mensonge, dit Diego d'un ton mauvais. Si vous recommencez, je vous arrache les yeux.

— Je peux vous rembourser l'intégralité de la somme, assura Griffin. Avec des intérêts.

— C'est déjà fait, reprit Diego.

Il souleva une serviette posée sur la chaise voisine et dévoila l'ordinateur portable de Griffin.

— J'ai bien envie de baptiser ma nouvelle propriété Sikandergul en votre honneur, ajouta-t-il.

Griffin se sentit défaillir. Cinq cents millions de dollars partis en fumée ! Envolés ! Toutes ces années de détournements de fonds assidus, si bien élaborés… Tant de fraudes et de risques pris pour rien. Il était complètement ruiné, à la rue, voué à être incarcéré dans une prison aux États-Unis, voire en Indonésie, s'il se faisait prendre. Comment la situation avait-elle pu dégénérer aussi vite ?

— Comme vous le constatez, Derek Griffin est un homme ruiné, déclara Burnside, incapable de se contenir plus longtemps. Vous serez d'accord pour admettre que vous êtes largement rentré dans vos fonds, que vous avez empoché une compensation confortable, sans commune mesure avec le préjudice subi, le sentiment d'injustice et le désespoir des habitants de Boriga après sa trahison. Griffin va au-devant d'une torture perpétuelle encore plus profonde et cruelle que n'importe quelle douleur physique que vous pourriez lui infliger.

L'intéressé n'en doutait pas une seconde. En fait, il avait bien envie de demander à Char de lui trancher la gorge tout de suite. Finalement, sa peur de la mort prit le dessus sur sa peur de la pauvreté.

— Vous tenez votre vengeance et un dédommagement substantiel, reprit Burnside à l'intention de Boriga. À quoi bon punir Griffin davantage ou me tenir pour responsable de ses actes ? Vous êtes un homme intelligent et honorable. Vous savez au fond de vous-même qu'il n'y a aucune raison de ne pas nous libérer.

L'avocat était certain que cet entretien se terminerait comme tous ses précédents procès. Il sortirait en homme libre, quelle que soit la sentence du jury, en l'occurrence Diego de Boriga, à l'encontre de son client. Son raisonnement était simple. C'était Griffin qui avait commis le crime. Lui-même n'était que son avocat. Certes, il avait aidé son client à fuir la justice, mais c'était son devoir d'avocat, non ? Diego le comprendrait certainement et ne lui tiendrait pas rigueur d'avoir contourné la loi au profit de son client. Diego n'en attendrait-il pas autant si c'était lui, le client ? Bien sûr que si ! Burnside était donc assez confiant sur ses chances de s'en sortir à bon compte. Quant au sort de Griffin… il était beaucoup plus sceptique.

— Vous avez des arguments très persuasifs, monsieur Burnside, déclara Diego.

— Merci.

Diego secoua la tête, sa décision prise.

— Très bien, vous pouvez partir.

Burnside sourit intérieurement. « Tu es vraiment un génie, mon vieux, songea-t-il. Que le procès ait lieu au palais de justice ou dans la maison d'un narcotrafiquant, tu es un lion superbe et généreux au milieu d'un troupeau de zèbres. »

— Pardon ? bredouilla Griffin, abasourdi.

Il ne s'attendait pas à une telle conclusion.

— Mes hommes vont vous bander les yeux, vous emmener dans un endroit isolé et vous libérer.

— Qu'est-ce qui nous garantit qu'ils ne vont pas nous exécuter ? s'enquit Griffin.

— Comme l'a souligné M. Burnside lors de sa brillante plaidoirie, je suis un homme honorable. Je n'ai qu'une parole. Peu m'importe où vous irez ensuite ou comment vous vous y rendrez. Ce n'est plus mon problème ! En revanche, si vous prononcez un mot sur moi ou si vous révélez à qui que ce soit que nous détenons l'argent dérobé par M. Griffin, je vous massacrerai, vous et tous ceux que vous aimez ou avez aimés, y compris les animaux domestiques. Qu'en pensez-vous ?

— C'est très généreux de votre part, déclara Burnside.

Diego sourit.

— Je sais. On me le dit souvent, admit-il.

Dans leur local de vidéosurveillance, à l'étage de la maison, Kate et Nick assistaient à la scène devant leurs écrans de contrôle. Au cours de sa carrière, Kate avait été le témoin de bien des coups montés, mais celui-ci relevait du chef-d'œuvre.

Assis à côté d'elle, Nick lui donna un coup de coude.

— C'est pas mignon, ça ? Et on n'a pas fini de s'amuser.

Chapitre 33

Char enfila une cagoule sur la tête de chacun de ses prisonniers, il leur entrava les poignets à l'aide de liens en plastique, puis il les mena vers une fourgonnette garée à l'intérieur de la propriété. Burnside et Griffin montèrent à bord. La portière coulissa et se ferma lourdement sur eux. Le véhicule franchit la grille pour s'engager sur une piste cahoteuse.

Si Burnside était détendu, fier de son succès, Griffin claquait des dents. Il était persuadé qu'ils étaient en route pour le peloton d'exécution, puis qu'ils seraient enterrés dans une fosse, là où pourrissaient tous les ennemis de Diego.

Au bout d'un quart d'heure, la fourgonnette s'arrêta. Char les fit descendre et les entraîna sans ménagement vers le talus sablonneux. À l'aide d'un couteau, il leur libéra les poignets.

— On vous surveille, déclara-t-il. Vous n'enlèverez vos cagoules que cinq minutes après mon départ. Sinon, vous serez abattus.

— C'est compris, répondit Burnside.

Char remonta en voiture, puis ils l'entendirent s'éloigner. Burnside commença à compter les secondes dans sa tête. Le soulagement de Griffin en voyant qu'il n'allait pas être exécuté fit vite place à une sourde inquiétude. La gravité de la situation dans laquelle il se retrouvait le frappa de pleine fouet : il était au fin fond du Mexique, sans un peso en poche.

— Comment sommes-nous censés rentrer chez nous ? demanda-t-il.

— Ferme-la ! Je compte.

— Toi, tu peux te contenter de marcher jusqu'à la frontière des États-Unis et de reprendre le cours de ta vie, alors que moi, je suis un malfaiteur recherché en cavale. Je vais devoir rester ici et mener une existence de paysan.

C'était la vérité, mais Burnside se moquait éperdument du sort de Griffin, maintenant qu'il n'avait plus un sou.

— Tu préférerais être mort ?

— Autant mourir…

— Tant qu'il y a de la vie, il y a de l'espoir, coupa l'avocat.

Griffin ôta sa cagoule sans se demander si les cinq minutes étaient écoulées ou non. Qu'ils lui tirent dessus, ces salauds ! Ébloui par le soleil implacable, il cligna les yeux, puis il vit clairement l'immense pancarte qui se dressait devant lui : « Bientôt, à cet emplacement, votre restaurant El Pollo Loco ». Juste derrière, une route de terre traversait un vaste terrain désertique. Les fondations de la structure à venir étaient marquées à l'aide de piquets en bois. Au-delà du chantier de l'enseigne de restauration rapide, une voie rapide bordée d'entrepôts et de restaurants franchisés. La zone commerciale était parsemée de palmiers.

Deux voitures de police arrivaient à vive allure, gyrophare allumé, mais sans sirène. Au loin, il découvrit des lotissements, des pelouses, encore des palmiers. Il reconnut la tour du casino de Fantasy Springs, le plus haut édifice des environs.

Burnside enleva sa cagoule et pivota sur lui-même, le temps d'assimiler la situation. Les deux véhicules de la police d'Indio s'arrêtèrent à leur hauteur.

— On n'est pas au Mexique et on n'a jamais été prisonniers des Viboras ! s'écria l'avocat.

— Ils nous ont bernés, renchérit Griffin. Je me suis fait pigeonner à la seconde où Eunice Huffnagle a débarqué sur mon île. Un coup de maître, admit-il en secouant la tête.

Nick, Kate et leur équipe assistaient à la scène depuis la suite présidentielle du Fantasy Springs Resort Casino. Hélas, ils étaient trop éloignés pour voir l'expression de Derek Griffin et Neal Burnside tandis que les policiers les arrêtaient à la suite d'un coup de téléphone anonyme de Kate aux autorités.

La jeune femme savait que, en arrivant au poste de police d'Indio, ils seraient accueillis par des agents du FBI. Griffin serait incarcéré, peut-être pour le reste de ses jours. Quant à Burnside, il avait sans doute une chance d'échapper à la prison pour avoir aidé Griffin, mais il serait à coup sûr rayé du barreau. Il était donc un homme fini, lui aussi.

— Mission accomplie ! déclara Nick en distribuant des coupes de champagne à ses coéquipiers. On a récupéré un butin d'un demi-milliard de dollars, arrêté les coupables, et tout ça grâce à vos compétences et à votre travail acharné.

Kate trinqua avec lui en lançant :

— Au nom des nombreuses victimes que Derek Griffin a plumées, merci !

— Ce fut le plus beau rôle de ma carrière, avoua Boyd. Mon seul regret, c'est de ne pas avoir été filmé.

— Et moi, je regrette de ne pas avoir servi d'appât, intervint Willie. J'aurais pu profiter un peu de Griffin avant qu'il ne soit embarqué.

— Moi, je n'ai aucun regret, confia Tom.

— Moi non plus, renchérit Chet. Tu peux me rappeler quand tu veux.

— Alors ? fit Willie. Qu'est-ce qui va se passer, maintenant ?

— À toi de voir, répondit Kate. Nous, on a fini notre boulot.

Nick consulta sa montre.

— Il faut qu'on parte. Vous feriez mieux d'en faire autant, les gars. Kate et moi finirons d'effacer les traces.

Tom, Chet, Boyd et Willie prirent congé, les laissant seuls.

— Tu as été très bon, dit Kate à Nick. C'était un coup génial et, à ma connaissance, tu n'as rien volé.

— Oui, ça me fait une drôle d'impression, d'ailleurs. C'est comme s'il manquait quelque chose.

Kate sortit un petit paquet cadeau de son sac et le tendit à Nick.

— Un petit souvenir.

Nick déchira le papier et sourit en découvrant une édition originale de *L'homme qui voulut être roi*, de Rudyard Kipling.

— C'est parfait, déclara-t-il. J'adore ce livre. Tu l'as subtilisé dans la bibliothèque de Griffin quand tu es retournée chercher l'ordinateur, n'est-ce pas ?

— Oui. Il te revenait de droit.

— Tu te rends compte de ce que cela signifie ? demanda-t-il, ravi.

— Oui. Je suis une voleuse.

— Si tu savais comme je trouve ça sexy…

Lorsqu'il tendit la main vers elle, elle eut un mouvement de recul.

— Bas les pattes ! Mes mains sont des armes mortelles.

Nick la plaqua contre le mur et se lova contre elle.

— Je possède une arme bien plus efficace. Tu veux la voir ?

— Non !

Elle sentit une forme dure et allongée sur son ventre. À son corps défendant, c'était exactement ce dont elle avait besoin. Elle baissa les yeux et sourit.

— C'est pour moi ?

— Absolument.

— Merci ! s'exclama-t-elle en s'emparant du Toblerone géant.

— En souvenir de notre rencontre, précisa Nick. Alors, qu'est-ce qu'on fait, maintenant ?

— On attend la prochaine mission que nous confiera Bolton, répondit-elle. Je redeviens agent du FBI et toi un escroc en cavale. Mais je te préviens : je suis chargée de te traquer, alors évite les embrouilles.

— On verra…

POCKET N° 19274

L'auteur aux 75 millions d'exemplaires vendus à travers le monde.

Janet EVANOVICH
LA PRIME

Plus de boulot, plus de voiture, pas un sou en poche... Dans l'espoir de trouver un job, Stéphanie Plum se rend chez son cousin Vinnie. Quand elle ressort du bureau, elle est chasseuse de primes. Enfin, à l'essai. Et sa première proie n'est autre que Joe Morelli, accusé de meurtre. Le beau brun ténébreux qui, à intervalles réguliers, débarque dans sa vie pour la lui bousiller...

Retrouvez toute l'actualité de Pocket sur :
www.pocket.fr

Ouvrage composé par
PCA – 44400 Rezé

Achevé d'imprimer en janvier 2017
par Black Print CPI Iberica
à Barcelone

POCKET – 12, avenue d'Italie – 75627 Paris Cedex 13

Dépôt légal : février 2017
S27161/01